奔(はし)れ、松姫

信玄の娘

秋月達郎

PHP
文芸文庫

○本表紙デザイン+ロゴ=川上成夫

奔れ、松姫～信玄の娘～　目次

序章　戦国美姫

「ゆけるか」

峠に立ったひとりの女人が、おのがちからを試すように呟いた。

髪はざんばらで、頬は削げ、唇も渇き、爪も伸び、肌は艶を失っている。身なりもまた、憐れをもよおすほどにみすぼらしい。けれど、ただひとつ、整った眉の下、二重瞼の黒目がちな瞳だけは生気に満ち溢れ、彼方まで広がりわたる緑の野をしっかりと見つめている。

武田信玄の四女、松姫である。

弥生の風が山谷を吹き下ろし、眼下の森に湧き出している春霞を虚空へ舞い上げてゆく。

「皆は、どうじゃ」

齢二十二の松姫は、おもむろにふりかえった。

「奔れるか」

その問いかけに、かたわらに控えていた傅役が、左右を見回す。

従っている者の数は、老人から若者まで男女あわせれば、四十名ほどだろうか。中には、背負子に幼い子供を乗せた者の姿もある。貧相な駒も二十頭ほど曳かれている。この数が多いか少ないかは別として、ともかく、松姫とおなじく身なりのみすぼらしさといったら、ない。

いや、憐れなほどに薄汚い。

野良着の上に胴丸だけをつけている者もあれば、半裸の状態ながらどこで拾ったものか当世具足に身を固めた者もある。兜を被っている者はひとりもおらぬかわり、鉢鐡やら、手拭やら、半首やら、まるで落ち武者か野伏せりのように頭蓋を護り、おのおの手には刀や鑓などが握られている。

もっとも、得物こそ手にしているものの、拵えのよい刀槍などはひとつとしてなく、納屋の隅で置きっぱなしにされ、埃に塗れていたものを手に入れたとしかおもえない。ところどころに錆が浮いているのは、その証だろう。

身支度だけではない。

松姫と同じように、鬢は乱れ、髻は解れ、泥だか血だかわからぬような滲みが野良着のそこかしこにこびりつき、手といわず足といわず大小の傷痕が見られる。ようやく瘡蓋となったものもあれば、いまだに血が滲み出しているような傷もある。

「どうじゃ、皆の衆」

初老の家臣が、嗄れ声をあげる。

「ゆけるのか、奔れるのか」

「おうともっ」

つぎつぎに応えが返ってくる。

刀折れ矢尽きたような印象ながら、気概だけは衰えていないらしい。

「與右衛門」

松姫は、問う。

「金照庵なる尼寺は、いずれの方角じゃ」

「左様」

與右衛門は、小首をかしげた。

かわって、松姫とさほど年も変わらぬような若者が進み出た。

「峠を下り、案下道なる九十九折れの街道を往きますれば、渓谷に入りまする。そのまま沢に沿って道なりに往きますれば、やがてもうひとすじの小川が合わさります。そこに立って北へ瞳をめぐらせれば、金照庵の茅葺門が望まれまする」

「承知した」

松姫はこくりとうなずき、ふたたび、白髪の傅役に顔を向けた。

「與右衛門、まいろう」

「かしこまりまして候(そうろう)」

與右衛門は唇をひきしぼって一礼し、手鑓(てやり)を掲げた。

「ものども、奔れやっ」

第一章　伽羅、香る

一

信州、高遠。

凍てつく風が野山を吹きわたり、降り積もった雪をまるで霧のように舞い上がらせてゆく。その青天へ吸い込まれていった雪の花々から、松姫は、書きかけの手紙に瞳を落とした。

松姫、九年前に他界した武田信玄の四女である。

ものやわらかな筆遣いで綴られているのは、時候の挨拶から日々の暮らしぶり、さらには身を置いている高遠城のありさまといった他愛もないことどもだが、心配性の家臣が目を通せば、あるいは眉をひそめることになるかもしれない。なぜなら、知らず知らずに綴られる中には、城内の雰囲気から国境の容子などが、ことによれば乱波どもの報せよりも事細かに記されているからだ。

つまりはそれだけ、松姫が、手紙を交わしている相手を信じているからであろう。実のところ、この手紙のやりとりはひと昔も前から続けられているものの、武田の家中に害がおよんだことは、ただの一度もなかった。

松姫はたおやかに筆を置くや、

「與右衛門を、これに」

傅役の下嶋與右衛門を召し、手紙を託した。

「よしなに」

この十年、まるで変わらない指図である。

変わったものといえば、松姫が少女から乙女となり、與右衛門の髻が白髪に包まれ、顔や手の皺も目立ってきたことくらいだろうか。とはいえ、見た目こそ老いてはきたものの、かつては信玄に付き従って戦さ場を駈け巡ってきた豪の者である。まだまだ、気持ちは若い。今も、松姫の指図を受けるや、雲雀が空へ舞い上がるような気分で旅支度に就いた。松姫の使いに立つことが、この老臣にとって、なによりの誉れだからである。

さて、その松姫、

――新舘御寮人。

と呼ばれている。

新舘とは、ほかでもない。松姫は、七歳のおり、尾張国を治める織田信長の嗣子信忠と婚約した。その際、晩年の信玄が新しい舘を建て、そこへ松姫を住まわせた。つまり新舘に住む御寮人という意味である。

ちなみに、信玄は松姫のことを、

——お松。

と呼んだ。

五人ある娘の中でもいちばん可愛いがっていたのが、このお松である。

理由がある。

松姫の母親は油川夫人といい、甲州一の美女として知られていた。母の面影を色濃く伝えた松姫の面貌は、相対したものすべてが溜め息をつくほどの美しさに包まれていた。そこへもって性質が穏やかで慈悲深いとなれば、信玄が宝物のようにして愛おしんだのは無理もない。

その証といえばよいのか、松姫が五歳の頃、こんなことがあった。

松姫が重い病に倒れ、これを案じた信玄は、連日連夜、祈禱をおこなわせ、平癒を祈りつづけた。日頃はそのあまりの凄みのために誰もが目を合わせるのも憚られるような偉丈夫が、このときばかりは哀れなほどに窶れはてた子煩悩な父親でしかなかった。信玄はそこまで松姫を愛したが、かといって、いつまでも手元に置いておくわけにはいかない。戦国の世の習いとして、他国のあるじの息子と娶わせなければならない。

それが、織田信忠だった。

二

武田家と織田家の婚約が成されて後、武田家における松姫のあつかいは、

——織田信忠卿のご正室をお預かりする。

というものになり、新館御寮人という呼び名は家臣のすみずみにまで伝え渡された。

しかし、信忠との婚儀はやがて破談になった。

信玄がにわかに西上の軍を発し、三方ケ原で迎え撃ってきた徳川家康を脱糞せしめるほどにさんざっぱら叩きのめしたおり、信長の命により尾張兵が援軍として遣わされていたことが発覚したからだ。

——裏切り者の倅ごときに、大切な娘をやれるか。

虎が咆えるように、信玄は怒った。

松姫、当時十二歳。

ただし、婚約は破棄されたものの、信忠との手紙による遣り取りまでもが断絶したわけではない。長篠の戦いという、両家にとっては修復しがたい亀裂が生じた後も、松姫と信忠はたがいに使者を遣わし、書簡の遣り取りだけは続けられていた。だから、信忠が鹽川伯耆守の娘を娶って室とし、ほどもなく後継ぎとなる三法師が生まれたことも、松姫は知っていた。

とはいえ、かつての許嫁が室を迎え、子を生したところで、嫉妬するとか怨みにおもうとかいった感情は、ない。ないからこそ、たとえ手紙の往来だけとはいえ、ありえないような微妙な関係を十年間も保ってこられたにちがいない。

この天正十年も、松姫は信忠から遣わされてきた数多の手紙を携えながら、兄のもとに逗留している。

兄は、仁科盛信。

領地は、伊那高遠。信濃国の臍ともいうべきところで、雪を冠した峯々に取り巻かれた山間の郷である。

もっとも、逗留というには、いささか長すぎる逗留だった。いや、もはや、この雲の上にあるような高原の城が、松姫の住み処になりつつある。というのも、信忠と婚約していたことが徒になっていた。

三方ヶ原の戦い以来、家臣どもは、

——敵対する織田家と繋がっている姫。

などといった白々した眼で眺め始め、やがては家臣ばかりか、武田家を背負って立たざるを得なくなった長兄勝頼との仲まで疎遠なものとなってきた。こうした状況は、いってみれば針の筵に座らされているようなもので、徐々にいたたまれなくなり、やがて甲斐国にいるのも厭になってきた。

そんな松姫の心中を察したのが、次兄の盛信だった。

——高遠へ来よ。

かくして、松姫は仁科家へ身を寄せていたのである。

ちなみに、天正十年一月の末といえば、西暦では一五八二年三月の頭にあたる。信濃から美濃にかけての山野は、まだそこかしこに雪が残り、狭苦しい街道をゆく者たちの足を滑らせ、ときには立ち往生させることも少なくない。

そんな山間の隘路を、下嶋與右衛門はひとり歩いてゆく。

松姫からの書状を収めた桐箱を背負い、一路、高遠から美濃の臍にあたる岐阜の地をめざしている。かの国の金華山の頂きには、信忠の居城がある。かつて、斎藤道三が居城としていた稲葉山城を、信長が奪い取ってまもなく、おもうがままに建て直し、天下布武の拠点としたものだ。

その城を、與右衛門はめざしている。

三

「大儀」

庭先に平伏する與右衛門の頭の上に、短い言葉が降ってきた。

屋内の奥まった上段の間に、ひとつ、影が揺れた。

悠然と上段の敷居に尻をおろし、片膝を立て、その膝頭に肘を据え、頬杖をついている。が、陽射しに包まれた庭先から見てとれるのはそれだけで、仄暗い室内から声をかけてきた人影の表情までは、よく見えない。

当然、與右衛門を見つめているのかどうかもわからない。

美濃国岐阜に聳えるこの壮麗な館のあるじは、織田信長ではない。信長は、嫡子信忠に家督を譲るや、さっさと岐阜を出、琵琶湖のほとりの安土へ移り、この世にふたつとないような巨城を築き上げていた。

濡れ縁まで現れた織田家を継いだ信忠は、與右衛門に拝謁を許し、顔を上げさせた。

「遠路、疲れはせなんだか」

父の信長も台詞は簡潔だが、この信忠もまた短すぎるほどに短い。もっとも、信長がやけに甲高い声音であるのに対し、信忠の声は太く、かつ低い。誰に似たものか骨柄も大きく、胴も太い。ことに、こうして濡れ縁を仰ぎ見ると、その軀の大きさがひしひしと感じられる。

「ゆるりと休んで後、信濃へ戻るがよい」

告げるや、くるりと踵をかえし、御殿の奥へと消えていった。

台詞こそ短いが、無愛想で慈愛のかけらもない父信長よりも幾分か物柔らかにできている。いや、癇癪持ちの信長より、はるかに総帥としての人望が得られているのではないか。そうおもわせるものが、全身から醸し出されている。

（ともあれ）

これで、このたびの役目も無事に終えることができた。

與右衛門は、ほっと息をつき、御殿を退いた。

門番どもに丁寧に見送られて城門を出たとき、また、ひと息ついた。何度おとずれても、岐阜城の本丸は気づかれする。石段を下り、重臣らの屋敷の建ち並ぶ坂道へ足を向けかけた際、そっとふりかえった。城門の後ろ方に豪壮な甍が踏ん反り返っている。

（もはや、織田家には立ち向かえぬときが来ているのではないか）

情けなくもそう呟きそうになった矢先、

——與右衛門どの。

石段の端から、ひと声、掛かってきた。

見遣れば、ひとりの武士が微笑んでいる。

「おお、五郎左どの」

旧知の顔をまのあたりにして、與右衛門はようやく顔をほころばせた。

中山五郎左衛門。

年の頃は三十路の手前といったところか。字は光勝というのだが、知己を得たものは皆、五郎左と呼んだ。信忠の黒母衣衆の末席に連なる若者で、信忠から松姫へ書状が出される際には、つねにこの者が遣わされている。あるじのごく私的な手紙を託されていることからすれば、いかに日頃から信忠の篤い信頼を受けているかよくわかる。

「夕餉の支度が整うてござれば、さあ、高遠へ帰られる前の腹ごしらえにまいられよ」

「いつもながら、かたじけない」

一礼して、與右衛門は五郎左の後に従った。

四

岐阜城、天主。

中山五郎左衛門は、

――めずらしいこともあるものだ。

と、つぶやきながら広縁に諸手をついている。

無理もない。謁見の間の上段にある信忠が、みずからの声で五郎左に呼び掛け、下段の間へと誘い、さらに近くまで来るように手招いたからだった。常ならば、松姫への返書が書き上がるや、五郎左を広縁まで召し、小姓に返書を持たせ、それを取り次がせるだけのことなのだが、どういうわけか、今日はみずから手渡そうとしている。

「遠慮はいらぬ。近う」

短く告げられ、五郎左は膝を進めた。

信忠は、父の行儀の悪さそのままに上段の間の敷居に腰を据えるや、

「松姫さまによろしくお伝えせよ」

恭しく書簡を受け取った五郎左に対し、

　――これをつかわす。

　ひとふりの脇差を与えた。

「これは……っ」

　五郎左は、おもわず、声を上げた。

　驚きもしよう。銘は、大左文字安吉。松姫と婚約した際、信玄から当時奇妙丸と名乗っていた信忠に贈られたもので、南北朝中期の銘刀といわれる。その由緒ある脇差を賜るというのである。

（いくらなんでも）

　拝領するわけにはいかないと、五郎左はおもった。

　しかし、父信長がそうであるように、信忠もひとたび発した言葉は撤回しない。

　それどころか、躊躇する五郎左に対して、信忠はこう告げた。

「なにか事あらば、この脇差が守ってくれよう」

　なんとも謎めいた言葉だった。

「上さま」

　不躾を承知で、五郎左は直に尋ねた。

「この後、大事が出来するとの仰せでありましょうや」

「やもしれぬが」

信忠は庭の梢に瞳を馳せつつ、ひと言、こうつぶやいた。

「……予測は、立たぬ」

五郎左は五郎左なりに、信忠の胸の内を思い描かねばならない。

情けないと感じているかどうかはわからないが、傍から見るかぎり、信忠は織田家の家督こそ譲られたものの、いまだ父信長の軛から抜けられずにいる。実際、信長の心持ちは、誰にもわからない。このたびも「馬を揃えておけ」という達しこそ頂戴したものの、どこへ向かえと命ぜられるのか、まるで予測が立たないようだ。

「いずれにせよ、心構えだけは怠ってはならぬ」

「承知つかまつりました」

という五郎左の返答も待たずに、信忠は腰をあげ、上段の間を去った。

五郎左は、すぐさま旅立たねばならない。

拝領した脇差はもちろんのこと、旅の支度をあわただしく整え、與右衛門の後を追うようにして金華山を背にした。見送りの者があるわけでもない。父勝時こそ金華山の天主に詰めているが、一族のほかの者は知多郡岩滑の地で五郎左の無事を祈っている。

五

五郎左は、信濃を指してゆく。

兼山、苗木と泊まりを重ね、やがて美濃と信濃の国境を越えた。

兼山城も苗木城も、兵馬がひしめいていた。両城の兵ばかりではない。

たとえば、兼山城主の森長可は森蘭丸の兄にあたるのだが、ここへ信忠の側近の美濃岩村城主の河尻秀隆が手勢をひきいて到着している。秀隆は、信忠の輔佐役に抜擢された黒母衣衆の筆頭で、また、苗木城をあずかる遠山友忠のもとへは、秀隆の先手が遣わされていた。

(なにかが、始まる)

両城ともに、いまにも軍馬が出陣できるほど士気が騰がっている。幟や旗がいつでも掲げられるように支度され、駒もまた馬場に揃えられている。いつものとおりといえばそのとおりだが、ぴりぴりするような緊張感がそこかしこに漂っている。

五郎左は、生唾を呑み込んだ。

(大地を埋め尽くすような軍馬をかきあつめて、どこへ征こうというのだ。ほんとうに、信忠さまのもとへは、なにも知らされておらぬのだろうか)

　しかし、いくら胸に疑惑が湧いたからといって、道草を食っているわけにもゆかない。

　五郎左は、腰に帯びた脇差の柄(つか)に手を添えつつ、ふたたび、高遠をめざした。

六

　高遠――。

　立ち戻っていた與右衛門にも、五郎左と同じ疑念が湧いている。

（いったい、美濃と信濃の境で、なにが勃(お)こり始めているのか）

　疑念を懐(ふところ)に抱(かか)えたまま、盛信と松姫のもとへ上がれば、ふたりの血の気が引いている。

「如何(いかが)なされました？」

「……裏切りおった」

　拳をにぎりしめて、盛信がつぶやく。

「木曾義昌(きそよしまさ)が、織田に通じたのだ」

　與右衛門は、眼を剝(む)いた。

「もしや、あの物々(ものもの)しさが……」

「物々しさとはいかなることか」

與右衛門は、帰路まのあたりにした織田家の兵馬について、盛信に説明した。

「なるほど」

盛信は、なにもかも合点がいったらしい。

「木曾の裏切りは、容易ならぬ事態じゃ。木曾谷へ織田の手勢が入り込んだが最後、大河の堤が決壊するごとく、一気に信濃のすみずみまで敵兵が溢ち溢れることとなろう。そうさせぬためには、すみやかに韮崎におわす兄上のもとへ使いを走らせ、善後策を練らねばならぬ」

——誰かある。

盛信は廊下に走り出で、大声に呼ばわった。

——新府城へ早馬を飛ばせっ。

與右衛門は、動悸の昂りを抑えきれぬまま、ちらりと松姫の表情をうかがった。

瞳こそ開いているものの、物のかたちもわからぬようになっているのではないか。

七

信濃へ入った五郎左は、兼山城や苗木城の物々しさなど忘れてしまったかのように足取りが軽くなっている。木曾路を進むごとに寒さは増し、雪も深くはなってきたものの、いっこうに辛さは感じない。それどころか、浮き立つような心持ちでいる。ふと、十年も通い続けた先の女人の顔が瞼の裏に浮かび上がってきた。

松姫である。

（初めて拝謁を賜ったときは、まだ、あどけない童女におわされたが）

いつの間にやら、仰ぎ見るのも躊躇われるほどの美しさを湛えるようになっている。

（あのような凜とした気高さに憧れるなという方が無理ではないのか）

とはおもうものの、松姫と五郎左では天と地ほどに身分が違う。

こののち、いかに五郎左が重職に取り立てられようとも、たとえ小城なりとはいえ一国を与えられぬかぎり、武田信玄の息女と対等な立場になることなどできない。憧憬はあくまでも憧憬でしかなく、どれだけ憧れたところで、現実には、松姫の指先に触れることすら叶わないだろう。

それでも、顔を見たい。

拝謁を賜り、あるじの信忠の手紙を差し出す際、ねぎらいの言葉を身に受けたい。

（われながら、なんという女々しさだ）

黒母衣衆とはおもえぬ浅ましさだと自身を侮蔑した矢先、眼の前に騎馬が飛び出した。

「退けいっ」

馬上、咆えるように武者が怒鳴りつけ、駒に鞭をくれる。

駒は棹立ちとなって嘶き、五郎左を踏み潰さんばかりの勢いで地を蹴り上げ、風のように駈け出した。手綱を執る武者は脇差ひとふりを帯びただけの軽装で、武田菱の小旗を背負い、襷掛けに鉢巻きという出で立ちだ。それも一騎だけではない。同じ出で立ちの者が眼を血走らせて駒を急かし、八方へ伸びる街道すべてに散ってゆく。

（早馬か）

五郎左はやや茫然として見送った。

早馬が血相を変えて方々へ駈け去ってゆくなど、高遠に通い始めてから一度も眼にしたことがない。高遠はつねに穏やかで、いつ訪ねてきても春が芽吹いているが如き風情を醸していた。それが、いったいどうしたことか、打って変わった張り詰めた雰囲気に包まれている。

いいしれない不安をおぼえながら、城門の前へと向かい、

――織田信忠卿の使い、中山光勝にて候。

と、門番に告げた。

ここも常日頃とはまるで雰囲気が異なっている。門扉を背にして佇んでいるのは、常ならばひとりかふたりの雑兵なのだが、どうしたことか、いかにも屈強そうな武者が仁王立ち、左右に数名ずつ、鑓を手にした足軽を並べている。

が、尻込みしているわけにもいかない。

――新館御寮人にお取り次ぎ願わしゅう、お頼み申し上げ候。

すると、

――通られよ。

あらかじめ言い含められていたものか、門番どもは列をなして五郎左を迎え入れた。

重々しい鉄錆びた音色を立てて門扉が開かれ、城館まで続く路へと誘われた。通い詰めた城である。眼を瞑ってでも、松姫の住まいとなっている御殿の一隅まではゆける。五郎左は、足を速めた。石段を上り、回廊を進み、柴垣を左右に控えさせた小さな門を潜ると、前栽の彼方に松姫の館が望まれた。

「織田家が家臣、中山五郎左衛門にございまする。岐阜中将よりのお手紙を持参いたしましてございまする」

「よう来やった」

書院造りの屋敷は幅一間の廊下が巡っている。その廊下の向こうにある座敷から、声が掛かってきた。片時たりとも忘れることのない松姫の、なんともいえず丸みを帯びた優しげな声音だった。

「失礼つかまつりまする」

しゃがみ込んだ前かがみの姿勢そのまま、五郎左は軒下へと進んだ。そして濡れ縁の手前に到るや、左手に抱きかかえていた手紙の箱をうやうやしく差し出した。いつもならば、松姫の侍女が濡れ縁まで出でてそれを受け取り、座敷で待っている松姫のもとへ持ち帰ることになっている。

ところが、今日はちがった。

――それっ。

という男の叫び声が飛ぶや、左右の木蔭から数人の武者がむらがり寄せ、五郎左の両腕を鷲づかみに捩じり上げ、その場に組み伏せてしまったのである。あらがう間もなかった。あっとおもった矢先には大小の差料も取り上げられ、頬骨がごりごりと玉砂利に押し付けられ、縄を打たれていた。

「これは、いかなる仕儀にございましょうや」

五郎左は、唸った。

八

「お答えいただきたい」

縛られ、膝をつかされたまま、五郎左は、周囲に対して声をあげた。

「なにゆえ、縄目の恥を受けねばならぬのです」

すると、軒下の日陰から、

——中山光勝。

いきなり、名を呼ばれた。

顔を向ければ、高遠の城主、仁科盛信の顔がある。

高遠を訪なうたびに拝謁を賜ってきた顔だが、その十年の間、ただの一度も見せたことのない怒りに包まれた顔だった。いや、ただ、怒っているだけではない。不安と狼狽と躊躇が綯い交ぜになった、なんとも形容しがたい表情だった。

「書簡を」

寄こせとばかりに、盛信は濡れ縁にしゃがみ込み、手を伸ばした。手紙をおさめた桐の箱は、いきなりの捕縛劇の最中に毟り取られ、玉砂利の上に転がっている。

その箱の前に膝をつき、鄭重に抱え上げた小柄な老いた人影がある。

「與右衛門どの……っ」

五郎左は、おもわず声をあげた。

その声に、與右衛門はちらりとふりかえり、五郎左と眼を合わせた。が、なにも語らず、ただ、小さく首をふった。いまはあらがうな、とでも告げるような眼つきだ。五郎左は、左右から肩を押さえられたまま、ふたたび面（おもて）を伏せた。そんな五郎左を尻目に、與右衛門は、信忠から松姫に宛てられた文筥（ふばこ）を盛信へ差し出した。盛信はみずから落ち着かせようとおもったのか、ひとまず息つき、そして意を決するごとく手紙をつかみ、開いた。

そして綴られている文字に瞳を落とすや、ひくりと片頬を痙攣（けいれん）させ、

――光勝。

眼下に蹲（うずくま）った五郎左に、字（あざな）で呼び掛けた。

「これは、いかなる次第（しだい）か。この睦月（むつき）二十七日、武田の親族衆たる木曾義昌が、こともあろうに織田方へ寝返り、織田家とともに信濃を侵（おか）さんとしておる。そなたは、その魁（さきがけ）としてここ高遠へ入り込み、これにあるお松を攫（さら）い、尾張まで連れ帰ろうとしておるのではないのか。この書状は、そうした次第を告げておるのではないのか」

「滅相（めっそう）もない。お手紙の中身など、それがし、いっこうに存じ上げませぬ」

「なんじゃと」
盛信はわずかに狼狽したが、すぐにふたたび五郎左を睨み据え、
──かように、ある。
と、手紙を突き出した。

『この先、信濃と甲斐の御両国に火の粉の噴き上がるが如きこと出で来しあらば、そのおりは、かならずや、予の遣わせし中山五郎左をお側ちかくへ召し寄せ給い、ただちに美濃尾張への道案内をお命じ給いまするよう、しかとここにお報せ申し上げ候。睦月吉日』


「まさか……っ」

五郎左は、目を剝いた。

まさか、そんなことが綴られているとは夢にもおもわなかった。

だが、盛信に、五郎左の驚きなど知り得ようはずもない。

「では、なにゆえ、そなたがこの手紙を持って、この高遠まで参じておるのだ」

盛信は、口調をつよめて詰め寄った。

五郎左は、與右衛門をはじめとする周りの眼が、いっせいにおのが身に注がれて

くるような気がした。座敷の中から松姫の視線まで届いてくるような気になった。

しかし、どう問い詰められようとも答えようがない。

「なにひとつ、存じませぬ」

そう、首をふったとき、五郎左の耳に悲鳴が届いた。

――火じゃ、火じゃっ。

方々の声に顔を回らせば、庭木の彼方に聳える隅櫓に炎の噴き上がっているのが見える。どうやら、いきなり小火が起こり、櫓へと燃え移ったものらしい。盛信は、まなじりを吊り上げて櫓を睨みつけ、大喝した。

「かようなおりに、なんたることじゃ。はよう、消さぬかっ」

九

小火は、まもなく鎮められた。

しかし、隅櫓は燃え落ち、あとに残ったのは燻ぶり続ける柱や棟木ばかりだ。その煙の中から数人の者が姿を現し、盛信と五郎左の対峙する庭先へやってきた。先頭にあるのは熊のような大男で、黒光りする厳めしい甲冑に身を固めている。

志村又右衛門なる豪の者で、高遠の家中でもその武芸は一目おかれていた。

後方には縄をあてられた三名の高遠兵が引っ立てられている。

「殿っ」

野太い声音を発し、又右衛門が跪く。

「こやつらが小火を出しましてございまする」

盛信は唖然とした。

又右衛門が問い詰めたところによれば、織田方の乱波に懐柔され、裏切ったものらしい。となれば織田家から間者が送り込まれていることになるが、それについては三名とも殴られようと小突かれようと口を割らずにいるのだという。又右衛門は、大きな眼で五郎左を睨み据えた。

「きさまの指図か」

が、五郎左はなにがなんだかわからない。

又右衛門は、答えに窮した五郎左から視線をそらすと、ゆらりと立ち上がり、盛信に向かって「お庭先を汚してもよろしゅうございまするか」と尋ねた。そして、盛信が「好きにするがよい」と答えるや、にわかに大刀を抜き払い、三名の雑兵の首を一刀のもとに刎ね飛ばしてみせた。

「うわっ」

叫んだのは、五郎左だ。

三つの首は、恐怖に凍りついたままの表情で白砂に転がった。

「次」

又右衛門は、血刀を引っ提げたまま、五郎左に向きなおった。

このただごとでない気迫に驚いたのは、下嶋與右衛門である。

「どうするつもりじゃ」

「知れたこと」

又右衛門は、咆えた。

「こやつの首も落とし、織田家討伐の血祭りに挙げてくれまする」

「討伐じゃと」

「そうではござらぬか、與右衛門どの。織田方は乱波を遣わし、隅櫓に火をかけ、城の守りを崩さんとした。これは、とりもなおさず、信濃攻めの前触れにござる。ぐずぐずしておれば、織田信長は盟を結んだ徳川家康もろとも信濃に攻め入り、われらが高遠城をおしつつみましょう。されば、敵方が鳥居峠を越えぬ内に、邀え撃ちの支度を整えるべきじゃ。その際には、こやつの首を陣頭に掲げ、敵方の肝を冷やしてやるのがよかろう」

「そうはゆかぬ」

「なぜじゃ、與右衛門どの」

「ここにある中山五郎左衛門どのは、わが十年の知己。その間、ただの一度たりとも不実を働いたことはない。おたがいに信頼し合い、こんにちまで到ったもの。それを、なんの疑いもなく、いや、木曾義昌さまの裏切りがあったとはいえ、さらに信忠卿より不審な手紙が届けられたとはいえ、ここなる五郎左どのを斬り捨てては、武田家が嗤われる」

「つまらぬことを申される」

からからと嗤い、太刀を上段に振りかぶったとき、

——待ちやれっ。

ひと声、座敷の中から飛んできた。

松姫だった。松姫だけではない。盛信もまた、又右衛門を止めた。

「又右衛門、その者を斬り捨てるのはまかりならん」

「なにゆえにございますか」

盛信は五郎左に顔を向け、

——のう、光勝。

あらためて、問うた。

「大左文字こと三郎兵衛安吉は、信玄公が信忠どのに贈られた祝いの品。その世にふたつとなき名刀を下賜されたというは、それだけ、信忠どのがおぬしを信頼し

ておる証にほかならぬ。いや、お松への手紙を見ても、それは充分に窺える。そうじゃな」

しかし、五郎左には答えられない。黒母衣衆の末席に加えられているのは、あるじ信忠が父勝時の忠義に応えたためであろうし、もし、盛信のいうほど信忠が五郎左を恃みにしているのなら、木曾義昌の懐柔についてあらかじめ耳打ちしているはずではないか。

(だが、なにも聞かされておらぬ)

五郎左は、戸惑った。

(それとも、わしが捕らえられるのは、ご承知の上であったのか。その際、余計なことをわしが口走らぬよう、わざと木曾どののことは伏せておられたということか。殿は、いったい、なにをお考えなのだ……)

が、どれだけ頭を巡らせたところで、答えは出てこない。

一〇

城内の牢に叩き込まれた瞬間、五郎左は絶望した。

陽のほとんど射さぬ、ぬめぬめとした岩肌が剝き出しとなった、寒気きびしい地下の岩牢だったからだ。明かりとりの窓が穿たれてはいるものの、頭ひとつ出せるでなく、かろうじて入ってきた夕陽が沈んでしまったあとは、ささやかな月星の光が窓辺をほのかに照らすくらいなものだった。

（なんということだ）

五郎左は牢のまんなかに胡坐をかき、唇をひきしぼった。

（まんがいちにも、木曾どのの征伐が行われ、それを切っ掛けにして織田家と武田家の総戦さにでもなれば、わしはいったいどうすればよいのだろう。手紙にあったように、松姫さまがわしを頼られるとはとてもおもえぬ。いや、だいいち、このまま牢内にあっては、どうしようもないではないか）

岩壁は、叩こうが蹴ろうが、びくともしない。鑿を立てたところで小爪ほども削れないだろう。五郎左は落胆し、瞳を閉じた。疲れが全身にまとわりついている。これまで、美濃から駈けどおしに駈けてきても、疲れなどいっこうに感じたこともなかったというのに、どうしたことか、手からも足からもちからが抜け落ちてゆくように感じられた。

そのとき、ふと、なにか香ってきた。沈香の類いか。いや、沈香の中では最上級のものといわれる伽羅の香り。あるじ信忠の父信長の愛してやまぬ香りだが、地下牢にはまったくそぐわない。

（どうしてまた……）

考える間もなく、忍びやかに声が寄せてきた。

〝……五郎左〟

「誰だ。なぜ、それがしの名を存じておる」

五郎左は、闇に向かって質した。

しかし、闇の中に立つ影はその問いには答えない。

かわりに、男か女かもわからぬような妙に嗄れた声音で、こう告げてきた。

〝二度はいわぬ。心して聞け。信忠さまのお指図じゃ〟

「信忠さまの？」

〝左様。新舘御寮人を捕らえ、金華山まで連れてまいれ〟

「なんじゃと」

〝よいか。まもなく織田家の大軍が信濃の境を越えて戦さを仕掛けよう。そのときが、潮じゃ。新舘御寮人を捕らえよ。されど、あくまでも御寮人が従われぬならば、やむかたなし。即刻、御寮人の御首を頂戴し、信忠さまの御前に持参せよ〟

「待て。なにをいきなり、左様なことを。いや、その前に、おぬしは誰だ。何者だ」

影は、答えない。

〝お指図を成し遂げぬ内は、美濃へ帰ること、決して罷りならぬ。しかと伝えたぞ〟

「待てっ」

五郎左は、牢格子に縋りついた。

「待ってくれっ」

しかし、伽羅の香りが薄れ去るとともに、何者かの気配も消え失せた。

後に残されたのは、ただひたすら、ぬばたまの闇だけだった。

第二章　松姫、旅立つ

一

城が、蠢き始めている。

気が凝り固まってただならぬ雰囲気に包まれながら、城兵ことごとくが戦さ支度を始めている。武具や馬具に磨きを掛ける者、旗や幟を棹に通して高々と掲げる者、甲冑の糸縅に解れがないか丹念に見定める者、無数に繋がれた駒を洗って毛並みを整える者など、誰も彼もが忙しなく動き回り、そのたびごとに具足や切っ先が陽を照り返し、郭内のそこかしこに瞳を射るような光が満ちつつある。

そうした慌ただしい容子に耳を傾けている松姫に、

――姫さま。

侍女筆頭の谷川が心配と不安を綯い交ぜにした表情で、すぐかたわらまで膝を寄せてきた。松姫の前には一の膳、二の膳、三の膳と食膳が並べられている。しかし、どの膳を見ても、箸をつけたとはおもえない。

「姫さま、せめてお吸い物なりと」

「いらぬ」

このときの松姫ほど奈落の底に叩き落とされた者もなかったろう。

十五年前、松姫は織田信忠と婚約して新舘御寮人となった。ところが、成って五年後、婚約が破棄された。もっとも、そのときは幼いことも手伝ってか、さほど衝撃は受けなかった。少なくとも、父の信玄や周りの家臣のようには怒らなかったし、母や姉たちのように落胆もしなかった。たしかに婚姻をぶちこわしたのは織田信長だったが、その息子の信忠自身は松姫のもとへ手紙を送り、慰めるというよりは新たな交遊を始めようと持ち掛けてくれたからだ。

たとえ現実に観えることのない手紙の遣り取りのみという淡々としたものであったにせよ、それだけで松姫の心はやすらぎ、かつ和らぎ、以後、手紙を読み、返事を綴り、そして遣わすという行為は、彼女の日常において、なくてはならないものとなった。

信忠の手紙を読むだけで、未だ見ぬ尾張や美濃の風物が瞼の裏に広がった。ことに、尾張の風光は想像するだけで胸がときめいた。そこにあるのは甲斐や信濃のような山に閉ざされたものではなく、眼の前に海が横たわり、上を見上げれば遮るものなどなにひとつない空があるはずだった。どこまでも広がりわたる青い天を、潮風に吹かれた雲がゆったりと飛んでゆく。そんな雄大な光景を、常に脳裏に描いてきた。

実際、十年というのは、決して短い年月ではない。その長々しい日々の間中、松姫は夢想とともに暮らしてきた。だが、その夢想は、いまや、音を立てて崩れてゆこうとしている。

「わらわは、これから、どうやって生きてゆけばよいのじゃ」

知らず知らずの内に口を開きかけたそのとき――。

跫音も高く、居室にやってきた人影がある。左右に小姓を侍らせ、すぐ後ろにふたりの老臣を従えた兄の盛信だった。身が火照っているのか、羽織っていた綿入れの前は勢いよく開けられたままだ。

「お松」

いうなり、どさりと腰を落とす盛信に、

――ただいま、お茶のお支度を。

と、谷川が腰を上げかけたが、

「要らぬ」

盛信は、松姫に向きなおり、手早く告げた。

「わしは、さほど遠からぬ内に、木曾義昌の討伐に出る。が、案ぜられるのはそなたの身の上じゃ。まんがいち、義昌がわれらが手勢と入れ違いに、ここ、高遠まで攻め寄せてこぬともかぎらぬ。そこでな——」

盛信は、脇差を差し出した。

大左文字安吉。

「これは、中山五郎左より取り上げたものだが、そなたも過去に見憶えがあろう。亡き信玄公より岐阜中将信忠へ贈られた品じゃ。そなたは、岐阜の元許嫁。とりあえず、そなたに渡しておく。この先、どのように扱おうと、そなたの好きにするがよい」

「されど、兄上」

「大事は、脇差にあらず」

盛信は、従えてきた下嶋與右衛門に首を巡らせ、また、そのかたわらに控えていた窪田新兵衛にも「近う」と呼び寄せた。ふたりの老い武者は膝をにじらせて、盛信の前に進み出た。盛信は、告げる。

「よいか、お松。與右衛門は、そなたの傅役。ここな新兵衛は、與右衛門の竹馬の友。この両名に小勢を編ませるゆえ、急ぎ、高遠を出よ」

「高遠を出て、いずこへまいれと仰せなのです」

「勝頼公のもとへ、新府城へ帰るのだ」

「なにゆえにございますか」

「時が時だけに、いつなんどき、この高遠も、おもわぬ襲来を受けるやもしれぬ。百の手勢を遣わすというわけにはゆかぬが、為し得るかぎりの人数を揃えてゆくがよかろう。よいか、與右衛門、新兵衛。随行の者どもについては、おぬしらに一任する。気に入りの者を連れてゆけ」

もはや、否も応もない。

二

松姫に同じく、中山五郎左衛門光勝もまた、当惑のただなかにある。

それも、わずかな明かりしか与えられず、訪れるものは信濃の枯れ野に吹き寄せる寒風しかないような、本丸の岩牢に繋がれたままでいる。

だが、当惑しようと狼狽しようと、牢に繋がれた身では如何ともしようがない。

いや、あるじの信忠から拝領した脇差まで取り上げられた今、本来ならば舌でも噛み切るか、冷え冷えと濡れたこの岩壁に頭を打ちつけて憤死するべきだろう。

が、どうやらまだ、生きることに執着があるらしい。

(不甲斐ない話だ)

そう苦笑いを浮かべたとき、また、香が香った。

まちがいない。先日、闇の中から信忠の密命を伝えてきた者が焚き籠めていた伽羅の香りだ。五郎左は、牢格子を鷲づかみにして闇の向こうへ瞳を凝らした。すると、小さな灯りが感じられた。ちらちらと揺らめく蠟燭の灯りだ。

「誰だ」

手燭を掲げて現れたのは、十代の半ばあたりと見える娘だった。

雑仕女として城へ上がって未だ間もないのだろうか、化粧も拙く、物腰も覚束ない。もっとも、それは、彼女が案内してきた女人の流れるように美しい所作のせいでもあるのだろう。田舎娘の物慣れぬ動作は、ひときわ雅立った所作の前では、なおさら鈍く見えるものだ。そう、その小娘の案内してきた女人は、ほかならぬ松姫だった。

しかし、声を上げかけるほどに驚いたのは、松姫が面会に来たためばかりではない。

五郎左の鼻腔に、伽羅が香ったからだ。

(なぜ、密命を伝えてきた者と同じ香を松姫さまが……)

しかし、松姫は、五郎左の疑念など知る由もない。

「小糸」

先に立って案内してきた小娘に、手燭の灯りをもうすこし牢格子に近づけるよう促すと、やや歩み寄り、こう、五郎左に質した。

「岐阜中将どののこれまでのお手紙には、木曾義昌どのの内応については、ひと文字たりとも触れられておらなんだ。いつもどおりのご挨拶と、岐阜のご城下のお暮らしぶりが綴られ、甲斐や信濃に仇為されるような御気色はまるで察せられなんだ。それが、なんとしたことか、いきなり、織田家と武田家がすぐにでも攻め滅ぼし合わんとでもするかのようなお手紙を、そなたに遣わされた。――五郎左」

涙が溢れ出そうな瞳を、向けてくる。

「これは、いかなることか」

「それがしは、信忠卿よりお手紙を託され、使い番としての役目を果たしてまいりました。ただ、それだけのことにございまする。織田家の方策について、それがしのような若輩者が知り得ることなど、ひとつとしてございませぬ」

そう答えたとき、

（いや、待て）

頭の中に、信忠の怜悧な容貌が甦ってきた。

（わしは、幼き頃より信忠さまにお仕えしてきた。信忠さまのご心中は手に取るようにわかる。信忠さまのなさることは、いついかなるときも無駄がない。松姫さまとお手紙を遣り取りしておられたのも、他国の者では見聞しかねる信濃や甲斐のあらましを知りたいと欲されたからではなかったのか）

　五郎左は、黙したまま瞳を伏せた。

　そんな五郎左の胸の内を察したのかどうか、松姫は、こう呟いた。

「左様か。わらわは、おろかであった。わらわは、信忠どのを信じてまいった。信じてまいったゆえ、新府城や高遠城のありさまを見るままに綴り、甲斐や信濃の風物を感じるままに語ってまいった。それらは……それらは、なにもかも、岐阜どのが……」

　自分は、やがて織田家が侵攻する際の情報源になっていただけだったのか。

「五郎左」

　松姫は、なじるような目で睨みつけた。

——おまえは、そんな世間知らずなわたしを心の中で嘲笑いながら、何食わぬ顔で使いをしていたのか。いや、そもそも、おまえがわたしの心を育てた。世間知らずなわたしをおだて、得られようはずもない憧れを肥らせてきたのだ。

「そなたは、こう、申したな」

——尾張には海がございます。果てもなく、遮るものもなく、空の青さを映した水がただひたすら広がっております。浜もございます。陽の光にきらきらと輝く白妙の浜へ、数多なものが異国から波によって運ばれてまいります。果実もあれば、壺も、香木も、貝殻もございます。浜に下り、砂を踏み、汀に立ち、波に触れていただきとうございます。そしてまた、海が鳴るのを聞いていただきとうございます。うねりの音や波の音が、時に高く、時に低く、常に鳴り渡っております。鷗が飛び交い、海燕が鳴き騒いでおりまする。さらには、諏訪湖では目にすることも叶わぬような大船に、乗り込むこともできまする。大船に乗りさえすれば、海の彼方にある異国へ向かうことまでできましょう。

「すべて、わらわは信じてきた」

「松姫さま……」

「いつの日にか果たせるものと、夢に描いてまいったのじゃ」

絡んだ視線を、五郎左は逸らせた。

そして、ふたたび、目を伏せた。とてもではないが、松姫の顔を真正面から観ることはできなかった。罪の意識というべきかもしれない。たしかに、五郎左は松姫の憧憬を煽ってきたかもしれない。だが、それはなんら計略があったわけではなく、尾張や美濃の風物を知りたがっている松姫に、ただただ満足してもらいたいという無垢な気持ちで、さまざまなものを語ってきたというにすぎない。策謀も悪意も、なにひとつとしてない。しかし、すべての夢が打ち砕かれた今、松姫としては五郎左をなじるよりほかにないのだろう。

「そなたもまた、胸の内で、わらわを嘲(あざけ)っておったのか」

「決して、そのようなことは……」

否定しようとした矢先、

――姫さま。

岩壁に手をそえつつ降りてくる人影があった。

三

與右衛門である。

「韮崎(にらさき)の御城より、早馬(はやうま)が到着してございまする」

むろん、勝頼から盛信へ遣わされたものにちがいないが、松姫にもまた口上(こうじょう)が託されているのだろう。松姫はすぐに腰を上げるや、雑仕女の小糸を先に立て、足早に地下牢を立ち去った。当然、與右衛門もその後に続いてゆくはずだったが、ふと立ち止まり、牢格子に顔を寄せた。

「このとおりだ、五郎左どの」

いきなり、五郎左に向かって申し訳なさそうに頭を下げた。

「おぬしがなにも知らずに使い番に立っておったのは、このわしがよく存じておる。また、おぬしが嘘をつけぬ性分であることも重々存じておる。じゃが、いまは、ここから出すことはかなわぬ。しばしの間、赦されよ」

「赦すも赦さぬも……」

五郎左は、諦めたように嗤った。

「姫さまは、お聡き御方じゃ。なるほど、夢もお持ちじゃ。憧れもお持ちじゃ。じゃが、それにも増してお聡い。岐阜中将はご正室こそ娶っておられぬものの、ご側室がご嫡男の三法師どのやご次男の吉丸どのを産み落とされた。そうしたことも、よくご存じじゃ。そのような美濃へ、いまさら輿入れなどなされぬ。なされれば、世の嗤いものじゃ。そうしたことも、よく承知しておられる。じゃが、承知しておられても、やはり、心のどこかで信忠卿を恃みとしておられた。心の支えにしておられた。おぬしがせっせと運んでまいった書状は、そうしたものであった。その書状に、武田家を自分が攻め滅ぼした後は側室に迎えてもよいとでもいうような見下した文句が綴られてあれば、おぬしに憎しみを向け、責めなじられるのも無理はない。姫さまにとって、おぬしは織田家そのものじゃからな」

「つまり、それがしは……」

五郎左は、ちからなく胡坐（あぐら）をかいた。

「松姫さまのお心を打ち砕き、人生を台無しにした大悪人ということにございますか」

「そうではないが、しかし、信忠卿が攻め込んで来られれば、そうなる虞（おそ）れもあろう」

與右衛門は、声をひそめつつも、ちからを籠（こ）めた。

「実際、どうなのだ、五郎左どの。信忠卿は、攻めてまいられるか」

「さて……」

五郎左は、ちいさく溜め息をついた。

伽羅の香りとともに闇の中から命じてきた声は、たしかに武田攻めは近いといっていた。だが、それが果たして真実、信忠の指図（さしず）によるものかどうか。安土（あづち）にある信長が送り込んだ間者（かんじゃ）という可能性はないのか。いや、そうではない。自分は信忠によって高遠まで遣わされている。自分に下知（げち）できる者は、天下にただひとり、岐阜中将織田信忠しかない。

「……どうでしょう」

「黒母衣衆（くろほろしゅう）のおぬしですら、見当がつかぬというのか」

「……それがしと與右衛門どのの仲ゆえ正直に申しますが、木曾義昌さまが武田家から織田家へ寝返った今、盛信さまが喝破されたとおり、信長公は武田領へ攻め込まれるおつもりでしょう。信長公は、こうとお決めになれば疾風迅雷、眼にも留まらぬ勢いで動かれまする。おそらくは、この如月を迎えるや、安土から美濃へ早馬が遣わされ、戦さ支度の命が下されたことでしょう。信忠さまは、麾下の軍馬を城内に揃え、すぐにでも美濃と信濃の国境へ馳せ向かうことができるよう、お指図しておられましょう」

「なるほど、慧眼」

與右衛門は、深く頷いた。

「じゃが、いったい、いつ……」

信長が腰を上げるのかと、與右衛門は質したいのであろう。

が、いかに五郎左が織田家の侍とはいえ、信長の動向までは測りかねる。

「さて……」

と首をひねるよりほかになかったが、そのとき、ちいさな地響きのような振動を身におぼえた。それも一度や二度ではない。消え去ったかとおもえば、またすぐに地面が振動する。どうやら、早馬だけでなく、人馬がひっきりなしに城を出入りしているらしい。

「やけに、慌ただしゅうなってきおったわ」

與右衛門は、忌々しそうに呟いた。

四

新府城から早馬を飛ばしてきたのは、勝頼の近習を務める内藤靭之進だった。

「おお、靭之進」

盛信は、張り詰めていた気が和らいだのか、ふわりと微笑んだ。岩牢から戻った松姫も、盛信の四人の夫人と居並び、靭之進の参上を待っていた。靭之進は、上段の間に腰を据える盛信の下座に畏まり、横手に腰を下ろしている松姫らに対しても深々と頭を下げた。

「つつがないか」

「お蔭さまにて」

盛信は、靭之進が恭しく差し出した幾つかの袋に眼を留めた。

「それは、なにか」

問えば、顔料だという。

なにに用いるつもりかと重ねて問えば、

――狼煙にございまする。

と、答えた。

鞆之進は、包みを開いて顔料を差し出した。

「敵が国境を侵してまいった際には、赤色を。無事に撃ち攘えた際には、青色を。陣も砦も破られ、敵の意のままに領内へ入り込まれた際には、こちらの黒色の顔料を用いよとの仰せ。すでに、諸方の砦、城、物見台などには新たな顔料を配り終えてございまする」

(手回しのよいこと)

松姫は、盛信と鞆之進の遣り取りを聞きながらおもった。

「狼煙についてはさておき、勝頼公よりのお指図をお伝えしたく存じまする」

「申せ」

「木曾を征伐いたしまする」

先月の二十八日、木曾義昌の裏切りを知った勝頼は、怒髪天を衝いたという。そして、その怒りは、昨日の二月二日朝、信玄の存命中より人質として預かっていた義昌の七十歳の母、十三歳の嫡男千太郎、十七歳の長女岩姫を新府城内で処刑し、義昌を討つべく軍勢を催すよう下令したらしい。

その下知状を、鞆之進は携えてきたのである。

「勝頼公は、このように思し召されておいでです。木曾義昌が謀叛の背後には岐阜中将ありと。十中八九、木曾方はわが武田家の軍馬を迎え撃たんとしましょうが、そのおり、織田勢が後ろ盾となるは必定。そうなった場合、勝頼公おんみずからも甲斐、信濃、上野の兵馬二万をお束ねになり、出陣あそばされるとのことにございまする」

「兄上が、じきじきに本軍をひきいてゆかれると？」

「御意」

鞆之進はふかぶかと頷き、

「そのおり、盛信さまにおかせられましても、お手勢をひきいて上伊那口からご出陣あるべし、との仰せにございます。伊那高遠の西、木曾谷の搦め手にあたる権兵衛峠へ向かわれ、木曾谷を見下ろしつつ御陣を布かれまするように」

盛信は「承知」と短く答え、與右衛門に顔を向けた。

「決戦の場は、いずれになるかな」

「木曾勢がわが武田家を迎え撃たんと北へ向かい、織田方が飛驒口あたりから加勢してまいるとすれば、木曾郡奈良井村の鳥居峠あたりになろうかと存じまする。ただ、これぱかりはなんとも言い切れるものではございませぬが……」

そのとき、にわかに太鼓が鳴り響いた。物見櫓に据えられている大太鼓で、まさに丁度、山の端に狼煙の上げられたことが知らされた。盛信は弾かれるように身を起こし、鞆之進を従えて回廊に出た。松姫らも、むろん、従う。

「おおっ」

西の彼方に、真っ赤な狼煙がひとすじ、上げられている。

早春の一朶の雲もない真っ青な空に、巨大な曼珠沙華が咲くように、鮮やかな赤が映えている。もくもくと伸び、やがてゆったりとたゆたい出し、天の彼方に吸い込まれてゆくその手前に、あらたな狼煙が上げられた。いましがた消え失せたものよりいっそう鮮やかな赤が、松姫の瞳を衝く。

「兄上」

松姫は、声をふるわせた。

「鞆之進は、なんと申しました。赤は、狼煙の赤は……」

「そう。敵が攻め込んでまいったと」

「あの方角は」

「西じゃな」

「では……」

松姫が案じるとおり、あきらかに木曾の山並みから狼煙は上がっている。

五

遠くから、人馬のどよめきが聞こえてくるような気がした。

（……空耳か。いや、ちがう）

五郎左は身を起こし、薄闇の中に耳を澄ました。

まちがいない、数え切れないほどの人や馬が、高遠の地を侵し、城を取り囲んでいるにちがいない。その大気を震わせるような叫びや喚き（わめ）が、風に乗ってこの岩牢まで届いているのだろう。だが、小さく穿（うが）たれた明かり取りからは、城外の景色までは見られない。なにもたしかめようがない。

「誰かおらぬかっ」

牢格子を揺さぶり、叫んだ。

「誰もおらぬのか。あのどよめきは、なんだ。なにが起こっているのだ」

しかし、その問いかけに答える代わりに、

――出ろ。

いきなり、声が届いた。

闇の中に赤茶けた灯火（ともしび）が揺れ、ひとり、熊のように屈強（くっきょう）そうな髭武者（ひげむしゃ）が立っている。

志村又右衛門だ。

又右衛門は鍵を開け、小さな格子戸を開くや、顎をしゃくった。

五郎左はいわれるとおりに格子を潜り出たが、やにわに棍棒のような腕が伸びてきて二の腕を取られた。なにをするのだと質す間もなく、石段を引っ張り上げられた。いきなり、全身に陽の光が襲いかかってきた。明かり取りから射し込んでいた陽光とは眩しさが段違いだ。おもわず瞳を閉じたが、それも束の間、中庭へたたき出され、歩くようにうながされた。

「わしをどうするつもりだ」

叫ぶように問うたが、又右衛門はなにも答えない。顰め面をして二の腕をさする五郎左を一瞥するや、ふふんっと鼻で嗤い、さっさと先に立った。五郎左としては黙ってついていくより仕方がない。ふと、眼の前に、戸板が担がれてきた。

(亡骸か……)

ただし、首がない。どうやら、首は刎ねられて間もないものと見え、戸板からは血が滴り落ちている。いや、それどころか、胴が纏っているのは袈裟だった。僧侶が首を刎ねられるというのは、いったいどういうことなのだろう。

そのとき、ふたたび、人馬のどよめきが風に乗ってきた。立ち止まり、あたりを見回したが、本丸は城地の臍にある。丈高い塀や櫓に囲まれ、城外の容子はまるでわからない。だが、いっそう昂まり続ける人馬のどよめきは、尋常なものではない。

（まちがいない、城が包囲されている）

ぶるるっと、身が震えた。

「きさまの仲間だ」

又右衛門が忌々しそうに告げる。

「こっちへ来い」

見せてやるとばかり、物見台に立たされた。

六

一望すれば、丘にも野にも、万を数える旗がはためいている。

見慣れたその旗印から、しかとわかる。織田家の軍馬だ。それも、信忠ひきいる美濃の精鋭に相違ない。いまにも襲いかからんばかりの気炎が上がっている。もはや、高遠の地すべてが織田方の軍馬に埋もれているといっても過言ではないだろう。

「きゃつらめ、陣城まで築きおった」

「陣城……」

五郎左は、さらに瞳を凝らした。

高遠城は、西へ向かって流れる三峰川と藤沢川の合流する三角洲に築かれている。

三角洲といっても、大きな舌が盛り上がって伸びてきたような扇状地で、その西の先端を均し、段丘を掘り切っていくつかの曲輪を設けている。いま、五郎左が眺めているのは、城の南を流れる三峰川の南岸だ。

小高い丘から河原までなだらかに下っている裾野一帯に、兵馬が群れている。ところどころに真っ白な雪が残り、骸骨のような木々が黒々とした影を落としている。その白と黒の景色を背に、色とりどりの鮮やかな旗や幟が数知れず立てられている。陣幕も延々と張られ、おそらく使い番なのだろう、駒に打ち跨った武士どもが西から東へ、東から西へと馬蹄を響かせながらしきりに往き来している。背に翻る小旗は、右三つ巴。

(あの家紋は、河尻秀隆どの……)

信長の側近のひとりであり、かつ信忠の軍監でもある秀隆は、美濃国は岩村の城主だ。信忠の輔佐役にと信長からあてがわれ、いまや、黒母衣衆の筆頭に据えられている。その大物までもが出張ってきているところを見れば、この城攻めが美濃衆の総力を傾けたものであるのはまずまちがいない。

「東もまた、同じじゃ」

洟をすりながら、又右衛門が吐き捨てる。

これもまた、そのとおりだった。

高遠城の東方には月蔵山が聳えているのだが、この裾野の樹木が一気に伐採され、柵が延々と立てられ、土塁が盛られ、旗や幟が所狭しと並べられ、おびただしい吹き流しが風を孕んでいる。やはり、南の河原と同じように、無数の雑兵が、陣城のまわりに屯している。きらきらと陽の光を照り返しているのは、小脇に手挟んだ鑓の穂先であろう。

五郎左は、その陣城のまんなかでひときわ高く聳える旗に眼を留めた。

鶴の丸の家紋があしらわれている。

（こちらは、森長可どのか……）

いや、森勢だけではない。

幟に染め抜かれている家紋は丸の内石畳だから、おそらく団忠正の手勢もともに月蔵山に配されているにちがいない。さらに陣城のまんなかで翻っているのは、遠目からでもそれとわかる織田木瓜だ。信忠の本軍まで到着しているのは、ほぼまちがいない。蟻の這い出る隙間もないとは、まさにこのことだろう。

「もうよかろう、来い」

又右衛門は吐き捨てるように怒鳴り、ふたたび先に立って歩き出した。

五郎左は、抗いようがない。

(それにしても……)

いまひとたび、月蔵山の旗幟をふりあおぎ、本丸の中庭を見渡した。中庭に屯している のは、一千に満たないような雑兵ばかりだ。それも、老いさらばえた兵しか屯していない。これでは戦さにならない。

(ひとたまりもなく、落城するだろう)

五郎左は、又右衛門に従いながら、くちびるを引き結んだ。

(このような瀬戸際にわしを牢から出して、いったいどうしようというのだ)

七

連れて行かれた先は、御殿の広間だった。

広間は、上段と下段に仕切られている。板張りの武田菱をあしらった巨大な床の間を背にした上段には、甲冑をつけた盛信の姿がある。だが、纏ったその鎧は、見るからに哀れなさまだった。縅し糸は解れ、そこかしこに矢傷や刀傷が見られ、血飛沫を厭きるほどに浴びたのだろうか、赤黒い染みがそこらじゅうにこびり付いている。

（なんというありさまだ）

五郎左は、唖然とした。

自分が岩牢に繫がれている間に、いったい、なにが起こったのか。いや、考えるまでもない。すでに、ひと合戦あったのだろう。それも、尋常一様な戦いではなかったにちがいない。しかし、いったい、どこでどのような戦いがおこなわれたのか。だが、下座に這い蹲らされた人質に説いてくれるとはおもえない。

ところが、どうしたことか、家老を務めている小山田昌行がこう口をひらいた。

「おぬしに、頼みがある」

耳を疑った。

つい先刻まで岩牢に放り込まれていた人質に、なにを頼もうというのだ。

「ほかでもない。明日にも、この城へ織田勢が攻め寄せてくるじゃろう。わしらはむろん城を守るべく抗うが、信玄公のご息女たる松姫さまに、この城へお留まり願うわけにはまいらぬ。血腥きありさまは、お見せできぬ。一刻も早く、お逃がし申さねばならぬ。そこで、頼む。松姫さまとともに、甲斐は韮崎の新府城まで向こうてもらうわけにはまいらぬかな」

五郎左は、目を見開いた。

（わしは、織田家の家臣じゃ。できるはずがない）

しかし、小山田昌行は、閉じられている板戸に向かい、

――與右衛門どの、入られよ。

と、声を掛けた。

板戸が開き、下嶋與右衛門が先に立ち、松姫のほか数十名からの者が入ってきた。そして、上段の下手、家臣どもを横から眺める位置に、静かに腰を下ろした。松姫や與右衛門はもちろん、後の者も皆、旅装束である。かれらは息をそろえて盛信に対し、一礼した。

「不肖、政茂」

と、與右衛門が顔をあげる。

「殿のお指図どおり、松姫さまを韮崎へお送りいたすべく人数を打ち揃え、ここに姫さまともども参上してございまする。人数は、締めて六十六名。それがしの輔佐には窪田新兵衛。嚮導役には内藤靹之進。傅役の輔佐に土橋彦右衛門ならびに柴田源之丞。姫さま付きの鑓持には小沢伝八、河野藤蔵、石坂幸吉。また、松姫さまの御衣裳と調度の類いは四棹の長持をもって充て、ひと棹につき四名、交代の

人数を入れれば八名の中間、四棹で三十二名。侍女は筆頭の谷川から見習いの下女まで合わせて十名。その他、足軽十五名。ここに、それがしと松姫さまを入れれば、総勢六十六名と相成りまする」

「よかろう」

昌行は頷いたが、輿右衛門の連れてきた者は皆、緊張からか小刻みに震えている。

無理もない。

今も尚、城外の野や町では雄叫びが騰がり、駒の立てる蹄の音が轟いている。まちがいなく城は十重二十重と囲まれており、そこを突破して韮崎まで向かおうなどと、無謀というに等しい。

（そこへもって、なぜ、わしが人数に組み込まれねばならんのだ）

五郎左は、奥歯を軋ませた。

八

すると、城主の盛信が、

――五郎左衛門よ。

ひどく寂しげな抑揚で、呼び掛けてきた。

「なにゆえ、自身がこの人数と共に行かされるのか、まるで合点がゆかぬようじゃな」

いかにも、とは答えられない。

五郎左は黙したまま、生唾を呑み込んだ。

「なるほど、おぬしは岐阜中将の黒母衣衆、織田家の忠臣である。それは、百も承知じゃ。それを、あえて頼みたいのだ。ともかく、これ、このとおり」

にわかに、頭を下げた。

「殿、なにをなされまするっ」

又右衛門が、かたわらから声を飛ばす。

「こやつは、人質。事の次第を説かれるなど、無用にございまするぞ」

「静かにしておれ、又右衛門」

盛信は五郎左に向き直り、あらためて話し出した。

「そなたを牢に入れてまもなく、信濃のありさまは目まぐるしいほどに変わった」

武田家と織田家との間に、長篠の戦いに匹敵するような巨大な合戦があったという。

「こういうことじゃ。木曾の義昌が織田家に内応したことで、安土城にあった織田右府がにわかに腰をあげ、嫡男の岐阜中将に武田攻めを指図した。義昌は、岐阜の寄騎とされた金森長近の加勢を受けて木曾谷を出、奈良井の鳥居峠に布陣。これに対し、わが兄勝頼公は、ここな奥の……」

　といって、かたわらに控える夫人に眼をむけた。

　盛信には、四人の夫人がいる。武田信繁の娘、武田信廉の娘、仁科盛政の娘、福知新右衛門の娘の四人だが、いまも、四人が揃って困憊した夫を気遣いつつも、わが身に降り懸かってきた災禍にどのような対処をすればよいのかまるでわからないといった風情だ。

「ここな奥の兄信豊に五千の兵を与えて先駆けとし、おんみずからも一万五千の手勢をひきいて出馬された。むろん、われら高遠衆にも諏訪衆にも出陣の下知があった。諏訪衆二千は勝頼公に付き従い、わしは三千の手勢をひきいて搦め手より敵にあたることと相成った。勝頼公は諏訪大社にて戦勝をご祈願の後、鳥居峠をめざして南へ下られ、われらは伊那高遠の地を背に、権兵衛峠に道をとって西をめざした。総勢二万五千。木曾の兵はたかだか二千。援軍として美濃より遣わされた金森勢は、どれだけ多く見積もっても五千。まともにぶつかり合えば、勝ち負けは見えておる。ところが……」

　いきなり、叩きつけるような物音が響いた。

苦悶の顔つきの又右衛門が、板敷の床を拳で殴りつけたのだ。

それだけで、五郎左には、鳥居峠でなにが起こったかわかる気がした。

「左様、敗れた」

盛信はひと声つぶやき、高遠勢の中核となっていた顔を見回した。どの顔も疲れ果て、涙を滲ませ、洟を啜っている。この容子では、恐ろしいほどの惨敗だったのだろう。三千という数で押し出したものの、半減してしまったにちがいない。

「敗れるはずのない戦さに敗れたのだ」

盛信は、奥歯を鳴らして声を搾り出したが、ひと声、気合いを入れ直して顔を上げた。

「すでに、木曾義昌と金森長近は、木曾谷を背に諏訪湖をめざして北上しておる。また、岐阜中将は美濃の岩村からおびただしい兵馬を繰り出し、降り積もった雪を蹴散らすように伊那谷を突き進み、今朝、この城を取り囲んだ」

五郎左は呻いた。

やはり、さきほど眺めた軍馬は信忠さまのものであったのだ。

「……では、あの首のなかった亡骸は」

「わしが刎ねてくれたのよっ」

又右衛門が、咆える。

「織田の小僧めが、たまさか、木曾義昌が鳥居峠で勝ちを拾うたために調子に乗り、この伊那へ攻め込んでまいった。これまた運よく、伊那の諸城に意気地がなく、織田勢と観える前に逃げ出してしもうたのを好いことに、つぎからつぎへと小城を手に入れ、勝ちに驕ったまま、すぐそこまで出張ってきおった。そこへもって生臭坊主を遣いに寄こし、降伏せよと勧告してまいった。小癪なこと、きわまりない。首は、峻拒の証として、敵方へ送り届けてやったんじゃ」

「峻拒の証……」

「きさまの首とふたつ並べて返してやればよかったわい」

ぎろりと五郎左を睨みつつ、又右衛門は不敵に嗤った。

(おろかな)

五郎左は、胸に呟いた。

(信忠さまの使者を殺めてしまっては、もはや、どうにもならぬ)

九

「そう」

盛信が、おもむろに口を開いた。

「事ここにいたれば、われらに残された道は城を枕に討死することよりほかにない」

五郎左は、ちらりと盛信の夫人らに眼をやった。

四人の夫人は四人とも一様に顔を伏せ、瞬きすることすら忘れてしまったかのように、うつろな瞳で敷き板を見つめている。その夫人らの抱き寄せている小さな人影があった。それも、ふたつ。男児と女児だ。頑是ない幼な子だったが、この子らにも、いま、高遠城がどのような目に遭いつつあるか、想像がつくらしい。不安げな面持ちで、息を弾ませながら、夫人たちに擦り寄っている。盛信は、そんな夫人や子どもらから眼をそむけ、ふたたび、話し出した。

「ここは、われらが城じゃ。城と運命をともにするは、武人の習い。また、その妻の習い。さりながら、子はちがう。子らには、後の世がある。子を親の生きざまに引き摺り込むのは、親のわがままじゃ」

なんとしても助けてやりたい、というのであろう。

「お松よ」

盛信は、旅装束の妹に声をかけた。

「信基と督姫を頼む」

松姫は、目を剥いて顔を上げた。

自身ですら、敵の囲みをすりぬけて城を脱することができるかどうかという瀬戸際に、十歳にも満たない子どもを抱えてゆくのは無理というものだろう。そう、目で告げた。

「わかっておる。そなたのいわんとするところは、重々、承知しておる。じゃが、ここへ留まらせるは、あまりに不憫じゃ。のう、お松。信基も督姫も、そなたからすれば血の繋がった甥と姪。行く末を見届けてやってはくれまいか。むろん、そなただけに面倒を頼むのではない。ここに、信基の傅役たる馬場新左衛門、督姫の傅役たる上条常之助の両名を控えさせてある。見てのとおり、旅支度も済まさせた。このふたりが、それぞれ、子らを背負い、そなたとともに韮崎をめざす」

「されど、兄上」

「もう、決めたことだ」

盛信は妹から視線をはずし、あらためて五郎左に向きなおった。

「そこで、そなたに頼みたいのだ。新府城へ向かう道すがら、なにが起こるか、予断をゆるさぬ。織田方の兵に取り囲まれるのも、充分に考えられよう。そのとき、岐阜中将の側近たるおぬしがいれば、お松らの命を助けることができるやもしれぬ」

五郎左は、戸惑いの色を浮かべた。

命を助けよと頼まれても、助けようがないではないか。自分は、敵の城を攻撃したことは数知れずあるが、敵城の姫御前を助け出したことなど、ただの一度もない。

「そなたは、岐阜中将の側近。美濃の手勢については誰よりも存じておるはずじゃ。ひと目、旗印を見れば、その手勢をひきいる将の性質から兵数、手の内にいたるまで、即座に察することができよう。お松とともにゆく道すがら、彼方に翻る旗印で、進むべき道を判断できよう。ちがうか?」

唇をかすかにわななかせる五郎左に、盛信はさらに告げる。

「それだけではない。まんがいち、織田方の兵馬に取り囲まれ、進むも退くもままならぬようになった場合、お松の一行を救えるのは、そなた、ただひとりじゃ。そなたが、武田方の女子どもを捕らえた故、岐阜中将がもとへ連れてまいる途中であると、そう、述べてくれさえすれば良い。織田方の名のある将で、そなたの顔を存ぜぬ者はあるまい。そなたの弁を信じぬ者も、また、あるまい」

「それがしに、ごまかせと……?」

「さすれば、虎口も脱せられよう」

「そのような嘘が通用するとはおもえませぬ。いかに虚言を弄したところで……」

「五郎左どのよ」

與右衛門が、苦渋に満ちた表情で、口を添えてきた。

「われら、六十六名。少なくない人数ではあるが、見てのとおり、老い耄れと女人が大半じゃ。三十代といえばここに控える嚮導役の河野藤蔵と、二十代は内藤靭之進、土橋彦右衛門と柴田源之丞。十代は石坂幸吉。ただ、それだけ。後は皆、五十の坂を上りつつある老い耄ればかり。織田勢に出くわすようなこととなれば、松姫さまにはお辛き目を味おうていただくことになるやもしれぬ。それゆえ、せめて、あと数名、豪の者がいてくれればとおもわぬでもない。じゃが、高遠が危急存亡を告げつつある今、贅沢は申せぬ。ただ、おぬしがいれば、話はちがう」

「いや、しかし……」

「無理難題は、承知の上。じゃが、松姫さまをお守りし切れるかどうかの瀬戸際なのだ」

――頼む。

と、與右衛門は頭を下げた。

「われわれと共に、甲斐国までご同道願いたい」

一〇

「無用、無用っ」

いきなり、又右衛門が膝を進ませた。

「人質を頼るなど、武田家の、いや、仁科家の名折れにござる。かように恥ずべきことが世間に知れれば、諸国すべてがわれらをあざけり嗤いましょう。こやつごときに頼るなど、無用にござる。そのような手段を取るくらいならば、ぜひ、それがしをお連れいただきたいっ」

又右衛門は、盛信に対して深々と頭を下げた。

「わが殿。ぜひとも、この又右衛門のわがままをお許し願わしゅう」

「ぜひとも、と、申すか」

「お汲み取り下されませ」

盛信は、かすかに溜め息をついた。志村又右衛門は、高遠城でも指折りの手練れだった。城が大軍に包囲されている今、盛信の側になくてはならない武将であることは、誰もが承知している。

「よかろう」

盛信は、莞爾と笑った。

咄嗟に、與右衛門がかぶりをふって身を乗り出し、

「又右衛門っ。おぬし、殿のお命をなんと心得るっ」

「よいのじゃ。與右衛門。わしの身を案ずるには、およばぬ。わしには、一騎当千のつわものどもがついておる。この城もある。高遠は、信濃一の要害。一万や二万の兵をもってしても落とすことは叶わぬ。……又右衛門よ、ゆくがよい。韮崎までお松を守り抜き、こたびの騒擾が落ち着くまでお松に尽くせ」

「まことに、ございまするか」

又右衛門は、声を震わせた。

「いまさら、嘘など申して何になろう」

ありがたき幸せといいかけた矢先、

――じゃが。

盛信は、こういいきった。

「そなたの同行を認めるかわりに、中山五郎左衛門の同行も許せ」

「ばかなっ」

又右衛門は唾を飛ばし、五郎左を指さした。

「こやつは、敵方の将にござる。信忠の側近にござるぞ。そのような者を甲斐まで

連れてまいるなど、ありえませぬ。なにが起こるか、わかったものではない。岩牢へ捨て置けばよいではござりませぬか」

「わしのいうことに従えぬと申すか」

盛信は、又右衛門を睨みつけた。

「ならば、おぬしは城に残す」

又右衛門の絶句するさまに、周りの者どもは皆、眼をそらした。又右衛門が激昂(げっこう)すれば、誰も抑えることができないからだ。又右衛門は、いまにも叫び出さんばかりの形相(ぎょうそう)で、あるじ盛信を睨みつけた。

ところが、そのとき、

——連れてまいりましょう。

横合いから、松姫が声をあげた。

「のう、又右衛門。兄上の申されることは、まちごうておらぬ。この先、甲斐国へ戻るまで、われらが織田方の兵馬に誰何(すいか)されぬとはかぎらぬ。むろん、ここな五郎左衛門がいたところで、われらに危害が及ばぬという裏付(うらづけ)もない。されど、いまとなっては、藁(わら)にも縋(すが)るよりほかにあるまい」

「姫さま……」

松姫は、城内の誰からも愛されている。皆が皆、松姫のことを好きで好きでたまらない。その松姫が、なにゆえ、尾張者をここまで信頼するのか、又右衛門には合点がいかない。又右衛門はあくまでも反対を唱えようとした。

だが、

「決めたぞ」

松姫の眼光に、さすがの又右衛門もおもわずたじろぎ、咄嗟にへいつくばった。

しかし、平伏したまま、踏ん張った。

「畏れながら、姫さま。いまより、申し上げることだけは、ご承知いただきとうございまする。まんがいち、ここな人質が、不審なふるまいをするようなことあらば、この又右衛門、容赦なく斬り捨てまする。それだけは、どうか、お許しいただきとう存じまする」

松姫は、又右衛門を見やることも五郎左を一瞥することもなく、

――よいでしょう。

とだけ、気丈に答えた。

そんな松姫に、

「お松」

盛信は、ひと言、最後に告げた。

生きよ、と。

第三章　高遠、落つ

一

「聴けや、皆の衆」

老いたりとはいえ、まだまだ與右衛門の声はよく通る。

高遠城、本丸御殿の広間である。

「これより、新舘御寮人を、韮崎は新府のお城までお送り申し上げる。いまや、織田家は不埒にもわれらが信濃を窺い、木曾義昌を寝返らせ、いつなんどき信濃の国境を侵してまいるやら、見当もつかぬ。不肖與右衛門政茂、できうることなら盛信が殿の後塵を拝し、木曾の郷まで罷り通るや、裏切り者の義昌が首を挙げたきところなれど、まずは松姫さまのおん身の上をお守り申し上げるが傅役たるの務めである。さりながら、松姫さまを新府へお送り申し上げたれば、ただちに鑓をひとふり小脇に手挟み、勝頼公おんみずから率いられる本軍の後を追わんとするものである。いざ、韮崎へ向けて出立せん」

旅装の者たちは、静かに御殿を後にした。

（だが）

隊列の後方、かたわらで志村又右衛門の眼が光る中、中山五郎左衛門は自問した。

（すでに高遠は、織田方の軍馬に埋もれている。どうやって城を抜け出すというのだ）

織田家の軍馬はどう少なく見積もっても三万の余はあるだろう。そのような大軍勢が高遠城を包囲している。しかも、城の南に陣城を築いているのは、信忠の信頼も篤い戦さ上手の河尻秀隆だ。蟻の這い出る隙間もないだろう。かといって、籠城すればまちがいなく全滅の憂き目に遭う。城から脱するのは、今を措いてほかにない。

（信忠さまは、おんみずから出馬しておられるのだろうか）

五郎左はそうおもいつつ、與右衛門のひきいる隊列に、無言のまま従った。

列は、勝頼の近習でありこのたびの嚮導役を仰せつかっている内藤靭之進を先頭に、與右衛門、そのすぐかたわらに窪田新兵衛がついている。與右衛門は数名の輔佐を従え、かれらのうしろには、ふたりの傅役に負ぶわれた盛信の子、信基と督ている。ふたりの前には、それぞれ十六歳の見性院と十五歳の信松尼が乗った馬が並び、その後ろに督姫と松姫の小さな姿がある。

姫の輔佐にあたっているのは、二十歳を超えて間もない土橋彦右衛門と柴田源之丞である。傅役は、信基を背負っているのが馬場新左衛門、督姫を背負っているのが上条常之助。ふたりとも五十代で、いくら幼な子とはいえ、背負子に乗せればそれなりの重さになるため、早くも息が忙しない。

かれらの背後にあるのが旅装に身を包んだ松姫で、彼女を守るべく数多の侍女が左右と後方に付き従っている。筆頭は、谷川。また、松姫の鑓持として従っているのが、小沢伝八、河野藤蔵、石坂幸吉の三名である。

さらに箱物を背負った中間や小者などの従者が続き、殿には志村又右衛門のひきいる足軽の一手がある。皆、唇をかたく引き結び、跫音はおろか息づかいにまで注意をはらっている。かれらに、援軍はない。この人数で、織田方の囲みを突破し、韮崎まで落ち延びねばならない。

今も、五郎左の鼓膜には、盛信が松姫に告げた言葉がこびりついている。

生きよ、というひと言だ。

だが、果たして韮崎まで行きつけるのかどうか、五郎左にはわからない。

二

天正十年三月一日の空に月はなく、そのため、四方の包囲陣で燃え盛る篝火がいっそう巨大に見え、まるで夜天を焦がすように揺らめき上っている。くべられた薪も何万という数になるだろうが、それが一度に爆ぜるだけで、とてつもない音声となって響いてくる。

（あの雲霞のごとき兵どもを、どのように躱せというのだ）

ふと、往く手に、ひと組の男女が畏まっているのが見えた。

盛信の家臣、諏訪勝右衛門とその妻ゆいで、ともに三十路を迎えたばかりらしい。

さすがに名門の誉れも高い諏訪氏らしく、夫婦そろって人形のように美しい。ことに、ゆいの美しさは比類がない。翠の黒髪をうしろで束ね、鋼鐵の額当てを施した真っ白な鉢巻きを引き結び、使い込まれた薙刀を手挟んで立つ姿は、なんとも凛々しい。また、ふたりの背後には、少ないながらも刀槍を構えた郎党どもが控えている。

「城外まで、われら夫婦がご案内つかまつりまする」

勝右衛門が歯切れよく申し出たその矢先、火の手が上がった。

「大手門（おおてもん）かっ」

高遠城の大手口は、城郭の東にある。

北、西、南が切り立った断崖（だんがい）で護（まも）られたこの城の、唯一、尾根づたいの平坦路となっている部分だ。城でいちばん大きな門があり、門前には侍屋敷が整然と並んでいる。いや、並んでいた、といった方がいい。すでに一軒のこらず灰燼（かいじん）に帰（き）している。盛信の指示により、敵方が潜（ひそ）むことのないよう、あらかじめ焼き払われたものだった。

そこに、ふたたび炎が上がった。

味方の上げたものではない。

あきらかに織田方の上げたものだ。

「試し攻めか」

勝右衛門の叫びに、五郎左は首をふった。

威力偵察などという柔（やわ）な代物（しろもの）ではない。

無数の火矢が夜空を貫き、ふた抱えもある松明（たいまつ）がぼうぼうと燃え盛りながら押し出され、次から次へと大手門の巨大な扉に激突したのである。見る間に鋲（びょう）は弾け飛ばされ、蝶番（ちょうつがい）もまた吹っ飛ばされた。堂々たる構えの四脚門（よつあしもん）が悲鳴を上げて軋（きし）

み、じりじりと傾ぎ始める。

その門上に、小旗を背に挿した武将がひとりまたひとりと攀じ登り、夜目にも鮮やかな具足を纏った武将を引き上げた。織田信忠である。指揮官みずからが最前線の矢面に立ちはだかった以上、このたびの夜襲が総攻めであることは、もはや疑いようもない。

――お急ぎあれ。

諏訪勝右衛門が、先に立つ。

織田方の気が大手門へ集中している隙に、城を出ねばならない。

幸い、南東の端にある法幢院曲輪をとりかこんでいる敵勢はやや少ない。曲輪は、岬をおもわせる台地に築かれ、三峰川に突き出ている。南側と東側は川へ落ち込んでゆく崖で、攻める方も攀じ登れないが守る方もまた降りられない。出入り口は城内へ繋がる西門と、城外へ通じる北門のふたつがある。

本丸を脱した松姫一行は、西門から曲輪へ入り、物陰に身を潜めて辺りの容子をうかがった。北門の先、すなわち城の北東は鬱蒼とした森が続いている。敵の姿は視認できないが、かといって進出していないはずがない。迂闊に飛び出せば、即座に捕縛され、首を刎ねられるのが落ちだろう。

「じゃが、攻城が始まった今、闇に紛れて脱出をはかるよりほかに手はあるまい」

與右衛門は、そう判断した。

しかし、闇であって闇ではない。

大手門から隅櫓に火が廻ったことで火はいよいよ大きくなり、大手口の一帯は火炎地獄と化し始めている。くわえて、渦巻く炎が風を呼んだのか、西からの旋風が火の粉を巻き上げ、空に飛ばしてゆく。

億万の火の粒子が天の川となり、凄まじい勢いで流れ始める。漆黒の闇に包まれていた空がいきなり輝き、あたりを照らす。いや、そこかしこ一面に、火の粉の雨を降らし始めた。松姫たちは、悲鳴を上げるに上げられず、火の雨に打たれながら逃げ出さざるを得なくなった。

そのときのこと、

——何者かっ。

眼の前に足軽の小勢が飛び出し、誰何された。

三

一行が身を竦ませる中、咄嗟に応えたのは五郎左だった。

「人質じゃ」

「なんじゃと」

「わしは、岐阜中将配下の中山五郎左衛門」

足軽どもは、おもわず声を上げた。信忠の信任も篤い母衣衆のひとりが、いきなり、それも敵方の城の中から現れたのだ。驚かない方がおかしい。

「過日、殿のお指図により、新舘御寮人へお手紙を持参つかまつったおり、不覚にも捕らわれの身となっておったが、今宵、隙を見て牢を脱したものである」

——おお。

と、足軽どもの顔に、驚喜が浮かんだ。

「また、その際、御寮人のおんもとへ参じ、この高遠の城がわれら織田家の兵馬によって囲まれつつあるのをお伝え申し上げ、かつ、われらが囲みの鉄壁さとわれら織田勢の強靭ぶりを諭し奉り、わが殿のおんもとへお下りいただけるようお願い申し上げたところ、見よ、このようにご投降くだされたのだ」

足軽どもの驚喜は、尊敬へと変わった。

「さすれば、道を開けよ」

五郎左は、ずいと進み出た。

「かような戦さ場にあっては、せっかくお救い申し上げた御寮人に累がおよぶ。一刻も早く、信忠さまのおんもとへ御寮人をお連れ申し上げねばならぬ。なにをぐずぐずしておるか。早よう、道を開けぬか」

一喝すれば、五郎左の気迫に呑まれたものか、足軽どもは竦み上がって身をひいた。

あたかも、汐波が左右に引き、陸が持ち上がるようにして、道ができた。

五郎左は安堵の色を隠しつつ、與右衛門に目配せした。それを察するや、與右衛門は、闇の中に照らし出された道へ一行を急かした。ふと、五郎左は、松姫の視線を感じた。急に鼓動が高まったが、会釈する場合でも立場でもない。

「お急ぎあれ」

懸命に心拍を落ち着かせながら、告げた。

一行は、逸る気持ちを気取られぬよう、視線を伏せつつ、歩き出した。

ここで焦ってはならない。

虜となった者は、常に足が重い。意に反して曳き立てられてゆく場合は、どのような武将であっても、そうなる。與右衛門以下の面々は、ひと足ひと足、まるで麦の穂を踏むような足取りで、織田勢の視線が注がれる中、ゆっくりと進んだ。

足軽どもは「ここな女人が、新舘御寮人か」と興味津々の眼差しで覗き込んでくる。五郎左は、物見高く集まってくる左右の足軽どもに気を配りながら、松姫のかたわらに身を寄せた。

もう少しだ。あと数歩で、足軽どもの海を抜けられる。

ところが、なんとか誤魔化しおおせたとおもった矢先、

——おう。

野太い声音が響き、ひとつの影が闇の中から現れた。

「五郎左ではないか」

「河尻さま……」

陣将、河尻秀隆だった。

「信忠さまが案じておられたぞ」

秀隆は、笑みを浮かべて歩み寄り、

「でかした。このたびの戦さでは、最初の投降じゃ。見れば、数十人からの高遠勢。しかも、松姫さままでお連れするとは、さすが、五郎左。いや、ようやった。されば、信忠さまがおんもとへ共にまいらん」

「あいや」

五郎左は、狼狽した。

「河尻さまのお手を煩わせ申し上げるまでもなきこと。それがしひとりで充分にござれば、お早く持ち場へお戻りなされませ」

「水くさいことを申すな」

「いや」

五郎左は、與右衛門を眼で急かしつつ、

「見れば、総攻めの真っただ中。火急のおりに、それがしなどのために大事なお役目に支障をきたしては申し訳なき所存」

「よいと申しておる。五郎左、人の厚意には従うものぞ」

秀隆はやや語気を強めてそういい、従えてきた足軽どもにこう命じた。

「なにをしておる。高遠衆の手には、いまだに刀槍が握られておるではないか。さっさと得物を受け取り、そやつらに縄目をかけよ。また、逆らう者あらば、この場にて斬り捨てよ。さあ、早ようせい」

強圧な指図に足軽どもが動き始めた正にそのときだった。

――もはや、これまでっ。

大きな声がほとばしり、又右衛門が鑓を旋回させたのである。

四

瞬時にして足軽が数人、呻いて倒れた。

「裏切ったか、五郎左っ」

悲鳴の中、眼を見開いた秀隆が五郎左をののしる。

「滅相もない。そのようなこと、あるはずがございませぬ」

五郎左はかぶりをふって否定したが、眼の前で配下を斬り殺された秀隆の耳には届かない。黒母衣衆の筆頭として五郎左を育ててきたことがなおさら、秀隆の感情を逆撫でにしていた。

「者ども、裏切りじゃ。母衣衆の中山五郎左衛門が裏切った」

「ちがいまする」

「ちがわぬ」

秀隆は凄まじい眼光で五郎左を睨みつけ、

「憎さ百倍とは、このこと。わしが、この手で成敗してくれる」

太刀を抜きざま、豪風を捲いて斬りつけてきた。

咄嗟に身をかわしたものの、なにをどう言い訳したところで通用するまい。

いや、実際、又右衛門らは刀槍を閃かせて壮絶な立ち回りにおよんでいる。

だが、どれだけ又右衛門らが余人を凌ぐ技量であろうと、多勢に無勢である以上、やがては追い詰められ、全員が斬り死にしてしまうだろう。今は、逃げるしかない。五郎左は秀隆の太刀をかわしながら、逃げ道を探した。

そのとき、

「五郎左どの、姫さまが……っ」

與右衛門の悲鳴が飛んできた。

見やれば、数名の足軽が鑓をかまえ、松姫に向かって穂先を突き出している。五郎左はひとりの足軽をつかまえ、その腰の脇差を引き抜いた。が、次の瞬間、足軽の鑓が閃き、風を裂いて突き出されてきた。五郎左はおもわず穂先を払い、足軽の喉笛を突いた。

(しまった)

反射的に斬り捨ててしまったことが、事態をよりいっそう悪くした。

「それ見たことか」

五郎左の斬撃をまのあたりにした秀隆が、髪の毛を逆立てて叫んだ。

「中山五郎左は裏切り者ぞ。斬り捨てい」

もはや、どうにもならない。

五郎左は、松姫を取り囲みつつある足軽らを次々に殴り倒し、

「姫さま、こちらへ」

手を取るようにして、すぐ脇の森へ逃げ込んだ。

與右衛門がそれに続き、新兵衛もまた続く。

かれらのすぐ後には、諏訪勝右衛門とその妻ゆいが従っている。五郎左らは団子

のように固まり、松姫を守りながら闇に紛れた。いや、紛れようとした。だが、他の者がついてこられない。六歳の信基と四歳の督姫は、それぞれ、傅役の馬場新左衛門と上条常之助に背負われている。しかし、ふたりは、老人だ。どうしても、脚が遅くなる。

かれらだけではない。織田勢に群がられている又右衛門たちも同様だ。

「又右衛門、急げっ」

新兵衛や與右衛門が声を飛ばすが、後続の衆は乱戦に巻き込まれて動けない。

五

徐々に大手口からの火も回り始め、火炎風はいよいよ強くなっている。

そうした中、後続衆をひきいた又右衛門は死にものぐるいで鑓をふるい、血路を開こうと努めていた。が、いかんせん、織田勢はつぎつぎに盈ち溢れ、なんとか眼の前の雑兵を蹴散らし、急場をくぐり抜けても、勢いづいた織田勢はいよいよ犇めいている。

侍女の幾人かは斬り伏せられ、幼な子を背負う傅役らにも刃が振り下ろされた。悲鳴が上がる。刃を躱す。だが、その拍子に背負子の紐が切られ、幼な子のひとりがどおっと転げ落ちた。馬場新左衛門に背負われていた盛信の嫡男、信基だった。

「いかん」

いったん森へ逃げ込んだ五郎左だったが、見るに見かねて駈け戻った。そのとき、ふたたび織田方の足軽勢が後続衆に殺到し、上条常之助の担ぐ督姫の背負子もまた紐が切られた。絶叫したのは、鑓をふるっていた又右衛門だ。

「督姫さま、それがしの背へ」

一瞬にして又右衛門が督姫を担ぎ上げたが、地に転がった信基は怖じけて一歩も踏み出せない。なにを弱気なっと又右衛門がどれだけ叱咤しても動けない。又右衛門は地団駄を踏んだ。ところが、このとき、大手門が炎を噴き上げたまま、瓦も軒も柱も、なにもかもが紅蓮の塊となって崩れ落ちた。織田勢の鯨波が夜空に騰がり、何千という兵馬が城内へ駈け込み始めた。

（いまだ）

信基の近くまで駈け戻った五郎左が、あたりに群がっている雑兵どもを一気に仕留めた。そして信基の膝元にしゃがみ込み、わが背に乗られよと怒鳴るように告げた。信基は縋るような瞳で又右衛門を見る。又右衛門は、督姫を背負ったまま、ただ唸った。

「早よう、乗られよ」

信基は「わあっ」と叫んで、五郎左の背中にむしゃぶりついた。

こうした中も、周囲では依然として剣戟が続いている。後方に身を置いた秀隆が次々に配下の者どもを繰り出してくるからだ。又右衛門や靭之進、諏訪勝右衛門や妻ゆいがどれだけ踏ん張っても、埒が明かない。織田勢は、かぎりなく群がり寄せてくる。このまま戦い続ければ、すぐに体力が尽き、松姫もろとも捕縛の憂き目に遭わされるだろう。

五郎左は「どうすればよいのだ」と自問しつつ、あたりを見回した。ふと、瀬音が聞こえた。城の南を流れる三峰川だ。昼間、川の向こう岸には河尻勢が進出し、陣を張っていた。今も、岸辺にはおびただしい篝火が並べられ、薪がめらめらと燃え盛っている。

(待てよ……)

いま、織田方は大手口から総攻めに入った。河尻秀隆がこちらに進出しているということは、あらかたの手勢を引き連れて出張ってきたのではないか。となれば、向こう岸に残っているのは、篝火の見張り番だけではないのか。

五郎左は、目を見開いた。

「川を渉るのだ」

與右衛門に向かって叫び、

――川だ、川へ向かえっ。

と、ふれまわるや、三峰川へと続く土手へ急がせた。だが、川の深さがわからない。まかりまちがえば、水流に足を取られるか、深みに嵌まる。そうなってしまっては、元も子もない。

「浅瀬はないのか」

「ございます」

弾かれるように答えが返ってきた。

諏訪勝右衛門だった。

六

――お城の周りのことで知らぬところはござらぬ。

と、声を張り上げ、勝右衛門は先導し始めた。

妻のゆいが、咄嗟に松姫の手を取る。

一行は闇と火の粉を突き破るようにして土手を下った。

駈け下りる者、転げ落ちる者、追っ手をさえぎる者。そこかしこでさまざまな姿が展開する中、五郎左は勝右衛門の指し示すままに三峰川の水を蹴った。痺れるように冷たい。

だが、早春であったことが幸いした。夏であれば浅瀬であっても水量は多く、流れも速い。痛みを覚えるほどの冷たさでも、膝の高さを超えるまでには到らなかった。水流の強さもまた同様だ。幼な子を背負っていても、足を取られるほどではない。

ところが、勝右衛門は渉ろうとしない。

それに気づいた又右衛門が、川の中途から、大声で叫んだ。

「勝右衛門、渉れっ」

しかし、勝右衛門は闇の中でにこりと微笑むだけで、川面に踏み込もうとはしない。

そのかわりに、すでに川の中で水飛沫を上げている妻にこう告げた。

「ゆい。そのまま、松姫さまをお守り申し上げ、まちがいなく敵方の影なきところまでご案内せよ。わしは、ここで背水の陣を決め込み、追っ手をはばむ。よいな。敵の手の届かぬところまでじゃ。きっと、お送り申し上げるのだぞ」

「かしこまって候」

ゆいは闇を切り裂くような声音で応え、ふたたび水飛沫を上げてゆく。勝右衛門は妻の姿を見送り、笑みを浮かべたまま迫り来る追っ手をふりかえり、太刀を握って身構えた。

「勝右衛門っ」

もはや、又右衛門の絶叫には応えようともしない。

「くそっ」

又右衛門は衆を束ね、闇の岸辺を駈け上った。

右手には血に塗れた鑓を握り、背には督姫を担いだままだ。そして、ほどもなく松姫のもとまで追いつくや「まいりましょう」とひと言さけび、ふたたび、大地を蹴った。

そんな又右衛門のすぐかたわらを、信基を背負った五郎左もまた奔り出した。

五郎左だけではない。

土橋彦右衛門や柴田源之丞といった輔佐役も、傅役も侍女も鑓持も、皆が皆、泡を噴くように駈けている。森に飛び込み、せせらぎを飛び越え、藪を掻き分け、死にものぐるいになって闇の森を駈け抜けてゆく。

そうした中、

――高遠のお城は如何なりましたろう。

荒い息の中で侍女どもが話していたが、誰ひとり、ふりかえる余裕はなかった。

実際のところをいえば――。

高遠城の本丸では、いよいよ、攻防が佳境に入っていた。

仁科方の家臣はつぎつぎに討死し、城主の仁科盛信や家老の小山田昌行らにも危機がおよんだ。盛信はあくまでも抵抗し、戦い続けていたが、ついにちから尽きた。昌行とともに自刃を決意、みずからの腹をかっさばき、臓腸をむんずとつかむや織田勢に向かって投げつけ、まもなく事切れた。

この瞬間、高遠は落城した。

七

松姫一行は、漆黒の闇に包まれた高遠の森の中を息も絶え絶えに駈け通した。

やがて、樹々が途切れ、星の瞬きが仰ぎ見られる場に出たとき、ゆいが述べた。

「ここまで来れば、心配ございませぬ」

その声に、松姫主従はどっと疲れが出たのか、へなへなとその場に尻もちをついた。與右衛門が「皆、無事か」と訊ねたが、よくわからない。ざっと見渡したところ、半減とはいわないまでも、少なくない数の従者が失せている。

おもわず唸った與右衛門のかたわらで、五郎左と又右衛門がほぼ同時に信基と督姫を背から下ろした。傅役と侍女が駆け寄り、幼な子ふたりに怪我がないかたしかめた。幸い、どこにも傷ひとつ見られない。涙の痕が頬に残っているだけだ。

「わしの背におられたのだ。お怪我など、させてたまろうか」

又右衛門の嘯きに一行がようやく笑みをこぼしたとき、

――御賽人さま。

ゆいが膝をつき、神妙に口をひらいた。

「これにて、お別れいたしとうございます」

高遠城へ戻るのだという。

「なぜじゃ」

松姫は、驚いた。

「いまだ、夫勝右衛門が戦い続けておりますれば、わたくしのみ新府のお城へ向かうわけにはまいりませぬ」

「ゆい」

「失礼つかまつりまする」

一礼するや、ゆいはすばやく起ち上がり、小鑓を手挟んで闇の森を引き返していった。

「ゆいどの。もはや、間に合わぬ。ゆくだけ無駄じゃ」

又右衛門はそう叫んだが、ゆいは応えない。見る間に後ろ姿が小さくなってゆく。だが、いまさら城へ戻ったところで、待っているのは討死だけだ。靹之進らもまた、ゆいの背に向かって声を張り上げ、押し止めようと追いかけ始めた。

だが、それを松姫は制した。

「行かせてやれ」

「されど、姫さま。すでにお城は陥ちておりましょう」

「承知の上じゃ。ゆいは、なにもかも承知の上で、勝右衛門の元へ駈けていったのじゃ。添い遂げるつもりなのじゃ。ゆいの健気な心を、おもうてやれ。惚れ合うた者たちの気持ちを、酌んでつかわせ」

又右衛門がはっと顔をあげ、新兵衛が両眼をこすった。靹之進もまた洟をすすり、松姫主従はしばらくの間、黙り込んだ。しかし、この場で消沈していたところでどうにもならない。沈滞した気をふりはらうように起ち上がったのは、與右衛門である。

「まいりましょうぞ」

「與右衛門のいうとおりじゃ」

松姫もまた侍女に支えられながら腰を上げる。

「勝右衛門やゆいの気持ちに応えねばならぬ」

八

ともかくも、松姫らは新府をめざさなければならない。

問題は、どの道を通って信濃から甲斐へ赴くかだ。

夜が白々と明ける中、

――杖突峠へ向かいましょう。

と、内藤靭之進が針路を指し示した。

「このまま藤沢川に沿って杖突街道を北へ向かい、御堂垣外の聚落を抜けて藤沢の諏訪神社へ達して後、金沢街道を東へ折れるのがよろしいかと存じまする。街道を進み、松倉の聚落を抜け、松倉川に沿いつつ硫黄澤神社から金沢峠を越え、宮川のほとりにある金沢へと出るべきかと。金沢へ着けば、あとひと息で甲斐国。金沢からは勝手知ったる信濃往還」

信濃往還は、後にいう甲州街道で、これを下って御射山神戸を流れる宮川のほとりを南下し、若宮八幡社を過ぎれば宮川と釜無川に出る。あとは釜無川に沿って下れば塩沢温泉に行きつき、さらに南下してゆけばやがて新府城へと帰還できる。

しかし、

――それはなりませぬ。

五郎左が、いきなり反論した。

「高遠城が陥落した今、法華道を通るべきかと存ずる」

「法華道?」

鞆之進が、きょとんとした顔をした。

「法華道などという道は、聞いたこともない」

「知らぬは、道理。法華道とは古えよりある細道にござるが、今は誰も通りませぬ」

「なぜ、そのような道を、他国者の貴殿が存じておられるのか」

鞆之進、さすがに勝頼の近習だけあって言葉づかいは丁寧かつ流暢だ。しかし、言葉や物腰は丁寧でも、心持ちは厳しい。

「もしや、使い番とは名ばかりで、乱波まがいのお役目でござったか」

「滅相もない。それがしは、何年も尾張あるいは美濃より、信濃もしくは甲斐まで書状を携え、往来してまいった者。信濃や甲斐の道ならば、どのような細道にも通暁しているだけのこと。今はほとんど使われずに獣道となりはてた古道でも存じておる」

「なおさら、訝しい」

鞆之進は、五郎左の顔を食い入るように窺(うかが)った。

「嘘など、申しておらぬ。信濃往還へ出るには、法華道こそが最短の道」

五郎左のいうことにまちがいはない。法華道は、たしかにある。こんにちでいう伊那市高遠町芝平(しびら)あるいは同市長谷(はせ)から入笠山(にゅうかさやま)を経由して富士見町(ふじみまち)富士見若宮(わかみや)まで続いている。全長、ほぼ六里。

そもそも、この道を利用したのは仏法の僧であったという。甲斐にある日蓮宗(にちれんしゅう)総本山の身延山久遠寺(みのぶさんくおんじ)から多くの上人(しょうにん)が布教(ふきょう)に旅立ち、信濃や甲斐の教化に努めてきたものらしい。要するに、法華経の道である。ただ、法華道は天正十年のこの時期、ほとんど利用されなくなっており、甲斐や信濃の樵(きこり)や猟師くらいしか通らなくなっている。

「そのような道、通れといわれて通れるものではござらぬぞ。中山どの。貴殿が織田方の指図で動いていないという証(あかし)はない。信じるわけにはゆかぬ」

「そのとおり」

又右衛門が、鞆之進に加勢した。

「われらは杖突峠をめざす」

「なぜ、わからぬ」

五郎左は、声を張り上げた。

「高遠城が陥ちた今、甲斐国まで関門はない。信忠卿は、すぐさま新府へ向かわれよう。むろん、先駈けの衆はとうに高遠を発しておる。諏訪湖も杖突峠も、ともに織田方の占拠するところとなろう。そのような中を、どうやって擦り抜けてゆくというのだ。無事に新府まで達したくば、法華道を通れ。松姫さまのお命をお助けしたくば、法華道をゆけ」

「ゆかぬ」

又右衛門が、鐔に手をかける。

——待て、又右衛門。

與右衛門が間に立って「五郎左どのを信じよ」と一喝（いっかつ）したものの、大勢は靹之進や又右衛門に傾いている。高遠衆の誰もが杖突峠へ向かうのだと息巻いた。五郎左が織田家の家臣である以上、仕方のないことだった。靹之進は小者らをふりかえり、杖突峠へ向かうと宣言した。

が、そのとき、

——法華道とやらをまいる。

松姫が、ひと言、告げた。

「古（いにし）えの道、歩いてみたい」

九

松姫一行は、北をめざした。

法華道は人ひとりがようやく通ることのできるほどの細さで、倒木が道を塞いでいるかとおもえば、藪が繁って道を隠してもいた。五郎左がいなければ、ほぼまちがいなく、一行は途中で立ち往生し、甲斐国へ辿り着くことはできなかったろう。

「皮肉なものだ」

道すがら、與右衛門のかたわらにある五郎左は、語るともなく口を開いた。

「松姫さまへ岐阜中将のお手紙を届けるために通った道が、岐阜中将の追っ手を避けるために役立つことになるとは、正直、おもってもみませなんだ。それがしは、いったい、なにをしているのやら……」

「感謝しておる」

與右衛門は、五郎左の肩に手を添えた。

「そこもとがおらねば、われらは揃って、高遠の森の肥やしとなっておろう。いや、口には出さぬが、ほれ、ともに歩む者らはひとり残らず、五郎左どのよ、そこもとに感謝しておるのだ。先頭にある鞆之進にしても、殿にある又右衛門にしても、そうじゃ。おお」

いきなり、與右衛門が顔を上げた。

「大きな岩じゃのう」

「高座岩と呼びならわされておるとか」

五郎左は、この道を案内してくれた樵から聞いた話をした。この時期からほぼ百年前、身延山十一世の日朝上人が信濃巡教のおり、七日間、七座にわたって法を説いたと伝えられるさざれ石である。

「法華宗の人々にとっては聖なる岩ということになるのでござろう」

そう五郎左が語る中、掛け声よろしく又右衛門が岩を攀じ登りはじめた。

「なにをする、又右衛門」

新兵衛が仏罰を恐れるように声を飛ばせば、又右衛門はからからと嗤い、

「梢が邪魔をして、あたりの容子がわかりませなんだ。この岩の上なれば、梺はもちろん、彼方の谷まで見渡せましょう。追っ手が迫っておれば、旗や幟の翻るのも確かめられましょうぞ」

いいつつ、又右衛門、岩の上で四方に瞳を馳せた。

すると、なにが見えたのか、いきなり声を上げて目を見開いた。

「どうなされた」

狼煙が上がっているという。

それもひと筋ではない。おびただしい数だという。

「鞆之進、おぬし、新府の城より狼煙を持ち来たったはず。いま一度、色を述べよ」

「敵が国境を侵した際には、赤。撃ち攘えた際には、青。そして、敵に敗れた際は……」

「何色じゃっ」

「黒」

又右衛門は、鞆之進の答えを聞くや、唸ったまま再びあたりを見回した。

「……黒にござるか。黒い色の狼煙が、棚引いてござるのか」

鞆之進は又右衛門の返答を待たず、みずからも岩を攀じ登った。

いや、鞆之進だけではない。土橋彦右衛門、柴田源之丞、河野藤蔵、石坂幸吉といった若侍どもも先を争うように岩を攀じ登り、弾かれたようにあたりの山や谷に瞳を凝らし、驚きの声を発した。たしかに又右衛門のいうとおり、黒々とした狼煙が天を蓋うように立ち上っている。

五郎左は咄嗟に與右衛門と顔を見合わせ、ちらりと松姫に眼をやった。

松姫は、谷川や小糸などの侍女たちに護られたまま、付近の小岩に静かに腰をおろしている。視線は、伏せたままだ。その左右には、短刀の柄に手をやったふたりの侍女がいる。與右衛門の輔佐を務める土橋と柴田の母親だった。

與右衛門はそうした女子衆から視線をはずし、岩の上へ顔を向けた。

「甲斐は、どうじゃ。甲斐の方角に狼煙は上げられておるか」

「おりませぬ」

即答したのは鞆之進だったが、その表情は硬い。安堵というには程遠かった。

「狼煙は、西の伊那、北の諏訪……。いや、遠江や駿河の方角からも迫ってござる」

「なんじゃと」

與右衛門と新兵衛は、眼を剝いた。

狼煙は、戦さがあったり国境が破られたりした際、その容子を伝え聞いた狼煙場の在番が定められたとおりの色を焚き上げ、一里離れた狼煙場の在番がそれを視認するや、ただちに同じ色の狼煙を焚き上げる。こうして次々に狼煙が上げられ、十里や二十里はあっという間に情報が伝えられてゆく。

「つまりは、南の国境までも織田勢の攻め入るところになったということか」

「いや、又右衛門どの。われらが領土を侵してまいったは、織田家だけではありますまい。おそらくは遠江から駿河へと徳川家康ひきいる軍馬が攻め入ってきたに相違ありませぬ。まかりまちがえば、武蔵の北条家もまた甲斐へ攻め込んでまいらぬともかぎりませぬ」

「ばかなっ」

冷静に分析する靭之進を、又右衛門が一喝した。

「武田と北条は、盟約を結んだ間柄ぞ。現に、北の方さまは、北条氏康どののご息女にして現当主の氏政どのが妹御にあらせられる。その北条家が、織田に呼応するはずがない」

(甘い)

五郎左は、胸におもった。

(おそらく、安土さまは、徳川家ばかりでなく北条家をも巻き込んで武田攻めを令せられたに相違ない。北条家はたしかに武田家と好誼を通じてはいるが、甲斐国を併呑できるとあらば、同盟など即座に破棄しよう)

かといって、そんなことを説いたところで仕方がない。

五郎左は、狼狽する侍女や戸惑い続ける小者らを見つめた。どうやら、侍女たちの目の高さからも黒々とした狼煙が望まれるようになってきたようだ。

ただ、狼煙はのぼりきればそこで霧消してしまうはずだが、このたびばかりはそうではない。西と北と南から徐々に迫り、早春の曇天に黒々と残り、いや、信濃と甲斐の地を蔽い尽くすように蟠っている。

一行は、皆一様に不安げな瞳で天を仰ぎ、ごくりと生唾を呑み込んだ。惨敗の狼煙が上げられたことなど、ただの一度もなかった。それが、どうだ。どこもかしこも黒々とした狼煙を上げている。一行は、生まれて初めてまのあたりにする戦慄すべき光景に、声を失っていた。

今は亡き信玄以来、信濃国も甲斐国も敵勢に侵されたことはない。

しかし、立ち止まってはいられない。

一行の危機も、目睫に迫っている。

「ともかく、先を急ぎましょうぞ」

靹之進が岩から降り、礼を失した詫びのつもりか、岩に向かって合掌した後、

「幸い、いまだ、甲斐の方角からはなんの狼煙も上がっておらぬ由、新府も古府中も平穏に保たれているに相違ござらぬ。ならば、われらはこのまま、勝頼公のお指図どおり、新府へ帰りつくことが先決にござる」

なんの迷いもなく一同に告げた。

一〇

若宮に出た松姫の一行は、信濃往還をひたすら南下した。

たしかに鞆之進のいったとおり、甲斐国は平穏に見えた。

敵が迫り来るような気配はまるでなく、残雪の山並みは静けさに包まれている。

そうした山塊(さんかい)を彼方に望みつつ、一行は蔦木(つたき)、白州(はくしゅう)、武川(むかわ)と急いで通り過ぎ、穴山(あなやま)の地で釜無川を渉(わた)って七里が岩の上に出、ようやく、天然の要害(ようがい)である断崖絶壁の上に建てられつつある巨大な城を指呼(しこ)に捉えた。

武田勝頼の居城、韮崎の新府城である。

(途方もない巨城ではないか……)

実をいえば、五郎左は、生まれて初めて新府城の偉容(いよう)を見た。

松姫と信忠の婚約が解消されたのは十年前で、以来、五郎左は使い番として甲斐国の古府中にある新舘には通い続けた。が、数年前から松姫は高遠に居を移し、五郎左も使いする先は高遠となった。新府城は松姫が高遠に移ってから縄張り(なわば)され、築かれ始めたもので、まだ完成に到っていない。当然、五郎左が訪れる機会はなかった。

（ほとんど仕上げられている……）

織田信忠はこの巨大な城をどうやって攻めるつもりなのだろうと、五郎左はおもった。徳川勢と北条勢の手助けがなければ、おそらく数か月掛かっても陥落させることは難しいのではないか。

（いや、ちがう）

視界に信じられないような光景が展開したのである。

敗残の兵馬だった。

新府城はたしかに天然の要害の上に築かれているが、それを守るべき兵馬がほとんどいないのだ。旗幟は立てられておらず、街道沿いに築かれた小砦にも兵の姿は見られない。いや、城門の周辺にすら、衛兵の姿はない。その代わりに、道端に斃れ臥している足軽が無数に見られた。息をしているのかどうかすら、わからない。半身を起こしている者も、血まみれになったまま、虚ろな目で韮崎の空を仰いでいるばかりだ。

（これは、いったい……）

松姫は、おのが瞳を疑っている。

（まぼろしでも見ているのではないのか……）

三日月濠に突き出した丸馬出しから未だ建設途中の大手門をくぐって城中へ入れ

ば、いたるところに敗残の兵が盈（み）ちている。傷を負った者だけではない。ぴくりとも動かぬ者は、おそらく事切れてしまっているのだろう。

そうした屍（しかばね）が、そこらじゅう、折り重なるように転がっている。

おもいもよらない光景だったし、あまりにも無残な敗北のありさまだった。まさか、勝頼ひきいる本軍までもが、これほどの惨敗を喫（きっ）しているとは、夢にもおもっていなかった。

そのとき、

——與右衛門どの。

石段の中途で、又右衛門が声をかけた。

「こやつの処分は、お任せくだされますな」

いままた縄目に掛けられた五郎左のことである。

「本丸へ入れるわけにもまいりますまい。いっそのこと、この場で首を刎（は）ね、大手の門口（かどぐち）にでも晒（さら）してくれようかと存ずるが、如何（いかん）」

「あいや、それは待て」

「なにゆえにござる。こやつは憎き織田方の母衣衆（ほろしゅう）にござるぞ」

「しかし……」

「面倒っ」

咆えるや、又右衛門の拳が唸りを上げた。五郎左はもんどり打って転がり、石段から叩き落とされた。又右衛門は、砂埃をあげて転落したそのかたわらまで足早に駈け降り、城中の負傷兵らを指さしながら、五郎左を罵倒した。

「見よ、このありさまを。死人の山、怪我人の河。見よ、この酷さを。きさまら織田家の為したることぞ。きさまらさえ、木曾谷を侵さねば、かように惨たるさまにはならなんだ。われらが憎しみをこの場にて受けよっ」

又右衛門は、刀の柄に手をかけた。

――ならぬっ。

松姫が、止めた。

一一

「中山五郎左衛門どのなくば、われらは今頃、杖突峠で難に遭うておろう。この新府へ辿り着けたは、すべて五郎左どののお蔭じゃ。又右衛門も、それを忘れるでない。縄目を解き、岐阜どののもとへ帰して使わせ。決して粗略に扱うてはならぬぞ」

そして、與右衛門と新兵衛を左右に連れ、靭之進の後について本丸へ上った。

視界の端に、感謝の意を伝えようと数歩踏み出した五郎左の顔が引っ掛かっているはずだが、松姫は一瞥もしなかった。又右衛門の「厩にでも放り込んで、厳重な見張りを立てておけ」という声が聴こえてきたから、すぐさま解き放たれるというわけではないだろうが、ともかく、五郎左が首を討たれることはよもやあるまい。

本丸は、壮麗な天守閣が聳え立っているような、いわゆる城郭建築ではなく、生垣に取り囲まれた古府中の躑躅ヶ崎館によく似た壮麗な御殿があるだけだ。その本丸御殿の門から、いくつかの人影が転げるように飛び出してきた。

――お松っ。

大兄、勝頼である。

勝頼は戦さ装束のまま、松姫のもとまで蹌めきつつ歩み寄るや、声をかける間もなく華奢な肩を掻き抱いた。かたわらには、女人の影。

「お松どのっ」

泣き叫んでいるのは、勝頼の継室、北条夫人だった。

「在所が……、在所が……っ」

勝頼夫人は、後北条家から輿入れしてきた。在所というのは、いわずとしれた小田原の実家のことだ。夫人は松姫に縋りつき、化粧も取れそうなほど涙をあふれさせ、嗚咽まじりに、このように話した。

「在所が、裏切ったのです。兄の氏直が、わが武田家との盟を破り、織田家に呼応して甲斐に攻め入ってまいったのです。お松どの、わらわは……わらわは……いかようにすればよろしいのですか」

そういわれたところで、松姫にはなんといって慰めたものかわからない。

「まさか、まさか、かような仕儀になろうとは、夢にもおもうておりませなんだ。いいえ、小田原が裏切るようなことはない、そんなはずはない。わたくしを甲斐に輿入れさせたは、両家の絆を堅くするためです。兄が裏切るようなことは、よもや、よもや……っ」

夫人は、髪を振り乱して泣き崩れた。

そんな夫人を支えながら、勝頼は松姫のうすよごれた顔を覗き込んだ。

「怪我はないか。どこも傷を負うてはおらぬか」

「お蔭さまにて、松は大丈夫にございます」

「そうか。ならばよかった。が、盛信はどうした。高遠はどうなった」

松姫に答えられるはずはない。

高遠陥落の悲報が届けられているかどうかはわからないが、松姫の口から落城の際の悲惨さを、また、逐ちてきた辛酸ぶりについて、この場で述べることは、どだい無理な話だった。

松姫は涙を溜めて、兄勝頼を見つめ返した。

もっとも、それだけで勝頼には充分だった。妹がどのような辛さと悲しみを抱えて韮崎まで帰ってきたか、痛いほどに窺い知れた。勝頼はがっくりと肩を落とし、信じられないといった表情で首をふった。

「わしは、高遠の堅城ぶりに期待をかけておった。どれだけ少なく見積もっても、二十日やそこいらは織田軍の侵攻を食い止めるものと信じていた。ところが、どうだ。あまりにもあっけない。たった一日やそこらで、あの高遠が落城してしまうとは……。それほどに、織田方は大軍勢を繰り出しておるのか……」

「……兄上。……たしかに高遠は落城いたしました。されど、新府城までもが、これほどの、われらが瞳を疑うほどの、落胆に包まれているとはおもいもよりませなんだ。ここな靭之進によれば、兄上は武田家の精鋭二万をひきいてゆかれたと聞き及びます。それがいったい、なにゆえ、かように目もあてられぬほど傷つき、弱り果てた兵しか残っておらぬのでございまするか。見れば、三千、いいえ、二千にも足らぬような兵しか残っておらぬ容子。なにゆえ、かような事態に陥ってしまわれたのです」

「鳥居峠じゃ……」

勝頼は、焦点を失った瞳で、言葉を洩らした。

「鳥居峠で、織田勢に逆落としをかけられ……。いや、なにもいうまい。なにを語ったところで、討死していった者どもが戻ってくることはない。すべては、わしじゃ。この勝頼の不甲斐なさが招いたことじゃ」

（……人心を失うてしまわれたのか……）

松姫の察するとおり、勝頼は人望を失っていた。

鳥居峠からの敗残の道々、武田勢から離反する者が出始めた。いや、続出した。腐り始めた歯茎からつぎつぎに歯が抜け落ちてゆくように、二万を数えた武田勢は、降りしきる春の雪の中、目に見えて減っていった。

いや、勝頼のあまりの拙劣さに絶望し、武田家を見限ったのは、このおり従軍していた将兵ばかりではない。重税に喘いでいた信濃や甲斐の民草はもとより、武田家の譜代衆も勝頼を捨てた。城の守りを放棄して逃げ出し、織田方に投降し始めたのである。

それは、譜代の家臣ばかりか、勝頼と血を分けた一門衆までにもおよんだ。鳥居峠の敗報が届くや、それまで武田家の将として胸を反らしていた者どもは、血の気を失って腰を抜かし、刀や鑓を取ることすら忘れて逃げ出した。その早さたるや、満々と水を湛えていた諏訪湖の底に穴が開き、凄まじい勢いで湖水が抜けてゆくようなものだった。

水の涸れた武田の湖に、もはや魚は棲めない。

一二

新府城の広間で、すぐさま軍議が開かれた。

もはや、信濃の高遠城ばかりか、諏訪の高島城も織田方の手に落ちた。

いや、甲斐国の諸城すら風前の灯火であろう。

織田勢は、信濃国を席捲しつくした今、数日を経ずして韮崎への進撃を始めることだろう。この新府城は、難攻不落の巨城となるはずだったが、未だ完成していない。造りかけの城では、とてもではないが、織田勢の猛攻はささえきれない。織田勢だけではない。徳川勢も加勢してくるであろうし、加えて北条方の精鋭まで奔駈してくるにちがいない。

合して、十六万。

そのような大軍勢を相手どって籠城するなど、あまりにも危険な賭けといえた。

このとき、上段の間には勝頼とその嫡子信勝が腰を下ろし、下段の間には取次衆の跡部勝資をはじめ、足軽大将の長坂長閑斎、使い番の大熊朝秀、安倍勝宝、温井氏照のほか、勝頼の近習である金丸定光、秋山親久の兄弟など、最後に残った重臣らが顔を揃えていた。

下段から正面右手には一門衆と呼ばれる親族たちが腰をおろし、左手つまり広縁側には北条夫人を筆頭とした女人たちが控えている。むろん、松姫の姿も、そこにあった。

ちなみに、小山田信茂は信玄の従弟だから、当然、一門衆の筆頭として場に臨んでいた。

どの顔も、蒼ざめている。

勝頼にいたっては、おそらくこの数日で一挙に白髪が増したのだろう。霜が降り落ちたように、黒白斑な髪となっている。それは女人たちも似たようなもので、広間に集っている傷だらけの家臣どもを見ることすら辛そうに顔を伏せている。

「手立ては、あるのか」

勝頼が、窶れた顔を強張らせて訊ねる。

新府城に籠城するのは、ほとんど愚策というに等しかった。武田家としては、全軍をもって退くよりほかに、選択肢はないであろう。

このとき、

――わが岩殿山城へ。

と、声を上げたのが、譜代家老衆筆頭の小山田信茂だった。

岩殿山城は甲斐国大月にある。新府城からは、信濃往還をひたすら東進し、武田家の故地である古府中を通り過ぎ、石和、勝沼、笹子と進めば、大月に到る。この間、十五里。しかも道はおおむね下りで、街道は整えられている。兵の脚の速さならば、二日も掛かるまい。もっとも、織田方の侵攻してくる方角とは逆になるため、織田勢との激突は考慮に入れずに済むものの、駿河国から北侵している徳川勢と武蔵国から西侵している北条勢と激突する恐れはあった。

しかし、信茂の存念は、こうである。

「お方さまに、お在所の北条方へのご書状を認めていただきますれば、それがしが名代となって小田原へ罷り越し、あらたな盟約を結んでまいりまする。交渉は、ひと月も掛かりますまい。勝頼公に置かれましては、岩殿山にてお待ちあれ。岩殿山は天下の堅城にございまする。かの城に籠もれば、ふた月はまちがいなく持ちこたえられましょう」

勝頼は、家来どもを一瞥したが、闃として声もない。

軍議の中、松姫は親族衆の端にあり、信茂の強硬な弁舌に耳を傾けていた。

黙って聞くよりほかに仕方がなかった。が、どうしたことか、脳裏に浮かんできたのは、厩に繋がれているであろう中山五郎左衛門の顔だった。

(五郎左ならば、どのように判断するのじゃろう)

たしかに五郎左は織田家の軍力を熟知している。しかし、武田家始まって以来の窮地に、他国の、それも侵攻してくる織田家の家臣を召し寄せ、質すわけにもいかない。

「岩殿山へ、罷る」

勝頼は、選択した。

まずは信茂に対して、ひと足先に岩殿山へ急ぎ、武田家の主従を迎えるべく支度をせよと命じ、あとの者たちには、城を棄てる支度をせよと指示した。だが、家臣どもの腰は重い。気が萎えているというより、機敏に動こうにも体中に受けた矢傷や刀傷のために限りなく動きが鈍っているためだった。

(果たして、岩殿山まで辿り着けるのか……)

不安にかられる松姫に、勝頼が顔を向けた。

「お松よ。わしはこのまま手勢を編むが、そなたは連れてはゆけぬ」

おもいもよらない言葉に、松姫はおもわず眼を見開いた。

「よいか、お松」

勝頼は、こういうのだ。

「われらが岩殿山へ向かうは、籠城するためじゃ。籠城するに、そなたのような女子はもとより、盛信の遺児までも連れてゆくわけにはゆかぬ。わが妻子は、武家の習いとして共に往かざるを得ぬが、そなたらは違う。いますぐにこの城を離れ、身を隠すがよい」

「されど、兄上」

松姫はかすかな狼狽を浮かべ、

「そのように申されましても、西から織田勢が迫っておるばかりか、南からは徳川勢が、東からは北条勢が、怒濤の勢いで侵攻していると申します。そのような中、いったい何処の地へ身を隠せと仰せられるのです」

「古府中の入明寺へ難を逃れるがよかろう」

入明寺には、勝頼と松姫の兄竜芳がいる。

「竜芳を頼るのだ」

一三

武田竜芳は信玄の次男で、本来ならば、嫡男義信が廃嫡とされた際に武田家の家督を継がねばならないはずだった。

ところが、竜芳は生まれついて瞽いの身であるため、信玄によって幼い頃に出家させられた。もっとも、出家後しばらくして還俗し、信濃国海野の城主とされ、海野次郎信親とも名乗っていた。が、やはり、野に出でて軍馬を督することはできそうになく、そのため、古府中の入明寺に身を預けることとなった。当山の住職は栄順といって四代を数えていたが、ここに迎えられて「お聖導さま」と呼ばれ、いまも仏門の日々を送っている。

その兄のいる入明寺を頼れと、勝頼はいうのである。

「かの寺には、姉上も御身を寄せておられる」

信玄の次女で、後にいう見性院のことだが、一門衆のひとりである穴山梅雪の正室となっていた。梅雪は駿河国江尻の城代で、この軍議に参列してはいない。それどころか、生死すらもわからぬ状況である。

「姉上はわずかな家臣に守られながら、子らと共にある。さぞかし、不安な日々を過ごされておいでじゃろう。お松よ、そなたは姉上の元へ赴き、じっと身を潜めよ。織田方も、よもや、兵の姿なき寺へ押し入るような真似はすまい。いや、われらが岩殿山へ籠城したと聞けば、総勢で大月へ向かうに相違ない。さすれば、そなたらの身の上から危機は去る。あとは、われらが北条とふたたび同盟し、そなたを迎えにまいる。それまで待つがよい」

即答できずにいる松姫だったが、そこへさらに小山田信茂が向き直り、にわかに両手をつくや、このように頼み込んできた。

――実は、入明寺には、自分の娘の香具姫も預けている。傅役と乳母はつけてあるが、大地が震撼している今、はなはだ不安な心持ちでいるにちがいない。古府中へ赴いたなら、香具姫を慰め、父は勝頼公とともにあると伝えてもらえまいか。織田勢を駆逐してよりかならず迎えにゆくとも伝え、安堵させてやってはもらえまいか。

否も応もない。

松姫は、勝頼の促しも信茂の頼みも承知し、すぐさま支度に取り掛かった。

ただ、気がかりなことが、ひとつあった。

「中山五郎左衛門どのが身の上はどうなさるおつもりですか」

「連れてゆかれる必要はございますまい」

すかさず、鞆之進が答える。

「中山どのは織田家の家中。われらとは縁もゆかりもない御仁にございますれば、お館さまが当城を後にされる際、解き放つことといたしましょう。その後、織田方へ奔るも奔らぬも、中山どのの欲されるままにございます」

「鞆之進。それは、本心から申しておるのか」

「嘘いつわりを申し上げて何になりましょう」

すると松姫は、

――兄上。

と、勝頼に向き直り、両手をついた。

「それで、よろしゅうございまするな」

「わかった。わかった故、早よう出立いたせ。與右衛門、新兵衛。早よう、せい」

急かされ、下嶋與右衛門と窪田新兵衛は揃って腰を上げ、松姫をうながした。むろん、高遠衆は皆、同行する。いっせいに刀を手に立ち上がり、盛信の嫡子信基と息女督姫の手を取り、勝頼と信勝に暇乞いをした。だが、その間も、松姫は五郎左の身を案じた。

「兄上、お約束いたしましたぞ。きっと、五郎左どのを解き放って戴けますよう。五郎左どのはわれら一行の恩人にございます。いかに敵方の将とはいえ、恩に仇をもって報いるのは武門の恥にございますゆえ、くれぐれもお頼み申し上げまするぞ」

「約束じゃ、早よう往け」

勝頼はそういって松姫を送り出したが、

――又右衛門。

そちらはしばらく待てと呼び止め、このように指示した。

「われらは一両日中にこの城を後にする。その際、そちは鞆之進を連れて居残り、城中ことごとくに火をかけよ。そして城のすべてが燃え尽きるのを見定め、その後に、古府中へ向かうべし。ただし、城に火をかけた際、中山五郎左衛門が首は刎ね、敵が新府へ着いた際、まっさきに眼につくよう、大手門に梟しておくがよい」

織田信忠への挑戦状にせよというのであろう。

彼方に控えていた靭之進は氷のような冷やかさでふたりの遣り取りに耳を欹てるや「畏まりまして候」とでもいうように点頭したが、又右衛門はそうではない。ようやく勝頼の許しを得られたことに発奮したのか、関節が鳴るほどに強く、両の拳を握りしめた。

第四章　新府、燃ゆ

一

古来、甲斐国には利便な道が少なかった。

そこで、信玄は兵や人の往来を活発かつ迅速にするべく、信濃と甲斐を結ぶ道を幾本か整えた。

棒道という。

松姫はこの道を、ひたすら急いだ。空に、狼煙は見られない。もはや、狼煙を上げるまでもないほど、諸方の城や砦は陥とされているのだろう。

「されど……」

おもわず、新兵衛が洩らす。古府中も決して安全とはいえない、といいかけたらしい。

「いや、新兵衛」

ならぬ」

与右衛門が、神妙な顔をした。

「入明寺が安全かどうかは別にして、まずは、竜芳さまの元まで辿り着かねばならぬ」

だいいち、ほかに身の置き場があったところで、松姫の一行だけが移動するわけにはいかない。なぜなら、入明寺には、次姉の見性院が十一歳になる嫡男の信治(勝千代)とともに身を置いているし、小山田信茂の四歳になる娘の香具姫もまた預けられている。姉や甥、姪を捨て置いてゆけるような松姫ではない。

「ともあれ、まいりましょう」

与右衛門を先頭に、松姫一行はさらに脚を速めた。

入明寺は、浄土真宗の寺である。

山号は、法流山。初代の浄閑が武田家の庇護を受けて開山したときには、長元寺といった。入明寺と名を改めたのは三代の栄閑の時代で、石山本願寺の顕如と繋がりがあったことから、信玄と本願寺の絆が結ばれ、さらに本願寺の後援者だった三条公頼の次女を継室として娶ることとなった。竜芳や見性院の母、三条夫人である。こうしたことから、入明寺は武田家が膨張してゆく上で、欠かすことのできない寺のひとつとなっていた。

しかし、今、境内は森閑として、兵の影ひとつ見受けられない。

（おそらくは）

息をひそめて、訪れる者の動向（どうこう）を覗（うかが）っているのだろう。

そう察した與右衛門は、すうっと呼吸をととのえ、

「これなるは、信玄公のご息女（そくじょ）、新舘御寮人（にいたちごりょうにん）松姫さまにあらせられる。高遠（たかとお）より遠路を踏み越えて韮崎（にらさき）は新府（しんぷ）の城に到（いた）り、さらに長駈（ちょうく）、棒道を踏み抜け、当山（とうざん）まで辿り着き候（そうろう）。ご開門（かいもん）、ご開門。ご開門、願わしゅう存ずる」

ひと息に口上（こうじょう）を述べた。

すると、

――お松かっ。

重々しい門扉（もんぴ）が開かれるや、山門の下に、僧侶がひとり現れた。

松姫の兄、竜芳こと武田信親（のぶちか）だった。

左右に甲冑（かっちゅう）姿の武者が杖のように侍（はべ）っているのは、瞽（めし）いの身であるためだろう。

「兄上っ」

「よう、来た。よう、まいった。お松っ」

竜芳はいかにも懐かしそうに声を上げ、相好（そうごう）を崩した。

このとき、松姫を出迎えたのは竜芳だけではなかった。すぐ後ろにいまひとり、女人の影がある。次姉、見性院だった。松姫は「姉上っ」と声を張り上げ、見性院

もまたなにかに躓くように歩を進め、ふたりは手を取り合った。見性院は、涙を溢れさせている。実の妹の顔を見たことで、これまで堪えてきた不安や恐怖がおもわず緩んだのだろう。

そんな次姉に松姫は、

――ともあれ、中へ。

どちらが出迎えたのかわからないような言葉をかけ、肩を抱くようにして本堂脇の書院へと入った。風が、境内の梢を騒がしている。空を見上げれば、鉛色の雲が迫っている。すぐにでもひと雨来そうな空模様だった。

二

雨は、夜半になる頃、篠突くような吹き降りとなった。

松姫が、竜芳と住職の栄順、さらに見性院に対し、高遠から新府、新府から当山へ到るまでの苦労を物語り、ようやくひと息ついた頃合いだった。ばらばらという雨粒の落ちる音色がいよいよ激しさを増し、大風がごうと吹きつけて堂宇の蔀戸を揺さぶり出したとき、

――お聖導さま。

竜芳に近習としてつけられている猿橋清十郎が、廊下を急いできた。

「梅雪さまのご到来にございまする」

「夫が？」

見性院が、はっと顔を上げた。

すでに触れたように、梅雪こと穴山信君は、遠江と駿河の国境つまり遠州口に置かれた江尻城を守っていた。だが、徳川勢が遠江から駿河へ、さらに甲斐へと侵攻しつつある今、その城の守りはおろか、生死すらも定かでない状態となっていた。ところが、なんともいきなり、古府中に姿を現したのである。正室たる見性院の驚かないはずがない。

「よくぞ、ご無事で……」

幽霊でも見るような表情で、見性院は夫の顔を見つめた。

梅雪は「奥よ、案ずるな」と前置きし、このように告げた。

聞けば、勝頼公は風前の灯火となった新府城から他の城へ移られ、北条との和睦を画策されている由、自分としては居城江尻に立て籠もり、徳川家康の侵攻を少しでも遅らせるべく奮迅したいと。

「されば、共にまいるべし」

梅雪は、そういって妻を急かした。

が、見性院は、にわかに首をふり、

「江尻へまいるのは吝(やぶさ)かではありませぬ。ですが、ひとつだけお願いがございます」

「なんじゃ」

「お松も、いいえ、ここな子らも皆もろともに連れてまいりたいのです」

「しかしな、奥よ」

梅雪は見性院を見つめ返し、

――江尻城とて万全(ばんぜん)の堅城(けんじょう)というわけではないのだぞ。

と、答えた。

たしかに梅雪のいうことは間違っていない。徳川勢の矢面(やおもて)に立つのだ。安全なわけがない。敵の迫り来るであろう城へ籠(こ)もるより、この入明寺で息をひそめていた方があるいは得策かもしれない。

「どちらも賭けじゃ。されど、わしは、そなたや信治と共にありたい」

見性院としては諾(だく)するよりほかにない。

――お松よ。

と、妹の膝に手を添え、こういった。

「聞いてのとおりじゃ。すまぬ。すまぬ、お松」

「なにを申されます。妻が夫や子と共にあるは当たり前のことにございます。また、江尻に向かうも、古府中に留まるも、危うさは変わりありませぬ。さあ、姉上。織田方が古府中へ乱入する前に出かけられませ。すこしでも早く、江尻へ向かわれませ」

「すまぬ、すまぬ……」

ふたりには、別れの茶すら点てる暇もなかった。

かくして穴山梅雪は、住職の栄順や竜芳への挨拶も束の間、見性院と信治を連れて入明寺をあとにした。実際のところをいえば、連れてゆくというより、かっさらうという形容の方がふさわしいくらいの慌ただしさだった。

雨はいよいよ激しさを増し、濛気によって視界が閉ざされそうになっている。

その中を、小者や中間を従えた可憐な一行は、吸い込まれるように消えていった。

三

二日経った朝、

――江尻より新府へ緊急の使いにござる。

武者がひとり、入明寺の門を駈けくぐってきた。

江尻城へ遣わされていた金丸正直(かねまるまさなお)なる者で、勝頼が恃(たの)みとする近習のひとりだ。

――なにごとじゃ。

松姫も驚いたが、正直もまた驚いた。

驚きもするだろう。高遠にいたはずの松姫が、新府の勝頼のもとではなく古府中の入明寺に厄介(やっかい)になっているとは、夢にもおもっていなかった。正直は、束の間、言葉を失ったが、白湯(さゆ)で咽喉(のど)を潤(うるお)すや、

――穴山梅雪さま、お裏切りにて候。

血を吐くような勢いで、叫んだ。

「まさかっ」

声をあげたのは松姫だけではない。

その場にいた従者どもも皆一様に、どよめいた。

「ありえぬ。そんなはずはない。梅雪どのは、梅雪どのは……」

ほんの二日前、悲壮な決意をもって、武田家の塀となるべく江尻城へ向かっていった。しかも、死に臨(のぞ)んだ際に未練があってはいかぬとばかり、愛妻の見性院と嫡子の信治も伴わせ、柴榑雨(しばくれあめ)が叩きつける中を去っていった。

「かような梅雪どのが、裏切るはずなどないっ」

「されど、松姫さま」

正直は、よくお考えなされませと食ってかかるように口を開いた。

「江尻城が、いったい、どちらにあるとおぼし召されまする」

城は、折戸湾の西にあり、海陸合わせた駿河支配の要にあるだけでなく、遠江国とは海路も陸路も隣り合った最前線の城である。徳川勢は、まず、海路と陸路をもって駿河国への侵攻をはかり、その主要な攻略目標を江尻城に定めた。そして、鳥居峠で武田の本軍が潰滅的な打撃を蒙るや、ただちに行動を起こし、江尻に肉薄したものらしい。

「二月も末のことでございます」

正直の言葉に、松姫は絶句した。

（二月末といえば、高遠が陥ちる前ではないか）

梅雪は、たしかに江尻城へ籠もるといった。城へ立て籠もって徳川勢の侵攻を少しでも遅らせたいと、決意のほどを述べていた。だが、正直の言葉によれば、すでにその時点では、家康が手勢をひきいて江尻城へ急迫していたことになる。

「だとしたら、辻褄が合わぬ……」

「ですから、申し上げておるではありませぬか。梅雪さまは敵方に内通されたのです」

「ばかなっ」

「それがしは、この両の眼で、まざまざと見たのです」

「ならば、申せ。江尻で、いったい、なにがあったのじゃ」

　こういうことらしい。

　二月二十五日、穴山梅雪は、江尻城に立て籠もっていた。しかし、はなから戦う意志などなく、家臣どもに対して「城門を開け」と指示し、みずから城を出て家康の陣営に向かい、謁を賜り、赦しを乞うた。そして、家康と轡を並べて江尻城へ戻るや、下座について城を明け渡してしまった。

「なぜじゃ……」

　松姫はめまいをおぼえた。

「なぜ、そのような愚かしい真似を……」

四

　もともと、穴山梅雪は、諏訪氏の血をひく勝頼とその子信勝が武田家の跡目を相続することに不満を持っているという噂が絶えなかった。見性院の産み落とした信治をして武田家のあるじに据えたいと願っているのだという実しやかな噂だった。

それもあって勝頼は、近習の中でも観察力の鋭い金丸正直を遣わして目を付けさせていたのかもしれないが、噂の真偽はともかく、駿河国へ侵行した家康は、あっけないほど簡単に梅雪の寝返りを容(い)れた。

むろん、梅雪の無血開城に対して、すべての家臣が従ったわけではない。

勝頼から軍監(ぐんかん)として派遣されていた正直などはその筆頭で、徳川勢の入城を見るに忍びず、武田家に忠義を尽くそうとする者どもを先導して江尻を脱した。そして新府城の勝頼に、この呆(あき)れ果てた事態を報(しら)せるべく必死になって駈けてきたものらしい。

だが、駿河国の西半分つまり富士(ふじ)の霊峰(れいほう)にいたるまでは徳川方の侵食(しんしょく)するところとなっている。さらに駿河の東半分には北条方の兵馬が乱入しており、森を抜けようが、川を遡(さかのぼ)ろうが、どこもかしこも敵兵が盈(み)ちているという悲惨な状況だ。そのため、泥の中に身を隠しながら少しずつ移動してゆくよりほかになかったのだという。

「そのため、古府中へ到着するだけでも、今の今まで懸(か)かったのでございます」

だから、梅雪よりも遅くなった。梅雪は、家康に赦しを乞うて、妻子の命を救うべく古府中へ急いだ。そして、なに食わぬ顔をして入明寺を訪(おと)ない、堂々と松姫に会い、まんまと見性院と信治を連れ出した。

「なんということじゃ……」

松姫は、絶望した。

「おそらく梅雪さまは、かの城で家康めと盃を交わし、甲斐国へ侵攻する際の案内役を買って出ておられましょう。そして、今日か明日にでも、われらが領内へ到る中道往還あたりに立たれることでございましょう。北より岐阜中将ひきいる織田勢が下り、南より三河守ひきいる徳川勢が攻め上ってまいりますれば、新府城が風前の灯火となるは必定」

「あいや、正直」

与右衛門が、苦虫を噛み潰したような顔で、さえぎった。

「もはや、新府のお城は、それどころではない」

「なんですと？」

「勝頼公は、岩殿山城へお移りになるべく、お城を出ておられるはず」

与右衛門は、新府城で執り行なわれた軍議について、かいつまんで説いた。

「愚かなっ」

正直は、かぶりをふった。

「岩殿山へ入られたところで事態は好転せぬ。東に北条、南に徳川。北条が矛を収めるという裏づけなど、どこにもござらぬ。岩殿山へ籠もる内に、まんがいちにも織田方が肉薄してきたら、どうなさるおつもりか。信長が侵出してくれば、万事休すじゃぞ」

実をいえば――。

ちょうどこの頃、織田信長は、近江の安土城を出立している。

明智光秀、細川忠興、筒井順慶、丹羽長秀、堀秀政、長谷川秀一、蒲生賦秀、高山右近、中川清秀といった精鋭どもを従え、一路、甲斐国をめざしている。揖斐川、長良川、木曾川の三川をつぎつぎに渡渉し、濛気が立つほどの水飛沫をあげていた。駒にあしらわれた無数の面懸、胸懸、鞦がしゃらしゃらと鳴り響き、鎧の錣、垂、袖、草摺がじゃらじゃらと高鳴る。くわえて、旗幟や指物も風を孕み、ばさばさと翻る。その立ち上るさまざまの音色は尾張の空を蔽わんばかりだ。

が、むろん、そこまでの情報は、甲斐国の者の誰ひとりとして得てはいない。

五

韮崎、新府城。

鼻腔に硝薬の匂いが漂い寄せたと感じた矢先、凄まじい爆発音が木霊した。

「おおっ」

五郎左は厩の横木に飛びつき、見張りを喚ばわった。

「いまの物音は、なんだ」

足軽は答えなかったが、すぐに見当がついた。

城内のそこかしこにある櫓や蔵があいついで爆発し、火焔を巻き上げ始めたからだ。

もちろん、人の手が加えられないかぎり、城が爆裂することはない。あらかじめ撒きに撒いた硝薬に次々と火が掛けられ、それが爆ぜるごとに火の粉が飛び、弾薬や爆薬が爆ぜに爆ぜ、建物の柱を燃やし、屋根を噴き飛ばし、漆喰の壁までも木っ端微塵に砕けさせたにちがいない。

(みずから火をかけたのか)

城を棄てるにあたり、ことごとくを焼き払ってしまおうとする気持ちは、わからないではない。織田方の兵に入城を許すなど、乱世の覇者たる武田家にとっては恥辱ともいうべきものであろうし、勝頼にとっては最後の矜持ともいえるのだろう。

(それにしても、この火のありさまはどうだ)

単に燃やすというだけではなく、なにもかもこの地上から失せさせようという、激越な意志が働いている。だが、ここまで凄まじい連続爆発をいったいどんな家臣が采配し、引き起こさせているのか。

（あの男か）

脳裏に、ひとつ、男の顔が浮かんだ。

志村又右衛門だった。

あの忠義の権化のような男ならば、武田家のあるじが城を棄てると決めたならば、それにふさわしい幕引きを考えるにちがいない。

瓦一枚、柱一本たりとも織田家の者の手には触れさせぬという強烈な感情から、無人となった櫓という櫓、蔵という蔵、そして御殿から井戸舘にいたるまで、そこらじゅうに藁束を積み上げ、ありったけの硝薬をまきちらし、片っ端から火をつけて回ったにちがいない。

五郎左が、みずからの推測があたっていたのを確信したのは、ほどもない頃。

当の又右衛門が、厩の真ん前に立ちはだかったときのことだ。

「この炎上は、おぬしの手によるものか」

「訊いてどうする」

「知りたいだけだ」

「おのが城に火をつけ、戦わずして逃げねばならぬ立場にあるものの苦渋が、五郎左衛門、きさまにわかるか」

又右衛門は足軽を下がらせて馬柵を開き、

「出ろ」

厩の中から五郎左を誘い出した。

そして、いわれるがままに五郎左が外へ出るや、すかさず、帯びていた太刀（たち）を抜き放ち、炬（たいまつ）のような眼光で睨（にら）みつけてきた。かたわらには、高遠まで松姫を迎えに来た内藤鞆之進（ないとうとものしん）の姿がある。鞆之進は血走った眼を見開き、しきりに歯を鳴らしている。

「そうか」

五郎左は、察した。

「わしを斬り捨てよと、勝頼公がお命じになったのか」

はっとして、鞆之進は、五郎左を見つめ返した。

刀の柄（つか）をにぎる指先が、小刻（こきざ）みに震えている。どうやら図星（ずぼし）だったらしい。五郎左は又右衛門をちらりと一瞥（いちべつ）した。手に握られた大ぶりな太刀が、燃え盛る炎をぎらぎらと照り返している。ひるがえって、おのが身は寸鉄（すんてつ）も帯びてはいない。五郎左は、ごくりと生唾（なまつば）を呑んだ。

（ここで、死ぬわけにはゆかぬ）

腰を低くして、身がまえる。

一瞬だけ、見張りに立っていた足軽どもに眼を遣（や）れば、爆破炎上するありさまと、眼の前に展開しつつある殺し合いの異様な雰囲気に呑まれ、茫然とし、自らを失っている。鑓の柄を握る指先からはあきらかにちからが抜け落ちていた。

（あの鑓を奪えば……）

なんとか窮地を脱せられるだろうと、五郎左は直感した。

しかし、又右衛門の眼光は、一瞬も弱まらない。

（来るか）

ところが、信じられないことが勃こった。

熊のような又右衛門が、無粋な表情のまま、あさっての方角へ向けて顎をしゃくった。

――どこへなりと往け。

とでもいっているのだろう。

「なぜだ」

五郎左は、叫んだ。

六

「なぜ、わしを解き放つ」

「それがしは、松姫さまに命ぜられていることをしているまでだ。……姫さまは、きさまを解き放てとお命じになられた。それがしは、逆らえぬ。わかったか。ならば、どこへなりと失せろ」

「そうは、ゆかぬ」

「なんじゃと」

太刀を握る又右衛門の指先にちからが籠もった。

「姫さまのお情けだ。ありがたく頂戴し、さっさと立ち去れ」

「去らぬ」

「世迷い言を。去らねば、叩っ斬るまでだ」

「……連れていってくれ」

五郎左は、自分でもなにをいっているのか、よくわかっていなかった。世迷い言を吐いているかもしれないという自覚はかすかにあったが、口から迸っているのは、ほとんど無意識の内に溢れ出たものだった。

「連れていってくれ。わしも、連れていってくれ」

「ぬかせっ」

又右衛門は、逆上した。

「織田家の禄を食む者が、なにをぬかすかっ」

「戯れ言でいうておるのではない。わしは、お護りしたいのだ」

「なにを」

「松姫さまを」

勝頼が正室である遠山夫人を病で亡くしたのは、元亀二年のことだった。遠山夫人は信長の養女として勝頼のもとへ輿入れしていたため、織田家と武田家の絆が失われてしまうことに懸念をおぼえた両家が、あらたな絆として数えて十一歳の信忠と七歳の松姫との婚約を成り立たせた。ところが、五年後の元亀三年、三方ヶ原の戦いが生起したために、織武両家は犬猿の仲となり、婚約は破棄された。

その後まもなく、自分に役目が与えられた。

松姫のもとへ信忠の書状を届けるというものだった。

むろん、一通たりとも疎かにしたことはない。信忠に対する忠義もあるが、それ以上に、婚約を破棄されたことに消沈した松姫が、手紙の数が増すごとに生気を取り戻し、輝くような笑みを見せ始めたことに、えもいわれぬ喜びを得たものだ。以来、十年。自分は、松姫が微笑むというただそれだけのために、ひたすら、美濃尾張と甲斐信濃を往復してきた。

にもかかわらず、今、自分は、無念にも攻め入る側の黒母衣衆として縄を打たれ、戦さ場より追い払われようとしている。世の誰よりも松姫の歓びに尽くしてきた自分が、だ。

「連れていってくれ」

五郎左は、爆煙や爆炎が回り始める中、足下の砂に額を擦りつけて土下座した。

「頼む。頼む。このとおりだ。連れていってくれ。松姫さまをお護りしたいのだ」

そんな五郎左と又右衛門の遣り取りをまのあたりにしているのは、靹之進だった。

しかし、靹之進に裁量権はない。勝頼から「中山五郎左衛門の首を大手門に吊るせ」と命ぜられたのは又右衛門であり、勝頼らが新府城を去ってから五郎左を解き放ってほしいと松姫から直々に頼まれたのも又右衛門だったからだ。自分は単なる輔佐であり、高遠からの嚮導役でしかないという。そういう逃げ腰の姿勢である以上、五郎左と又右衛門の緊迫した顔を狼狽しながら眺めることしかできない。

だが、逃げてばかりもいられない。

「ま、又右衛門どの。拙者の存念を申せば――」

「いうな」

又右衛門は大声で靹之進を制し、おもむろに太刀を収めつつ、五郎左に向き直った。

「これより、古府中の入明寺までまいる。共に、来い」

ちた。


「おおっ。されば……」

歓喜に包まれた顔を上げた正にそのとき、新府城の壮麗な御殿が音立てて崩れ落

七

五郎左は、又右衛門と靹之進に従い、新府城を後にしつつある。大手門の前を走っている街道は先にも触れたとおり棒道だが、この古府中まで繋がっている古えの道に立ったとき、ふと、五郎左が眉間に皺を寄せた。

「なんじゃ」

「静かに」

訝る又右衛門を黙らせると、五郎左はすばやくしゃがみ込み、掌を地面にあてがい、振動の伝わりを感じようとし、さらに耳を大地につけて、遠くから寄せてくる物音を聴こうとした。

「馬の蹄」

五郎左は、片方の耳を地面につけたまま、さらにつぶやいた。

「数頭ではない。かなりの馬の群れが、東から押し寄せてくる」

「東？」

　北条勢ではないかと、又右衛門は鞆之進と顔を見合わせた。たしかに東の方には武蔵国すなわち北条氏政、氏直父子の治める老大国がある。そちらから馬蹄の音色が響き寄せているとすれば、北条方の手勢よりほかに考えられない。

「どうなされる、又右衛門どの」

「知れたこと。戦うまでだ」

　又右衛門は、刀の柄に手をかけた。

「なにもかも灰燼に帰した当城では、身を隠すところもない。ここを死に場所に定めて戦うよりほかに手立てはあるまい」

　いいつつ、迫り来る騎馬の群れに瞳を凝らした。

　ところが、どうだ。

　騎馬武者の背に翻る小旗を遠望したとき、又右衛門がいきなり高笑いしたのである。

「あれなる紋どころは、上り藤に三つ目結。味方じゃ、上野原の加藤家じゃ」

　鞆之進と五郎左に告げ、疾駈してくる十数騎の駒の群れに、抜き放ったままの太刀を高々と翳してみせた。すると、相手もまた又右衛門に気づいたものか、先頭の若武者は、馬上、弓手を高く上げて応えた。

「志村さまではありませぬか」

「おお、信景」

たしかに、甲斐国都留郡上野原郷の城塞をあずかっている加藤景忠の嫡男信景だった。

当年十八歳の信景は、新府城の変わり果てた姿に愕然としながらも、自分たちの取ってきた行動につき、かいつまんで又右衛門に語った。織田家の信濃侵攻に呼応して徳川家が駿河侵攻を引き起こした際、上野原の加藤家はすぐさま行動を起こしたらしい。当主景忠の弟の初鹿野信昌が、新府城を守らんと居城を打ち出でたのだという。

「それは、頼もしい」

又右衛門は声をあげて喜んだ。

時を置かず、当の初鹿野信昌が手勢をひきいてやってきた。信昌が初鹿野という苗字なのは、信玄の側近だった初鹿野忠次が第四回川中島の戦いで討死したおり、相続する者がなかったため、加藤家の六男だった信昌が養子になったからだ。ちなみに、初鹿野家は惣領の通称が決まっており、伝右衛門という。

むろん、信昌もそれを世襲したが、陣羽織の背に『香車』の刺繍を施していたため、

——香車伝右衛門。

と、呼び習わされていた。

「おう、又右衛門」

「おお、これは、香車どの」

知らぬ仲ではない。

——このありさまは、どうしたことじゃ。

信昌が、又右衛門と靹之進に対して問うた。

「われらが火をかけたものにござる」

「勝頼公のご命令によるものか」

「左様」

靹之進が、頷いた。

「あいわかった。して、お館さまはいずこにおわす。勝頼公はどちらに」

「岩殿山にござる」

又右衛門が、辛そうに口を割った。

八

信昌は又右衛門の語りに耳を傾け、それを聴き終わるや、ひとつ唸って腕を組んだ。

「されば、いったいどこで擦れ違うてしまったものか。われらは、上野原を打ち出るや、大月へ向かった。岩殿山は、おぬしらも存じおるとおり、大月に聳えておる。しかし、われらが山の麓を通り過ぎた際は、勝頼公のお姿どころか、小山田信茂どのの手勢すら見当たらなんだ。旗幟は、たしかにひるがえっておった。じゃが、あれは、城代を任された信茂どのの弟御行村どのの旗印。勝頼公は、いまだお着きではなかった。おもいもよらぬ擦れ違い。香車信昌、一生の不覚じゃ」

「よろしいではありませぬか。今頃、勝頼公ひきいられる武田本軍は、織田の追随をふりきって岩殿山へお着きになっておられましょう。さすれば、岩殿山の手勢と合わせれば相当なちからとなりまする。織田家の追撃を無事にふりきることができさえすれば、そう易々と陥ちるような岩殿山城ではございませぬ」

「ゆくか」

信昌は、陣羽織をひるがえして駒に跨った。そして、又右衛門、靭之進、五郎左の三名を従えてきた別な騎馬に相乗りさせるや、ひとまず棒道を小淵沢方面へ下って領内の容子を見聞したのち、古府中の入明寺をめざすと宣言し、駒にひと鞭くれた。

こうして、上野原衆は韮崎を背にした。

かれらが去った後も、新府城は燃え続けた。

火炎はいよいよ天に沖し、七里岩の上に聳える難攻不落であったはずの大要塞を燃やし尽くしていった。黒煙が夕陽に赤々と染まった空を蔽い、これまでに誰も見たことがないような大きな狼煙となっていった。

その赤と黒のおりなす幻想的ともいえる光景は、武田家の終焉を予感させるのに、いかにも見合った荘厳さといえた。

九

入明寺に身を置いている松姫が、門前の物音に目を覚ましたのは黎明のこと。

(蹄の音がした)

なにごとだろうと、さらに耳をそばだてた。

(もしや、織田方の兵馬が、この寺まで押し入ってきたのか)

が、どうやら、ちがうらしい。

——おおっ。

境内に、女人の声が響く。

──信昌どのではありませぬか。

容子を見に出た松姫の侍女、谷川の声のようだ。

──姫さま、初鹿野信昌どのにございますぞ。

谷川の呼び掛けに、松姫は褥を飛び出した。

（信昌がこの寺をどうして知ったのだろう）

そんな疑問もかすかに浮かんだが、

──志村又右衛門どの、内藤靭之進どのもご同道にございます。

という谷川の声に、すべてを察した。

松姫は、すばやく裲襠を羽織るや、書院から駈け出した。侍女の小糸が慌てふためきながら追ってくる。中庭へ降りれば、そこには寝ずの番をしていた鑓持の河野藤蔵と石坂幸吉が侍立していたが、ふたりとも松姫のにわかな行動に面喰らい、戸惑いながらも後ろについてきた。

この朝、古府中にはところどころに雪が残り、夜明けの光を照り返していた。入明寺も例外でなく、凍てついた曙光が門前を輝かせ始めている。その眩しいほどの煌めきの中、松姫は裸足のまま砂地へ飛び降り、山門へ向かった。すると、数騎の駒が門をくぐってくるのに出くわした。

「おお、姫さま」

鞍から転げ落ちるように飛び降りたのは、初鹿野信昌だ。

信昌は、おもわず涙ぐみ、松姫の足下に蹲った。

「よくぞ、ご無事で」

「信昌も、よく、ここまでまいった」

松姫は、信昌の後ろの上野原衆もまた労い、さらにその背後に控えていた又右衛門や靭之進の安堵した顔も見つけ、大声で名を呼ばわり、まるで童女のような喜びを見せ、

――無事でよかった、無事でよかった。

と、繰り返した。

ふと、そのとき、いちばん端に中山五郎左衛門の顔が見えた。

（おお……っ）

松姫は、おもわず、歓喜しかけた。

自分でも、ふしぎな感情だった。五郎左が助けられていたことへの歓喜ではない。追いかけてきてくれたことへの驚きと喜びが、なぜか、胸の内から込み上げていた。

かといって、ここでその感情をあらわにすることは憚られた。

そのかわりに、

──なぜじゃ、五郎左どの。

他人行儀な抑揚で、訊ねた。

「なにゆえ、当山までついてこられた」

五郎左はわずかに沈黙したが、すぐにしゃがみ込み、両膝と両手をつき、

──お願いがございます。

と、神妙な表情で奏した。

「それがし、織田の家中にあって禄を食んでまいりましたが、このたびの争乱、見るに忍びぬものがございます。もしも、松姫さまのお許しを頂戴できますれば、この先も、姫さまのお身柄を、微力ながらもお護りいたしとうございまする。どうか、この五郎左めの願いをお汲み取りいただきとうございます」

「五郎左どの……そのようなことは……」

松姫は、瞳を潤ませつつ、拝跪する五郎左を見つめた。

全身にふしぎな痺れが走ったようにも感じられる。感情を抑えかねるなにものかが湧き上がってきたようにもおもえたが、かといってどのような返答も浮かんでは来なかった。

が、そのとき、又右衛門が、五郎左のとなりに跪いたのである。

「姫さま。ここは、中山五郎左衛門の願い、お聴き取りくださいませ」

松姫の背後で、與右衛門が呻き声を上げた。

「おお……」

「ようございまする。姫さまが、好いと仰せならば」

又右衛門はさらに頭を下げ、額を砂地に擦りつけた。

「どうか。どうか、姫さま、お聞き届けくださりませっ」

松姫はしばらく考えるふうだったが、やがて鞆之進に顔を向け、

「鞆之進は、どうじゃ」

「姫さまが、好いと仰せならば」

「そうか」

松姫は、あらためて五郎左に向き直り、かすかに微笑んだ。

「かたじけのうございまする」

五郎左は深々と一礼した。

ところが、喜びをあらわにした五郎左に対して、となりにいた又右衛門が、

──されど。

睨み据えて、こう告げた。

「よく聞け、五郎左。わしは、おぬしのすべてを信じたわけではない。もしも、おぬしがわずかでも不穏な動きを見せるようなことあらば、この鑓にて、その薄っぺ

らな胸板を貫いてくれる。それだけは、胆に銘じておけ」

五郎左は、承知したというかわりにこっくりと頷いた。

一〇

「ともあれ」

入明寺の本堂に、與右衛門の声が響く。

「高遠よりの面々がこうしてふたたび顔を揃え、さらに初鹿野信昌どのら上野原衆とも巡り合うことができたは、不幸中の幸いともいうべきものじゃ。岩殿山は難攻不落の堅城なれば、勝頼公の手勢をもってすれば、しばらくの間は持ちこたえられよう。その間に、小田原との折り合いさえつけば、武田家の将来も見えてこよう。そこで、われらのことじゃ。ここな入明寺にあって、しばし容子を観るか、あるいはいっそう安心できる場を探し、竜芳さまともども松姫さまにお移りいただくか、早々に決めねばならぬ」

「あいや」

声を上げたのは、初鹿野信昌である。

「それがし、松姫さまのご無事をたしかめた今、ただちに勝頼公のあとを追うて、岩殿山へ向かいたく存ずる」

「いますぐに発たれるといわれるか」

「むろん」

ちからづよく頷いて刀をひきよせた正にそのとき、

——敵勢にございます。

竜芳の近習、猿橋清十郎が飛び込んできた。

「馬印は、四手折敷に金の唐傘っ」

五郎左の全身から血の気が引いた。

(信忠さまの馬印ではないか)

弾かれるように、山門へ駈けた。

そして、屋根の陰に身を隠し、彼方を遠望した。

清十郎の叫ぶとおり、無数にはためく織田木瓜の指物の中、四方に幣を下げた枡形の三方がにょっきりと立てられている。そのとなりに掲げられているのは、金色に輝く唐人傘。織田信忠の馬印に相違ない。唐人傘の脇には、昇竜の前立をあしらった黒母衣の馬印が続いている。

(河尻さま……)

五郎左が母衣を背にして信忠の本軍にあったとき、厭きるほどに見上げてきた代物だ。

信忠の輔佐となっている河尻秀隆がいる以上、信忠は手勢のすべてをひきいているとおもってまちがいない。いや、信忠ひきいる手勢だけではなかった。かれらのすぐ後ろには、純白の旗指物がこれまた無数にひるがえり、その真ん中には金色に塗られた三つ団子が威勢よく掲げられている。軍監、滝川一益の馬印だ。

（美濃の本軍が集結している）

これほど早く諏訪から南下して来ようとは、おもわなかった。

それも、甲斐の地を蔽わんばかりの大軍勢だった。その先鋒が鳥居峠において武田方の本軍に圧勝し、合流した本軍によって飯田城をぶんどり、諏訪神社に侵出するや別働隊を吸収して新府城に押し寄せ、すでに燃え尽きていた武田家の本城には留まらず、すみやかに、勝頼の落ちゆく先へ追撃をかけたものらしい。

本堂から奔り出た松姫らは、土塀に身を隠しつつ、巨大な軍馬の容子を遠望した。

たしかに、清十郎の報告するとおり、身も凍るような大軍勢だった。

尾張衆はその軍装のきらびやかさで世に知られているが、勝ち戦さということもあってか、その士気は恐ろしいほどに高く、その足並みも自信に満ち溢れている。

駒も兵も堂々とし、無数の旗幟が翩翻と風を孕み、東へ東へと向かってゆきつつある。

二

いきなり、信昌が咆(ほ)えた。

咆えたくもなろう。

織田勢の向かう東には、笹子峠(ささごとうげ)がある。峠の先には岩殿山、さらに先には上野原がある。あのまま織田勢が東進すれば、勝頼一行の身に危機がおよぶばかりか、上野原城に籠もっている兄景忠(かげただ)もまた窮地に陥るのは明白だ。

「それで、どうするといわれるのだ」

「知れたこと」

信昌は、與右衛門の問いに、こう答えた。

「われら五十騎、織田勢の後背(こうはい)より強襲(きょうしゅう)し、壊乱(かいらん)させてくれるわ」

――香車伝右衛門。

松姫は、栄(は)えある渾名(あだな)で、信昌の名を呼んだ。

「そなたらの心情、この松にはようわかる。されど、ひとつしかない命を粗末にしてはならぬ。岩殿山にはわが従叔父(おじ)小山田信茂が、その手勢をひきいて戻っておるはず。おそらくは、信茂従叔父のことゆえ、笹子峠まで兵馬をひきつれ、勝頼公をお迎えに出てまいろう。小山田勢の石礫は、山中においては無敵と聞く。ここは、小山田勢に託せ」

信昌はぎりりと奥歯を鳴らし、築垣の隙間から織田勢を睨み据えた。

「聞けぬか、伝右衛門」

「いいえ」

道理のわからぬ信昌ではない。

いっときの激情に駆られて突出することの愚はよく承知している。信昌はその場にどかりと胡坐をかき、眼を閉じた。将の態度は、そのまま上野原衆に伝わったらしい。駒の支度をしていた者どもも皆、愛馬を厩へ戻しかけた。

ところが、昂奮の冷めやらぬ者もある。

初鹿野信昌の甥、加藤信景だ。

叔父よりも大きな叫びを上げて駒に打ち跨るや、松姫に向かって頭を下げた。

「おゆるしくだされませっ」

そして鯨鞭をふりおろすや、山門を開けさせ、単騎、飛び出したのである。

「待て、信景」

甥の突出を、信昌は制止した。

だが、信景は止まらない。あれよと見る間に門前の坂を駆け下り、遙か前方、織田方の上げる砂塵を追って奔ってゆく。いや、信景だけではない。共に上野原衆の先鋒に任じられていた十数騎の者どももまた、信景の後を追って突出した。もはや信昌の声は届かない。

「なんたることだ」

信昌は駒を引き寄せ、甥の後を追おうとしたが、もはや遅い。いまさら追いかけたところで、止められるものでもない。

「よい」

松姫の言葉に信昌は動きを止め、ふたたび、その場に尻をついた。

「……信昌どの」

肩に手を添えたのは、窪田新兵衛である。

「案ぜられるな。甥御は、そう易々と敵の手には掛からぬ。なに、斥候に出したとおもえばよいのだ。ほどもなく、織田方の情勢を摑んで戻って来ようほどに」

「ならばよいのだが……」

信昌が消え入りそうな声で呟いたとき、

――門を閉めよっ。

新兵衛は、荒々しい声を響かせた。

「どこに織田方の眼が光っておるやもしれぬ。この寺に、武田家の者が籠もっていると知れれば、ただでは済まぬ。いや、それこそ、一大事。なにをしておるか。早よう、門を閉じよっ」

一二

門扉は、ほぼ一日、閉じられたままだ。

その山門の内側、五郎左は、跳ねた雨水になかば朽ちかけている柱にもたれかかりながら、境内に顔を向けている。早春の風に梢が揺れ、庫裏の煙出しから炊煙が立ち上っているほか、事物の動きはほとんど見られない。

人影すらもない。

音だけは、ひとつふたつ、聞こえてくる。台所から根菜を切っているらしき音と、本堂から洩れてくる読経の声だ。五郎左はそうした動きや音色を、見るでもなく聞くでもなく、ただ、腰を下ろしていた。

もっとも、争乱の真っただ中にあるとはおもえない穏やかな光景に安堵しているのではない。朝、井戸端で顔を洗っていると、いきなり、つぶてが飛んできた。咄嗟に手拭で叩き落とせば、小石を包んだ紙切れだった。

投げ文だ。

開いた途端、鼓動が一挙に早まった。

『よくぞ、もどった。やくめをはたせ』

ひらがなの走り書きながら、あきらかに信忠配下の間者が投げつけてきたものだ。五郎左はあたりに注意したが、人の気配はいっさいない。ただ、紙に残り香があった。高遠の岩牢で嗅いだものと同じ、伽羅だった。

(いったい、誰なのだ)

五郎左は、思案した。

この入明寺に辿り着いた一行の中に紛れ込んでいることは、ほぼ疑いない。しかし、與右衛門をはじめ、武将どもは武田家譜代の者たちだし、侍女や小者もそれを纏める侍女筆頭の谷川以下、疑わしき者はひとりもいない。

実際、たとえば、侍女の内ふたりは、松姫の用人である土橋彦右衛門と柴田源之丞の母親で、このたびの脱出には母子そろって参列している。武田家が信玄を臍にした大家族のごときものであったように、この一行もまた松姫を中心にしたひとつの家族のようなものとなっている。

そこへ、乱波の類いが紛れ込んでいるなど、にわかには信じ難い。だが、心情的にはそうであっても、いま、五郎左の掌に不穏な書付が握られている以上、異物が人知れず紛れ込んでいる。

（誰だ）

しかも、その者は、松姫から欠片ほどの疑いも持たれずにいる。そのようなことができるとはおもえないが、それにしてもいったいなぜ、その者は松姫の信頼を粉々にするような真似をしでかしているのか。

そう、心の中で思案を繰り返したとき、

――こちらでござったか。

與右衛門が優しげな微笑みを浮かべてやってきて、かたわらに腰を落とした。

「こたびのご随行の儀、まことにかたじけない」

「なにを、いまさら」

自分と與右衛門の間に織田と武田のような軋轢はないはずだと、破顔した。

したものの、ここで、書付を見せることは、憚られた。自分はようやく随行を認められた身だ。ここで書付を見せれば、いかに與右衛門であろうと、自分に対してあらぬ疑いを抱きかねない。

いいや、それだけではない。與右衛門は、松姫が最も信頼を寄せている傅役だ。この老臣が裏切っているようなことがあれば、松姫の嘆きは想像してあまりある。

（愚かな。なにを考えているのだ、わしは）

どれだけ考えを巡らせても、織田家の息の懸かっている者が誰なのか、まるでおもいあたらない。

（わしが、この一行に留まることを好しとしてくれたは、誰だったか）

與右衛門は、たしかに喜んでくれた。だが、それは十年来の知己で、気心の知れた仲であるからだ。その與右衛門が、いかに岐阜に頻繁に出入りしているとはいえ、信忠から密命を帯びているなど、考えられない。

新兵衛も、たしかに会釈してくれた。だが、それは與右衛門の気持ちを誰よりも酌める副将であるからだろう。仁科盛信の子らを守っている馬場新左衛門や上条常之助も、五郎左には気を使ってくれている。だが、それは高遠を脱するとき、五郎左が身を挺して子らを助けたからだろう。

そういうことからいえば、松姫の用人や鑓持も同様だ。

（又右衛門……？）

五郎左の瞳が、一瞬だけ焦点を失った。

又右衛門は、五郎左を邪魔者あつかいしてきた。それが、にわかに翻り、五郎左の随行を願い出てくれている。

（いいや）

又右衛門はちがうと、五郎左は直感した。

（侍女や中間たちもそうだ。間者とは考えにくい）

かれらは、昼夜を問わず、松姫に尽くし続けている。

（では、反対に、わしを随行させることに乗り気でないのは誰だろう）

ふわりと、靭之進の顔が浮かんだ。

勝頼の恃みとする近習である靭之進は、なるほど、五郎左の器量と心情はそれなりに認めながらも、いまだに武田家の家臣でない者が松姫の側近くにいることを不服におもっているようにも見受けられる。

（もしも、靭之進が間者であるなら、そのような態度は取らぬはずだが……）

しかし、落ち着いて考えていられるような場合ではなかった。

一三

陽が舂き始めた頃、にわかに馬蹄が轟き、次いで門扉を強烈に叩く音が響いた。

なにかとおもえば、

――加藤信景にございまする。ご開門、ご開門あれっ。

切羽詰まった声が聞こえた。

門番が駈け寄り、與右衛門の「よし」という頷きを待ち、いきおいよく門を開いた。

すると、加藤信景とその配下が数騎、傷だらけになって辿り着いていた。

駒はそこらじゅうに矢を受け、刀傷から血を滲ませ、全身が朱に染まっている。駒だけではない。馬上の者どもも似たような状態だ。入明寺まで帰ってこられたことが嘘のような痛々しさだ。

信景の名を叫びながら駈け寄ってきたのは、叔父の初鹿野信昌だった。又右衛門らと本堂の広縁で、ひたすら、甥の生還を待ち続けていたのだ。その声を聞き、姿を見るや、馬上の信景はぐらりと身を揺らし、どうっと鞍壺から転げ落ちた。

「信景、信景っ」

声を張り上げ、信昌は甥を担ぎ、本堂の広縁まで運び込んだ。

水を、水をっと叫び、小者らが慌てふためいて反応する。境内は、一瞬にして騒然となった。信景はわずかな水を口に含み、ようやく溜め息をついた。それは、従っていった騎馬武者たちも同様だった。いや、実際、誰も彼もが深手を負っていた。信景がいちばん軽傷であることから、これを守ろうとしてそうなったのは歴然だった。

駒も、同様だ。境内の真ん中へ曳かれてきたものの、そこで、にわかに崩れた。最後の気力をふりしぼって、あるじをここまで送り届けたものらしい。信昌に支えられていた信景は、愛馬の精根つきはてた容子を見、おもわず柄杓を落とした。柄杓から水が流れ出し、信景の眼からも涙が溢れ出した。叔父の手から離れ、身をよじり、尺取り虫のように縮こまり、声をあげて泣き崩れた。

「どうした、信景。いったい、なにがあったのだ」

そう又右衛門が問えば、

「敵が、敵が……」

信景は、しどろもどろになりながらも、経緯を語った。

「われらは、織田勢の背後を衝かんと懸命に駈けました。しかし、いっかな追いつかず、勝沼を抜け、笹子峠へ道をとりました。ところが、峠道に敵の姿はありません。そのかわりに、お味方の屍をまのあたりにしたのです。それも、おびただしい数でした。なぜだと、声をあげました。敵の兵はひとりも斃れておりません。わが方の兵ばかりが、道を塞がんばかりに斃れていたのです」

「なぜだ。なにゆえ、そのような……」

「わかりませぬ」

信景は、又右衛門の問いに首をふった。

「それどころか、いきなり、横合いの茂みから、石つぶてが嵐のように飛んできたのです」

「いしつぶて?」

又右衛門が、目を瞠る。

「石つぶてとは、どういうことだ」

小山田勢の得意芸ではないか。いや、天下広しとはいえ、石つぶてによる戦闘を仕掛け、さらにそれが猛烈な勢いを持っているような集団は小山田勢くらいなもので、すくなくとも織田方にそのような戦法を得手とし、しかも笹子峠のような難所で披露してこられるような手勢があるなどとは、ついぞ、聞いたことがない。

「拙者も、そうおもいました」

信景は、声を震わせる。

「小山田勢の生き残りでもあって、拙者らを織田方の騎馬と勘違いして挑みかかってきたものと。されば、大声にて喚ばわり、制止しようとしたのです。われらは武田家の臣であると。上野原衆であると。ところが……」

「相手は聞かなんだ、というのか」

信景はがくりと肩を落とし、涙をこらえて俯いた。

上野原衆の不幸は、それだけではなかったらしい。

一四

　信景はもはや笹子峠を越えるのは無理と判断し、引き返したという。

　だが、峠道を下りきったところで、今度はまぎれもない織田勢と出食わした。織田方(かた)は、金の三つ団子の馬印から滝川一益のひきいる一隊と知れた。雲霞(うんか)のごとき大軍勢で、いきなり無数の矢を射込んできた。

　信景らは大雨の降りしきる中へ放り出された子猫のようなありさまだった。

　どこへ逃げようとも峻烈(しゅんれつ)な雨粒に打たれる。ぐさぐさと鎧や駒に矢が刺さり、上野原の若衆は人馬もろとも悲鳴を上げた。死にものぐるいで逃げた。死の恐怖だけが、信景たちを圧(お)し包(つつ)んでいた。

「あとは、なにもわかりませぬ。無我夢中で逃げたのですが、一騎また一騎と討ち取られ、ようやく古府中へ戻ったときには、ここな数騎だけと成り果てており……」

「信景」

　横合いから、叔父の信昌が声を慄(ふる)わせた。

「おぬし、もしや、敵に追い立てられたままではあるまいな」

信景はかぶりをふったが、一瞬にして蒼ざめた。

「まさか、そのようなことは、決して……」

「決してないと、いいきれるのか」

瞳が虚ろになるほど震えながらも、信景はなんとか言葉を続けようとした。

が、その矢先、

——敵勢にござるっ。

猿橋清十郎が、悲鳴を上げた。

「おうとも」

又右衛門が山門まで駈け、土塀から顔を出して門前をうかがった。

すると、彼方の野に砂塵が立ちのぼり、数え切れないほどの旗幟や吹き流しが風に翻り、無数の騎馬が迫ってくるのが見えた。

その馬印は、金の三つ団子。あきらかに、滝川一益のものだ。それだけではない。先陣となった鑓持の、高々と掲げたその穂先には、生首が数多、吊り下げられている。織田勢は、投降したり捕縛されたりした武田の重臣どもの首を、つぎつぎに刎ねているらしい。まちがいなく武田家の殲滅を図っている。

五郎左は、おもわず震えた。

「まさか、信忠さまが、そのようなお指図をなさっておられるなど……」

呟いた瞬間、あほうっという怒鳴り声と共に鉄拳が飛んできた。

「信忠風情は、ただの先駈け。指図はすべて、安土の織田信長じゃ。信長は、いま、こうしている間も、美濃から信濃を抜け、甲斐へ向かおうとしておるはず。それも、そこにあるような小勢ではなく、天も地も蔽いつくさんばかりの大軍勢をひきいてじゃ。きさまも、これまでに幾度となく見てまいったであろう。信長が、どのような戦略をもって他国を侵してきたか。皆殺しじゃっ」

又右衛門は、火を噴くように怒鳴りつけた。

そのとき、

――なにごとじゃ。

竜芳に手を貸した松姫が、庫裏のおもてへ現れた。

「いったい、なんの騒ぎじゃ」

一五

「姫さま」

用人の土橋彦右衛門と柴田源之丞が制止する。

「危のうございます。中へお入りくだされませ」

「なにごとかと訊いておるのじゃ」

「織田方の手勢に囲まれましてございます」

「なぜじゃ」

松姫は、声をうわずらせた。

「なにゆえ、織田勢がこの寺を……」

その瞬間、またもや頬を張る音色が響き、信景の身体(からだ)がもんどり打って素っ飛んだ。

張り倒したのは叔父、初鹿野信昌。

「わが甥のせいにございます」

境内は、にわかに鎮(しず)まり返った。

その闃(げき)とした中、信昌の太刀を抜く音色だけが冷たく奏でられた。

「なにをする、信昌」

「姫さま。お目を汚しまするが、どうか、お許し下されい」

「信景を罰するというのか。甥の首を刎ねるとでもいうつもりか」

「こたびの不始末は、すべてわが甥信景のしでかしたること。愚かなる信景を処罰して後、この信昌もまた責めを負い、ともに泉下(せんか)におわす信玄公の御許(みもと)へまいりまする」

信昌はすっくと立ち上がり、太刀を閃かせた。

その煌めきが、震える信景の眼を射る。信景は全身をがくがくと震わせたが、見苦しいぞっという叔父の一喝になんとか持ち直し、両手を床板に付け、土下座するように頭を差し出し、涙も拭わぬまま両眼を閉じた。

「もう、よい」

竜芳が、制する。

「さすが、音に聞く香車伝右衛門。その覚悟は見事ではあるが、無駄な死は厭うべきぞ」

「されど、竜芳さま」

「よいと申しておる」

竜芳は袈裟の袖をひるがえし、ほかの者にも聞こえるように口を開いた。

「甲斐国をほぼ掌中のものとした織田方が、残党狩りに入るは当たり前のこと。この入明寺が古府中にあるかぎり、詮議の手がおよぶのは避けられまい。それが早いか遅いかというだけで、なにも信景の失態のみによるものではない。じゃが、信景よ」

信景は、薄目を開き、小刻みに震えるおのが指先を見つめた。

「そなたも栄えある上野原衆の末席に連なるのであれば、おのが失態を挽回せよ。

生きておれば、かならずや、その機会が訪れる。おのれの失態を恥とおもうなら、次こそ命を賭して挽回してみせよ。じゃが、猪武者ではいかぬぞ。人の役に立て。そなたの働きで救われる者あらば、そのときこそ、そなたは上野原衆の面目を保ったことになろう。よいな」

信景の咽喉から、嗚咽が漏れた。

「あ、ありがたきお言葉……。か、かたじけのうございまする……」

「励め」

そう、竜芳が微笑んだときだった。

──入明寺にある武田家の残党に申し告ぐる。

門の向こうから、野太い声が響き寄せてきた。

「われこそは、右大臣織田上総介が家臣、滝川一益。すでに、甲斐国はわれらが掌中にある。この期におよんで抗うは、愚の骨頂である。すみやかに門扉を開け、降伏するに如かず。抗えば、寺へ火を放ち、将兵はもとより、僧侶から小坊主の端までも、ひとり残らず燃やし尽くしてくれる。猶予は半刻。返答なき場合は、一気呵成に揉み潰す。よいかっ」

一益の声はそこで途切れたが、境内の沈黙は続いている。

誰もが顔を見合わせ、生唾を呑み込み、身を硬くした。

一六

入明寺は、もはや、絶体絶命の瀬戸際にまで追い込まれている。

――中山五郎左衛門とかいうたな。

そう、口を開いたのは、松姫に介添えされている竜芳だった。

「聞かせてくれ。おもてに参集した織田家の手勢はいかなる面々であるか」

五郎左は、おもわず顔をふせた。

「存じておるのじゃろう?」

たしかによく知っているが、ここで織田家の内幕を口にすれば、どうなるだろう。自分は二度とふたたび織田家の門をくぐれぬようになってしまうのではないのか。そう、煩悶した。

「のう、五郎左衛門。おぬしは、お松についてきてくれたそうな。その言を聞き、おぬしの人柄をおもうに、おそらくは忠義の臣であろう。されど、こたびの織田方のふるまい、さらに信濃や甲斐のありさまをまのあたりにしたことで、おぬしの肚になにかが芽生えた。なれば、ここは、お松のために、おぬしが垣間見たありのままを話してはくれぬか」

五郎左は、静かに両眼を閉じている竜芳の表情をじっと見つめた。

武将とはおもえぬような静謐さがありながら、僧侶とはおもえぬような迫力がある。ふしぎな人間だとおもった。五郎左は、織田とも武田ともつかぬ情けない身の上を恥じた。その上で、自分なりの覚悟を決めた。もう、引き返せぬ。いや、引き返すまい。

「さきほど、馬印、旗印、指物などを遠望したかぎりでは、岐阜中将織田信忠さまが本隊にはあらず。蟹江城主の滝川一益どのが軍監として遣わされ、別働の軍馬をひきいてこられたに相違ございませぬ。おそらく、常より岐阜中将の露払いとして出陣される方々にございましょう。すなわち、美濃国は兼山城主の森長可どの、おなじく苗木城主の遠山友忠どの、尾張国は羽黒城主の梶原景久どの、くわえて馬廻衆の団忠正どの。さらに、四半旗が総白の吹貫と共にひるがえり、金の馬簾の馬印が高々と掲げられておりましたれば、飛驒国は鍋山城主の金森長近どのが出馬してこられたのでしょう」

「よう、教えてくれた。礼を申す」

竜芳は、にこりと微笑んだ。

五郎左は、苦渋を顔に浮かべたまま、頭を下げた。

幼い頃より、つねづね、父や兄から織田家に忠節をつくすように教えられ、片時たりともそれをないがしろにすることなく生きてきた。その自分が、今、まったくの白紙になってしまいつつある。

（だが、決めたことだ。これでいい）

そんな五郎左の苦衷が、竜芳にはよく察せられるのだろう。あえてなぐさめるような言は口にせず、眼の前の事象にのみ、話題を進めた。

「参列せし武人は知れたが、人馬の規模はいかほどに相成ろう」

「ざっと見渡したかぎりでは、二万あまりでござりましょう」

「戦うて勝てる相手ではないな」

「ここな兵は、上野原衆を合わせても二百名が好いところ。百倍の敵を迎え討つにはそれなりの備えが要りましょう。難攻不落の堅城なればともかく、なんの構えもなき一山では、攻め手の勢いを封じることは無理難題と存じまする」

「あいわかった」

竜芳は、ふたたび質してきた。

「遠江より侵攻した徳川家康ひきいる手勢は二万五千。伊豆より乱入した北条氏政ひきいる手勢は三万五千。くわえて、高遠を攻め陥した織田信忠の軍馬が四万。今に、この甲斐には十万あまりの敵兵が犇めこう。そこへもって安土より織田の本軍六万が到来すれば、総勢十六万を超える。もはや、抗いようはないか……」

つまりは、絶体絶命ということであろう。

竜芳は瞑目（めいもく）したまま腕を組み、しばらく黙考（もっこう）していたが、やがて深々と頷いた。

「よし、すべて承知した」

そして、やけに晴々（はればれ）とした表情で近習の猿橋清十郎を招き、こう指図した。

「本堂に、寺にある者をすべて集めよ」

一七

「皆もすでに知ってのとおり、門前には織田方の兵がとぐろを捲（ま）いておる」

本尊を背に、住職の栄順を右手に、松姫を左手に据えながら、竜芳は口を開いた。

「しかし、幸いにして、当山にこの竜芳こと海野信親（うんののぶちか）があるは承知しておろうが、ここなお松が、わが弟盛信（もりのぶ）の子らを連れて匿（かくま）われているとは、いまだ明らかとなっておらぬ。されば、わしが織田方の真ん前に出（い）で、事の決着をつけるゆえ、その間に寺を脱せよ」

にわかに、堂内がざわめいた。

「兄上」

松姫が、訊く。

「事の決着とは、いかようにつけられるおつもりでしょう」

「決着は、決着じゃ。それ以外のなにものでもない」

「されど」

「たいしたことではない。それよりも、お松よ。皆も、よう聞け。寺の裏手には深淵たる森が広がっておる。好都合なことに、ほどなく日も落ちよう。さすれば、ひとまずこの森に姿を隠し、日が暮れて後、静かに森を抜けよ」

「森を抜けて、どうせよと?」

「清十郎よ」

竜芳は、可愛がっている近習に声をかけた。

「そなたも知るとおり、わしは、瞽いた身じゃ。この身の上では、逃げ落ちることはかなわぬ。ならば、せめて、お松たちだけでも救いたい。そこで、清十郎よ。そなたが案内役となり、海島寺へ導け」

海島寺は、栗原にある。古府中からだと、ほぼ一日。信濃往還をひたすら東へ向かい、石和を通り過ぎ、笛吹川を渉った先にある。おそらくは町や村を焼け出された町人や百姓が溢れ、騒ぎ乱れている中を通ってゆかねばならないだろう。

清十郎は、こう、質した。

「海島寺にて、松姫さまの御身をお隠しせよとの仰せにございますか」

「そうではない。海島寺は、小寺。ここな者どもを匿えるような糧食の余裕はない。またいえば、海島寺のある栗原は、いや、かの地へ到る街道や田野のことごとくが、すでに織田方の跋扈するところとなっておろう。されば、夜の明けやらぬ内に海島寺へ辿り着き、陽のある内は息を潜め、日暮れを待ってふたたび発せよ」

「いずこへ逃れよと」

「塩山の向嶽寺」

竜芳は、にこりと微笑んだ。

「わが武田家と向嶽寺の絆は、深い。かの大寺なれば、糧食の蓄えもそれなりにあろう。まちがいなく、お松らの身の上も引き受けてくれよう。いや、寄る辺を求めるとすれば、もはや、向嶽寺よりほかにはあるまい」

「お聖導さま」

清十郎が、膝を進めた。

「されば、お聖導さまもご一緒に。いいや、なんとしてもお連れいたしまする」

「それは、無理というもの。武田信玄の次男としては、この古府中を退くわけにはゆかぬ。武田に人は無きやと、後世、嗤いものになりとうないでな」

「ならば、兄上」

松姫が、口を開いた。

「この松も、残りまする。松とて、信玄の娘にございまする」

「子らは、どうする」

竜芳の言葉に、松姫は堂内のひとすみに固まる幼な子たちをふりかえった。

「わが眼には見えぬが、おそらく、怖さに震えておろう。おのれがどうなるのかわからず、さりとて泣き訴えることも許されず、ただ、身を寄せ合うて震えることしかできずにいよう。かような子らをどうする。お松よ。そなたは、子らを見棄ててゆけるのか。見放してしまえるのか。それこそ、そなたは、信玄の娘か」

「わたくしは……」

「信玄の娘であるなら、せねばならぬことは承知しておろう。武田の血を残すことじゃ。乱世に覇を唱え、海道一と謳われた誇り得る家の名を、伝えてゆくことじゃ。そのためには、子らが要る。わしは、この地で決着をつける。さればこそ、そなたに頼むのじゃ」

「そのような大役……」

「頼みまいらせるぞ、お松」

かぶりをふった松姫の両眼からは、大粒の涙が溢れ出ている。

「お松よ。そなたらは、逃げるのではない。逃げおおせるのだ。逃げおおせて、信長の鼻をあかしてみせるのだ。いいや、逃げおおせるのでもない。これは、戦いじゃ。信長の下知の元に動く敵勢は、合わせて十六万。この天下の軍勢に、そなたは二百の寡勢をもって戦いを挑むのじゃ。無事に塩山まで辿り着き、甲斐の領内が鎮まるまで命を繋げば、お松の、いや、われらの勝ちじゃ。十六万の大軍をもってしてもそなたらを取り逃がしたとあっては、天下が嗤おう。なるほど、われらは、敗れ続けた。されど、最後の最後には勝ってくれようぞ」

竜芳の決意に、清十郎が慟哭する。

「奔れ、お松っ」

竜芳は、万感の想いを籠めて、告げた。

「奔って、奔って、奔りつくせ。決して、ふりかえってはならぬぞ。たとい、この入明寺が火炎に包まれ、あるいは寺に残ったものことごとくが鏖殺され、その阿鼻叫喚が天を衝こうとも、ふりかえってはならぬ。ふりかえる閑があるなら、奔れ。ひたすら、前をのみ見つめて、奔れ」

「兄上……」

松姫は、頤を上げた。

「それでよい。さあ、ゆけっ」

第五章　竜芳、獅子吼す

一

――鳴らせ。

命じたのは、滝川一益である。

このうながしにより、並んだ法螺貝が嚠喨と吹き鳴らされ、これまた数十の大皮鼓が叩かれ、さらに龍笛、太鼓、小鼓などの囃子が添えられるや、入明寺の門前はまるで祭のような華やかさになった。

降伏か討死か、それを決める刻限が迫っているのを知らしめようというのだろう。織田方の兵どもは早春の甲斐一面に響き溢れるような音色に耳を傾けながら、入明寺の閉ざされた門を見つめた。なにやら、芝居が始まるのを待ち構えている見物衆に似ていた。

すると、それに応じるように、浅葱色の袈裟をまとった人影がひとつ現れた。

海野信親こと武田竜芳である。

そして、門を開けはなったまま、ひとり、静かに膝をついた。

いまだ、囃子は奏され続けている。その地を揺るがすような響きの中を、一益はゆっくりと駒を進めた。山門の手前まで来るや、一益がすうっと手を上げ、

——鳴物はやめよ。

と、命じた。

すっと音の波が引き、あたりは寂しいほどの静謐に包まれた。

「武田竜芳か」

「いかにも」

竜芳は、脇差を取り出し、しなやかに鞘走らせた。

織田方の兵が一気にどよめく。

「騒がしいな」

竜芳は落ち着きを見せて、こう大喝した。

「これより、わが腹を掻っ捌いてみせるゆえ、信玄が子の死に方をしかと見よ」

織田方は竜芳の気迫に呑まれ、沈黙した。

竜芳は、不敵に微笑み、脇差の切っ先を脾腹にあてがった。まさか、海内一の弓取りと謳われた武田信玄の子たる自分が、このような最期を迎えることになろうと

は夢にもおもわなかったが、これもまた運命なのだろう。竜芳こと武田信親は、落ち着きはらって経文を唱え、そののちに、人知れずこう唸った。

「お松よ、お松よ。あとは頼んだぞ。武田の子らを、子らの皆々を、無事に、なんとか無事に、生涯をまっとうさせられるよう、取り計ろうてくれ。……奔れ、奔れよ、お松っ」

二

しかし、奔れない。

寺の裏手に広がる森に飛び込み、残雪に埋もれた熊笹をかきわけながら進み、なんとか樹々の暗闇から脱したものの、松姫たち一行の瞳に飛び込んできたのは、おびただしい難民の群れだった。すでに陽は落ち、あたりはしんしんと冷えかかりつつあったが、村を焼け出された百姓たちは行くあても縋るあてもなく、ただ甲斐の国内を彷徨していた。

このままだと、ただ、古府中の端で立ち往生してしまうだろう。

松姫は、焦った。

身の回りには、高遠や新府などから共に歩んできた幼な子らがいる。仁科盛信の嫡男信基、おなじく長女督姫、小山田信茂の娘香具姫の三名で、おのおの傅役の馬場新左衛門、上条常之助、平間助左衛門が付き従っている。もっとも、傅役は三名ともに五十代で、いかに幼な子とはいえ、遠路の道を背負い続けるには無理があった。このため、入明寺を去る際に松姫の用人の土橋彦右衛門と柴田源之丞、おなじく鑓持の石坂幸吉が背負い役を買って出、それぞれ背負子に子を置き、菰で包み、その上に蓑を羽織って歩き出していた。

しかし、歩みはあまりにも鈍い。

「石和じゃ」

いきなり、領民の渦の中で、鞆之進が叫んだ。

「古府中は、もう燃えてしもうた。ここにおっても、誰も守ってくれん。石和はちがう。石和は、信虎さまが川田や躑躅ケ崎にお館を移されるまで、甲斐国の真ん中じゃった。石和は。勝沼もそうじゃ。古府中より、栄えておった。石和に行けば、身を寄せるところが、かならずある。飯もあろう。暖もとれよう。皆の衆、石和じゃ。石和へ向かうんじゃ」

いきなりの呼び掛けに、戸惑っていた領民たちは、よろよろと腰を上げた。石和じゃ、石和じゃと声を上げ、たがいの肩を叩き合い、手を引き合い、起ち上がった。そして、眼につよい光を宿らせて東へ向かって歩き始めた。信じられないような光景だった。

——姫さま。

鞆之進が、そっと耳打ちした。

「この群れに紛れ込みましょうぞ」

松姫はこくりとうなずき、小糸と抱き合うようにして群れの中へ潜り込んだ。

「見事な機転じゃの、鞆之進」

鞆之進は、得意満面にうなずいた。

（ゆけるやもしれぬ）

松姫はくちびるを嚙み締めながら、おもった。

だが、そのあとはどうなるのだろう。竜芳のいいつけどおり海島寺から向嶽寺へ往きつけたとしても、その先、自分たちはどうすればよいのだろう。まんがいち、北条方が和睦を承知しなかったら、自分たちは生涯、向嶽寺で匿われ続けなければならないのだろうか。

（いや。今は、歩くことだ。ひたすら、東へ向かって歩くことだ）

古府中から石和までは二里もない。ふだんならば、半日も懸からずに歩きとおせる。だが、たったそれだけの道のりが、いかに長いものであるか、松姫はまざまざとおもいしらされていた。

群衆は、足枷を嵌められた牛の群れのように進んでいる。

いや、歩くというより、よろよろ動いているというだけだ。赤子の火のついたような泣き声が聞こえたかとおもえば、ささいなことから言い争いとなり喧嘩まで始まる始末だ。

が、あらかたの者は、ひたすら口を閉じ、いや、すでに声をあげる気力も失せ、ただ、人の波に押されながら少しずつ前へ進んでゆくだけだ。眼はうつろで、腕もだらりと垂れ下がり、担いでいた粗末な荷もどこで落としたものかいつのまにやら失くしてしまい、襤褸をまとった身ひとつになって歩き続けている。親にはぐれたのか、おっとう、おっかあと声を嗄らしながら立ち尽くす子も、そこらじゅうに見受けられる。

(ここは、地獄か)

松姫は、身を慄かせた。

(これが、戦さの齎したものなのか……)

三

五郎左もおなじ想いだった。

むろん、五郎左は、幾度となくこうしたありさまを見てきた。

一国が滅べば、武士も百姓も町人もいっさい区別なく、どん底に叩き込まれる。誰も助けてはくれない。さむらいは落ち武者狩りによって首を討たれ、百姓は田畑を踏み躙られ、町人は見世や屋敷を焼かれて放り出される。子どもは捨て置かれ、女は攫われる。男は奴僕のようにあつかわれ、女は下女として拾われるならまだしも、たいていは人の皮をかぶった獣のような雑兵どもに手籠めにされ、春をあがなう娼妓として売られてゆく。

しかし、それは決して地獄ではなく、乱世のごく当たり前のひと幕でしかない。

やがて、群衆は石和にさしかかった。

だが、この地ももはや古府中となんら変わらなかった。織田方の雑兵だけでなく、いったいどこから現れたのか野伏せりどもの跳梁跋扈する巷と化し、そこらじゅうで屋敷に火が掛けられ、掠奪が繰り返され、いたるところに屍が転がっている。

「勝沼じゃ。勝沼まで行けば、なんとかなろうぞ」

わずかな希望を、群れの誰かが口にした。

次の瞬間、それは大きな叫びとなった。

「勝沼まで歩け。勝沼まで向かえ」

五郎左たちにしてみれば、幸いだった。群衆が皆、石和に留まってしまっては、その先にある栗原へ向かおうとする自分たちが目立ってしまう。勝沼まで群衆が向かってくれれば、まだその人の波に埋伏してゆける。

困りものなのは、人間の数が多すぎることだ。

(與右衛門どのは、どこだ)

入明寺を出て間もない頃は、案内役の猿橋清十郎を先頭に、しっかりと隊伍が整っていた。足軽をひきいた内藤鞆之進と志村又右衛門が清十郎に続き、幼な子らを背負った用人や傅役、さらに鎧持の小沢伝八、下嶋與右衛門と窪田新兵衛、松姫とその侍女、中間、小者などが続き、そして初鹿野信昌や加藤信景ら上野原衆が殿に立っていた。

が、もはや、その隊列は見る影もなく崩れ去っている。

無理もないことで、いかに二百人からの旅隊で出発したとはいえ、何千人という人間どもに呑み込まれてしまっては、顔の見極めすらもつかない。いや、実際のところ、どこにいるのだと声をかけようにもできない状況に、五郎左らはあった。

なぜなら「姫さま」という呼び掛けなど、絶対にできないからだ。

いさまだの、どのだのといった尊称や敬称とは無縁の集団に紛れている以上、余分な口はきけない。たがいの名を呼び合おうにも、武者言葉はひと言たりとも発せられない。どこで誰が聞いているかも知れず、じっと押し黙ったまま、人の犇めき合う中に身を置き、東へ向かってゆくしかなかった。

「小糸っ」

五郎左はようやく見つけた松姫と小糸のすぐ後ろに近づいた。

「おい、おねえの袖をしっかり摑めっ」

はっとして、小糸が顔をあげる。

「離すでねえぞっ」

きつく、告げた。

松姫に対しても、こう、怒鳴りつけるようにいいはなった。

「お松、おめえもだ。おらの眼のとどかんとこへいくでねえぞっ」

このとき、松姫は、下女の使い古した小袖をまとい、腰蓑を巻き、肩蓑を羽織り、菅笠を被っていた。

その明らかに貴人としかおもえない容貌はなんとか隠されていたものの、どうしたところで所作がちがう。どこまでも品良く、香気が漂ってしまい、ひと目で武家のそれも格式高い家の娘だとわかってしまう。もたもた歩いていれば、目ざとい野伏せりどもにどのような因縁をふっかけられるかわからないし、下手をすれば織田方の将兵の眼に留まり、移動が露顕してしまうかもしれない。

「踏ん張って、歩けっ」

声をあげる五郎左の気持ちを察したのか、松姫は、こっくりとうなずいた。

「その調子だ。あとちょっとの辛抱だ。気張れよ、お松」

そう励ましたとき、すぐ近くに猿橋清十郎の姿を見つけた。

「清っ。おめえは、お松の前を歩け。どげなことがあっても、離れちゃなんねえぞっ」

「離れねえっ。離れるもんかえっ」

緊張した面持ちで清十郎は機転を利かせたが、その途端、群衆の動きが止まった。

同時に、水の流れる音色が大きく聞こえ始めた。

――笛吹川じゃっ。

衆の誰かが叫んでいる。

栗原へ行くにも、勝沼まで向かうにも、この大河を渉らなければ往きつけない。

(大丈夫だ。雪解けの水こそ流れているが、梅雨の頃とは量がちがう)

高遠でも、闇の中で渡渉した。浅瀬をつたっていけば渉りきれるだろう。

「清っ」

「任せれっ」

四

さすがに竜芳が託しただけあり、清十郎は浅瀬がどこにあるのか、よく承知していた。

あまたの百姓や町人が深みに嵌(は)まって足を取られ、悲鳴をあげながら流されていく中、決して充分とはいえない月明かりだけを頼りに、浅瀬を渉ってゆく。だが、慣れぬ渡渉に、松姫は怯(ひる)んだ。

五郎左はおもわず松姫をふりかえって「お手を」といいかけるのをぐっと堪(こら)え、

――松っ、手ぇ。

とだけ怒鳴りつけ、右手を差し出した。

松姫は「はい」と健気(けなげ)に答え、左手を差し出す。

その白魚(しらうお)の如(ごと)き指先が五郎左の手をつかんだとき、松姫の温もりがにわかに届いた。

(湯葉(ゆば)のような)

生まれて初めて触れる松姫の指と掌(てのひら)だった。

これほど肌理(きめ)こまやかで柔らかなものがほかにあろうかというくらい、触れているだけで融けてしまいそうな皮膚だ。が、ふりかえれば、屍の転がりわたる土手が続き、前方に瞳をもどせば、凍れるほどに冷たい川面がまだまだ続いている。なにを見ても、どこを見渡しても、惨たるありさまの中、ただひとつ、松姫の指掌だけが、この世の物とはおもえないほどに温かだ。

「松っ」

五郎左は、甘美ながらも邪魔な幻想をふりはらうように告げた。

「死んでも、手ぇ、離すなっ」

「離しませぬ」

松姫は、五郎左の顔を一心に見つめている。

そのとき、五郎左は、ぎょっとして松姫を見返した。

「死んでも、離しませぬっ」

この苛酷きわまりない状況下で、松姫はにっこりと微笑んだのだ。

自分の顔をなんのためらいもなく正視し、信頼しきった微笑みを向けてくれている。

(冥利だ)

五郎左は、心中に叫んだ。

この姫御前の美しき微笑みを守りぬけるなら、自分は死んでもいい。

「ゆくぞ、お松っ」

柔らかな手をしっかと握り締め、五郎左は笛吹川に挑んでいった。

五

天正十年三月十九日――。

松姫は、甲斐国は塩山向嶽寺に、身を落ち着かせている。

向嶽寺は、武田家との関わりが深い。

もともとは草庵で、甲斐国守護だった武田信成が塩ノ山を寄進し、梺に庵を移して向嶽庵と名づけたものだった。信成の後、武田家は累代にわたり寄進を続け、中でも信玄の支援は群を抜き、天文十六年、向嶽庵は百五十年の時を経て向嶽寺となった。

竜芳が、松姫に「向嶽寺へ急げ」とうながしたのは、そうした背景による。

幸い、織田勢はいまだ塩山には到っていない。

（ここならば、しばしの時は稼げよう）

松姫は、書院の縁側に侍女筆頭の谷川と小糸を控えさせながら、漠然とおもっている。

（じゃが、これからどうしたものか）

たとえ、北条家との和睦が成り、北条氏政・氏直の父子が武田家の庇護を買って出てくれたとしても、自分たちが生き残るためには、四方八方に充満している織田勢を蹴散らしてゆかねばならない。敵中を突破して、北条領まで抜けおおせなければならない。果たして、それらすべてが上首尾に運ぶものかどうか、不安がないといえば嘘になるだろう。

いや、不安は的中した。

数日が経った後のことである。

その日は、朝からしとしとと小雨が降っていた。向嶽寺も、小雨というより深くぶきみな霧に包まれ、南の野は静寂の只中にあった。

にわかに、

――ご家老らがお着きでございます。

小坊主どもが血相を変えて境内に響きわたるような声を張り上げ、そこらじゅうを駈けまわった。

聞けば、譜代家老にして侍大将の跡部勝資、おなじく家老にして信玄の乳兄弟でもあった足軽大将の長坂長閑斎、勝頼が恃みとした近習の金丸定光、黒川金山衆で親方を務める田辺佐左衛門らが二十人ほどの従者をひきつれて門前に現れたという。

（いったい、どうしたことだろう）

ともあれ、松姫らは、勝資たちを出迎えた。

向嶽寺の境内ではひときわ大きな建屋である祥雲閣に面した庭先だった。

（なんということじゃ）

松姫らは、絶句した。

そこにあるのは、あまりにも無残な敗残兵どもの姿だった。

ひとりとして傷を負っていない者はなく、誰も彼もが血と汗と泥に塗れ、鑓や刀や旗指物を杖にかろうじて歩いてこられたというような悲惨きわまりない状態だった。肩には折れ矢が刺さり、鬢はほつれにほつれ、鉢巻きと見えたのは血止めの晒布だった。げっそりと頬は痩け、瞳は虚ろで、唇は渇き切っている。

よくもまあ立っていられるものだというくらいの惨憺たるありさまだった。

六

——おお、姫さま。

かれらは、松姫の姿を祥雲閣の手前に見た瞬間、おもわず噎び、大声で泣き始めた。

勝資も長閑斎も、雨に濡れそぼち、ともに傷を負い、左右から雑兵に支えられていたが、共に膝をついて畏まりつつ啜り泣いた。手傷を負わされた無念さよりも、むしろ、松姫に邂逅できたという奇蹟のような巡り合わせに、おもわず涙が溢れたものらしい。

いや、かれらだけではない。

連れている婦女子の中に、ひとつ、幼い影があった。傅役の中沢半兵衛に抱かれた小さな影で、勝頼の娘貞姫だった。

「これは、いったい、なにごとじゃ」

松姫はよろよろと歩み寄り、貞姫を抱きすくめつつ、勝資らに質した。

「なにが、起こったのじゃ。兄上は、いかが相成ったのじゃ」

矢つぎばやに、松姫は問いかけた。

「か、勝頼さま、はじめ、はじめ……」

答えたのは、勝資だった。

「……勝頼さまはじめ、お味方は、全滅っ」

「なんじゃと……？」

「天目山にて、ご生害」

「まさか、そんな……っ」

全身の血が、ざっと音を立てて引いた。

松姫は足元をふらつかせ、うわ言をいうように口をひらいた。

「そのようなこと、あろうはずがない。なぜじゃ。なにゆえ、そうなったのじゃ」

しかし、誰もが涙にくれるばかりで、いっこうに埒が明かない。

血の気を失った松姫は、さらに問い質そうとしたが、ふと、我に返り、悲劇の経緯を訊くよりも前にしなければならないことに気がついた。

「そなたら、大変な怪我ではないか」

松姫は、双眸を見開いて驚き、

――手当じゃ。

大声で命じた。

「勝資、長閑斎、話は後じゃ。ともかく手当を。血止めの膏薬を持て。散薬を呑ませよ」

怒鳴りつけられた侍女たちは弾かれたように立ち働き始めた。

差配の臍となったのは、筆頭の谷川である。さすがに信玄以来、北の館を取り仕切ってきただけのことはある。膏薬にしても散薬にしても、たちどころに用意され、手早い止血がなされ、傷を含めて体中が洗われ、清められ、応急処置が施されていった。

「姫さま、姫さま……」

兵どもの中から、声が洩れた。

しかし、松姫はそうした呼び掛けにいっさい答えなかった。次々に水が運ばれ、湯が沸かされ、さまざまな薬が持ち運ばれ、薬草が煎じられてゆく中、祥雲閣から裸足のまま飛び出し、庭先の砂地に尻餅をついた兵の間を駈けまわり、こう励まし続けた。

「もう、心配はいらぬ。助かる。きっと助かる故、気をつよく持つがよい」

足軽の中には、生まれて初めて松姫に接したらしく、その美しい容貌をとても見ていられず、おもわず眼を伏せてしまう者までいた。声を掛けられるだけで「もったいのうございます」と恐縮する者もいたし、傷口を拭き洗ってくれようとすれば「お手が汚れまする」と固辞する者もいた。

だが、松姫は、そうした家来どもに対して、

——つまらぬことを申すでない。

と窘め、血だらけになりながら手当に精をこめた。

そんな情景を遠巻きに眺めているのは、五郎左だった。ふと、すぐかたわらの杉の木蔭で、人影がふたつ並んでいるのに気づいた。與右衛門と新兵衛である。

「どうなされた」

そう、五郎左が問えば、

「松姫さまが、お素足でおわされる」

與右衛門は、指先で涙をはじき、訥々と話し始めた。

「わしは、姫さまが歩かれるか歩かれぬかという頃より、お側にお仕えしてきた。よちよちと歩かれるそのお姿は、いかにも愛らしく、光に包まれてきらきらと輝いておられた。姫さまがお素足で砂を踏まれることなど、それより後はひとたびとてなかった。つねに物腰は柔らかく、楚々として、声を荒らげることもなく、健やかに育たれた。怪我人の手当てなど小者や侍女のすることと教え申し上げたし、他人の血を拭き取ってやるなどもってのほかと信じてきた。いや、雑兵どもに姫さまのお手が触れることなど決してあってはならぬと、わしはみずからを戒め、配下の者どもにも固く申しつけてきた。それが、どうじゃ。この傅役ですら一喝されんとするお顔で、懸命に立ち働いておられる」

「まこと、変わられたものじゃのう」

新兵衛もまた洟を啜った。

「もとより、情にお篤く、人にお優しいお方ではあるが、あのように家来のために汗を、涙を流され、ひたすら励まされるまでにご成長されようとはおもわなんだ。

皮肉なものじゃ。のう、與右衛門どの」

「まさしく、そのとおり」

與右衛門は、両眼をぬぐった。

「じゃが、これでよい」

五郎左は、ふたりの老臣の横顔をじっと見つめた。

しかし、事態は、深刻という言葉ではいい表せないほどに追い込まれている。

七

それどころか、いきなり兵の中から、獣が咆えるような声があがった。

勝頼の近習にして侍大将となっていた金丸定光のものだ。なにがどうしたのか、いきなり起ち上がって抜刀するや、

——平間助左衛門っ。

切っ先を突き出して、絶叫したのである。

面喰らったのは、当の助左衛門だ。

「待て、定光。わしは、おぬしに刃を突きつけられるような覚えはない」

「なにをぬかすかっ」

「身に覚えがないというておるのだ」

「知っておったのだろう」

「いったい、なにを」

「裏切りじゃ」

境内が、一挙にざわめいた。

ざわめく中に、定光の弟、金丸正直の姿もあった。

正直は助左衛門を庇うように立ちはだかり、逆上した兄定光に向かって問い質した。

「兄者。裏切りとは、なにごとにござる」

定光に庇われた助左衛門も、いきなりの悪人呼ばわりに怒りを露わにしている。

「助左衛門。おぬしのあるじ、小山田信茂は、土壇場において主家を見かぎり、織田方に寝返ったのじゃ。これを裏切りと呼ばずして、なんと呼ぶ」

「なんじゃと」

助左衛門は、おもわず抜刀した。

「そんなはずはない」

双方、刀を抜き構えたまま、にらみあう。

――やめよ。

制したのは、與右衛門である。

「新舘御寮人さまの御ん前なるぞ」

その大喝に、ふたりははっとして松姫をふりかえった。松姫は当惑した表情で、ふたりの顔を交互に見守っている。一瞬、時が止まったかに見えたそのとき、又右衛門が鷲が襲いかかるように飛びつき、定光と助左衛門の刀を取り上げた。與右衛門はその容子を見定め、こう質した。

「いったいなにがあったのか、勝頼公がなにゆえご生害なされたのか、順を追うて話せ」

呻くように口を開いたのは、老将長閑斎である。

「わしが、話す」

傷の痛みを堪えながら膝をにじらせ、にらみあう定光と助左衛門に告げた。

「されど、姫さまの御ん前で無礼はならぬ。双方とも、腰をおろせ。のう、助左よ。定光とて、おぬしの忠義ぶりはよう存じておる。じゃが、無理もないのじゃ。小山田信茂の為したることはあまりに非道い。乞う、誰か、お子らをこの場より遠ざけられたし」

こうして、長閑斎は、信じられないような出来事を語り出した。

「新府のお城をあとにしたわれわれが、小山田信茂の居城岩殿山をめざしておりましたは、松姫さまもよくご存じのところでございましょう。信茂め、ひと足先に岩殿山へ戻って人手を寄こすなどと虚言を弄し、先駆けてゆきました。われらは、笹子峠へ向かう基点となる日影諏訪神社の境内にて、岩殿山からの人手を待っておりましたが、いっこうに現れず、ならば人手は頼らずに峠を越そうと、残雪を掻き分けつつ坂をのぼり掛かったおりにございました。突如として、石つぶての嵐が襲いかかってまいったのです」

「おなじだ……」

聞いていた信景が、おもわず呟いた。

八

「それがしと、まったく、おなじじゃ……」

かのおり、信景は、小山田勢が笹子峠を守っていると信じた。そのため、自分たちは武田方の上野原衆で、織田方ではないと叫んだ。そして、早々に石つぶてによる攻撃を止め、自分たちを通してくれと頼み込んだ。すると、石つぶては止むどころか、いよいよ熾んになり、骨をも砕くような凄まじさで投擲され出した。

「われらも、そうじゃ。まるで、嵐のようじゃった」

長閑斎は、おもいだすままに語ってゆく。

奇襲された際、山岳戦に秀でた小山田勢を向こうに回して戦い抜けるほどのちからは、すでに勝頼にはなかった。そこで、ひとまず兵を退かせた上で、信茂を説得して改めて岩殿山をめざそうとした。しかし、勝頼主従が日川のほとりにある日影諏訪神社まで戻った途端、織田方の大軍馬がむらがり寄せてきたのだと、長閑斎は述べた。

「まったく、信じがたい光景じゃった。われらは二百名に足らず、その半数は老人、そして婦女子。そこへ襲撃を仕掛けてきたは、二万になんなんとする屈強きわまりない織田勢じゃ。ひとたまりもない。炎に逐われる牛のごとく、ひたすら悲鳴をあげながら逃げ惑うた」

逃げるしかなかった。

勝頼らが最後の拠り所としたのは、天目山の栖雲寺だった。

「勝頼公は、北条家との和議に望みをかけておられた。栖雲寺にてお身体を休ませるや、すぐさま北をめざされ、山に分け入って武蔵国をめざそうとしておられたのじゃろう。岩殿山城へ入れれば、そのような真似はなさらずとも済んだはずが……」

長閑斎は、奥歯をぎりぎりと軋ませた。

「わかるか、助左衛門っ」

　定光が、ふたたび、助左衛門に対して激昂した。

「かのおりのわれらの怒りが、おぬしにわかるか。おぬしのあるじが、いかに血も涙もないような惨たらしい真似をしでかしたか。小山田信茂は、裏切ったのだ」

「しかし」

「黙れ、助左。信茂は、新府城での軍議のおりから、そのように画策しておったのだ。そして、われらが笹子峠へ差し掛かるのを待ち構え、首を挙げんと襲いかかったのじゃ。われらは散々な目に遭わされ、日川のほとりをさ迷うありさまとなった。そして、そして、このざまじゃ。すべては、助左。おぬしのあるじ、信茂の裏切りによるものぞ」

「やめよ」

　松姫が、堪え切れずにたしなめた。

九

「生き残った者同士、諍いはならぬ。それと、定光。信茂従叔父は、新府におられたおり、裏切ろうなどとはおもうておられなんだ。でなくば、わらわに娘御は託いされぬ。おのが妻子はまっさきに逐電させておろう。じゃが、なさらなんだ。いや、香具姫どのがこの助左衛門に護られて入明寺にあったは、いつかかならず、迎えに来る心づもりでおられたにちがいない。信茂従叔父に内通の心が芽生えたとすれば、それは、おそらく岩殿山へ戻られてからであろう。のう、定光。人の心は、弱い。わらわは、この向嶽寺へ辿り着くまでに、強き心も弱き心も見た。兄竜芳がおり、穴山梅雪どのがおった。民百姓が怯え、それがためにそこらじゅうで諍いの起きるのも見た。人は、怯え、悲しみ、怒り、諦め、泣く。皆、ほんとうの姿じゃ。信茂従叔父が裏切られたとすれば、それもまた人であったという証じゃ。犠牲となった者らはなんとも哀れじゃが、この怒りは決して仲間に向けるものではない。のう、定光。助左衛門は、おのれに与えられた役目を一所懸命にまっとうしておるのだ」

定光はおもわず突っ伏し、号泣した。

五郎左は、與右衛門と新兵衛のとなりで、そうした遣り取りを見つめながら、

（なるほど、変わられた）

松姫の凜とした佇まいに感じ入っている。

（さきほど、新兵衛どのは、皮肉といわれた。たしかに、そうかもしれぬ。勝頼公ばかりか、ご実家そのものが滅亡の淵に追い込まれているときに、人として成長す

るなど、皮肉といえば皮肉にちがいない。だが、松姫さまは以前にも増して、お綺麗になられた）

「のう、勝資。長閑斎も聞くがよい」

松姫は、優しく話しかけた。

「信茂どのも苦渋の決断をなされたに相違ない。でなくば、愛しい娘御をわらわに託したままで織田方へは奔るまい。親と子が離れ離れになるのは、おのが身を切り裂くよりもさらに辛いものぞ」

そのとき、押し黙っていた田辺佐左衛門が、いきなり声をあげて泣き出した。

「それがし、勝頼公より、長持をお預かりしてございまする」

一同が見やれば、雑兵どもの控える奥に、四人がかりでようやく担ぎ上げられるような大ぶりな長持が置かれている。もっとも、蒔絵の施されているような代物ではなく、柿渋だけが塗り籠められた質実剛健といっていい品で、いかにも戦国期にふさわしい。松姫らは長持を凝視し、いったい、なにが収められているのかと問うた。

「六旒の御旗と、楯無の鎧にございます」

「御旗に、楯無の鎧であると？」

「御意」

佐左衛門は、神妙にうなずいた。

御旗とは、武田家の祖となる新羅三郎義光以来、武田家に伝えられたといわれる六尺四寸の日の丸の旗、また、風林火山をあしらった孫子の旗、さらに三つ花菱の馬印旗、そして諏訪神号旗と総称される諏訪法性旗・諏訪明神旗・諏訪梵字旗の六つをいう。

また、楯無の鎧は小桜韋黄返縅の大鎧で、やはり三郎義光以来、受け継がれてきたものだ。信玄はこの家宝の鎧を古府中の鬼門にあたる菅田天神社に収め、戦さのたびに持ち出し、日の丸の御旗と楯無を前に戦勝の誓いをあげたものだ。

「兄上は、この家宝の品々を、新府城に運び込んでおられたのか」

「左様にございます。お城を脱する際も、大切に持ち出すよう、お命じになられました」

佐左衛門は、そうしたおりおりに勝頼に呼ばれ、長持を運ぶ役目を与えられたという。

「勝頼公は、信勝君がいまだ元服あそばされぬを不憫におもわれ、鎧着初とともに擐甲の礼も執り行なうべしとお指図されました。その御子をおもわれる勝頼公のお心に、われら家臣一同、涙を拭い切れませなんだ。さればこそ、ふたつの儀式がとどこおりなく終えられるまで、死をも厭わず本陣をお護りし続けた次第にござい

ます る」

「本陣?」

新兵衛が、眼を光らせた。

一〇

「勝頼公は、陣を布かれたのか。どこに。どこに、布かれたのじゃ」

「鳥居畑」

日影諏訪神社から日川をさかのぼったところに、わずかばかりの平野部があった。田野という。下の流域を四郎作といい、上の流域を鳥居畑といった。

「そう」

長閑斎は夢見るような面持ちで、述べた。

「田野の鳥居畑に陣を布かれたとき、勝頼公のお心は定まっておられたのでしょう。駒飼から田野まで藁にも縋るようなおもいで逃れたものの、四方八方に敵は盈ち盈ち、悲しいほどに追い詰められては、覚悟を固めるよりほかにないとおぼしめされたのでござりましょう」

たしかに、長閑斎の語るとおりだった。もはや、散り散りになって逃げ落ちるか、あるいはこの山中で自害するか、判断を迫られた。勝頼が選択したのは、後者だった。

「そこで、ご自害されたのか……？」

松姫の問いかけに、勝資は突っ伏して慟哭した。堰を切ったように大声で泣き崩れた。共に逃れてきた足軽どももそうだった。

かれらを出迎え、手当した者どもは、茫然として天を仰いだ。北条家との和議を進めるどころか、勝頼らは最後に残った四十名ほどの家臣ともども壮烈な自害を遂げ、ここに甲斐源氏の名門たる武田家は滅びたのだと、このとき、まざまざとおもい知らされた。

「義姉上さまもか、信勝君もか……？」

「武田家のお館たるべき御方が、元服を迎えられたばかりの御方が、おんみずからお腹を召されねばならぬなど、かように哀しく辛きことがあってよいものでござりましょうや」

狂気じみた声をあげたのは、定光だった。

脇差を抜きはなち、いきなり脾腹に突き立てようとした。だが、横合いから土橋彦右衛門と柴田源之丞が飛びかかって抑え、事無きを得た。得たものの、周りの足軽や小者にいたるまで、いつなんどき腹を切って勝頼のあとを追うか、予断を許さない。

「長閑斎」

松姫は、さらに問うた。

「方々がご生害なされたであろうことは、ようわかった。そなたらは、その鳥居畑なる地で、兄上に命ぜられたのじゃな。御旗や楯無の鎧ともども、貞姫さまをいずこかの地にお匿いするようにと。そう、お指図されたのじゃな」

「佐左衛門に託した長持を護るように命ぜられたのは、この老い耄れと勝資どのにございまする。われらふたりは、おのおの郎党を従え、長持の左右に陣取り、死にものぐるいになって駈け出してございます。貞姫さまにつきましては……」

「北の方さまが、勝頼公に懇願なされたのでございます」

と、長閑斎の台詞を継いだのは、中沢半兵衛だった。

長持が陣を発する直前、北条夫人が勝頼に対して、

――せめて、貞姫だけは、ご助命くだされませ。

そう、哀訴したのだという。

一一

半兵衛は、洟をすすりながら、こう洩らした。

「それがしを召されたのは、かのおりにございました」

のちに桂林院と呼ばれることになる北条夫人は、とうに覚悟はできたものと見え、落ち着いた表情だった。半兵衛の前で髪を切るや懐紙に包んで半兵衛に差し出すや、このように指図した。貞姫を連れて北条領まで駈け抜けよ、と。

「なんじゃと」

與右衛門が、驚きの声をあげる。

「勝頼公がご生害なされた今、北条領へ抜けたところでどうなるものでもあるまい。北条家は織田家に与しておる。和睦の交渉がまるで為されておらぬというに、貞姫さまをお連れ申し上げるは、みずから火中に飛び込んでゆくようなものではないか」

「しかし、お方さまのお指図にございます。ここに……」

といって、ふところから一通の手紙を取り出した。

「北条氏政さまに宛てられたお手紙がございます。北の方さまが、認められしものにございます。また、北の方さまがその場にて断ち切られたお髪も、ともに封されてございます。それがし、このご書状をお預かりし、貞姫さまもまたお預かりいたしました。貞姫さまは、母御前と離れるのは嫌じゃと、声をあげて泣き騒がれ、お方さまもお悲しみを隠されることなく、はらはらとお涙を流されました。それがし、それがしも、涙をふりはらい、この手で、この手で、北の方さまにお縋りになる貞姫さまをひきはがし……」

あとは、声にならなかった。

父母の最期を見せまいと、半兵衛は貞姫を掻き抱いたまま田野を発したという。

そのとき、先頭に立ったのは田辺佐左衛門、そのすぐ後ろでは八人の足軽によって長持が担がれ、さらに長閑斎を支えた勝資と定光が続き、貞姫を抱えた半兵衛は殿につき、これを十人ほどの雑兵が守った。一行は、敵の眼を掻い潜り、山から山へと分け入った。

遥か後方では凄まじい銃撃の音色が轟き、織田方の勝鬨が天を衝くように湧き上がった。山野を圧するほどの大音声で、樹林も渓流も岩壁もなにもかもを激震させた。長閑斎も勝資も定光も半兵衛も佐左衛門も、誰もが耳を塞ぎたかった。勝頼たちがどのような最期を迎えたのか想像したくもなかった。そして、ひたすら、塩山をめざしてきたという。

「われらは……」

長閑斎は言葉をつまらせた。

「……勝頼公のお最期も見届けられぬまま、かくなる次第となりましてございます。されど、されど、貞姫さまのお命と、武田家重代の御旗、そして楯無の鎧だけは、なにがあろうとも敵方に渡してなるものかと、歯を食いしばり、歯を食いしばり……」

「よい」

松姫は気丈に告げ、血に塗れた長閑斎の手を取った。

「もう、よい。よくぞ、この向嶽寺まで辿り着いてくれた。あとは、この松に任せよ」

「姫さま……」

「わらわが、隠す。御旗も、楯無も、わらわが隠す。兄上の遺言は、わらわが為す。さすれば、安堵せよ。貞姫さまもじゃ。わらわが連れてまいる。北条家へ、わらわがこの手この足でお連れする」

長閑斎は、松姫の決意に涙をあふれさせた。

松姫は、その涙の滴り落ちる皺だらけの手を握り、

「されば、皆の者、軍議じゃ」

凛として告げた。

「長持は、もはや棄てよ。御旗と楯無は、ただちに方丈へ運び込め。そして、軍議じゃや。歩ける者、動ける者は残らず集まるがよい。いかにして北条領へ向かうか。どこへ御旗を隠すか。いかにして楯無を隠すか。それを決める」

松姫のことばに、そこかしこで顔が上がり出し、歓呼の声もまた上がり始めた。新府城をあとにしてから初めてともいえるような諸声だった。

（生気が……）

おもわず胸中で唸ったのは、片隅で事態を見守っていた五郎左だった。

（ここまで追い詰められながらも、これほどの生気が甦ってくるものなのか……）

第六章　五郎左、駈ける

一

向嶽寺、方丈——。

ちょうど本尊の前立ちの如く、上段の間に楯無の鎧が置かれている。

鎧の左右には、六旒の御旗。

下手には、傅役に抱かれた貞姫、信基、督姫、香具姫といった幼な子が並んでいる。下段の間には、勝資や長閑斎など天目山から逃れてきた者、新府城から落ちてきた者、さらには高遠城から歩み続けてきた者など、合わせて二百名ほどの武田家の残党が居並んでいる。こうした忠臣たちを睥睨しつつ、楯無のかたわらに進み出たのは、むろん、松姫である。

だが、一同の口から驚きとも溜め息ともつかぬ声が洩れたのは、その装束の故だった。

松姫は、粗末な帷子の上に脇を絞った筒袖を纏い、股引を穿き、脛あての上に脚絆を着け、手甲を嵌め、筒袖の上に南蛮胴を装し、さらに綿入を羽織り、その上から胴回りに巻かれているのは織り上げられた帯ではなく単なる木綿の紐という、まるで百姓が戦さに駆り出されたような出で立ちだった。

皆が唖然とする前で、松姫は呼吸をととのえ、こう告げた。

「われらは、明朝を待って当山を出、北条領へ向かう。じゃが、その出で立ちは、わらわに倣え。また、敵方に誰何されても綿入は脱がず、あくまでも災禍を逃れてきた村の者という風体を崩してはならぬ。得物は、脇差ただひとふり。竹槍すら手挟んではならぬ。われらの戦いは、敵を撃ち破ることではなく、生きながらえることじゃ。しかと聞き覚えよ」

小具足を纏っていた者どもは一様に戸惑ったが、やがて「おおっ」と喚声をあげた。

「そもそも、わが兄勝頼公は、岩殿山に籠城しつつ北条家との和議を取り結び、主従ともども小田原へ向かわれるお心づもりであった。されど、武運つたなく天目山の花と散り、北条家との絆であった義姉上もまた殉じられた。じゃが、ご生害を前に、このひと筆を書き遺された。小田原におわす北条家の前当主氏政どの、ならびにご嫡男氏直どのに宛てたお手紙じゃ。貞姫さまのお命、さらには北条家を頼る者あらば共に庇護してもらいたき旨が、しかと認められてある。この御ん文さえあれば、北条氏政どのも決して粗略にはできぬはず。われらは、これを頼りに、織田方の囲みをかわし、武蔵国へと向かう」

一同の咽喉から、生唾を呑み込む音色が洩れた。

洩れもするだろう。いまや、甲斐国はほぼ全域が織田家と徳川家の占領するところとなっている。その中を遙か武蔵国まで向かわねばならない。辿り着けるかどうかということより、生死の境を越えられるかどうかという段であろう。

「そこで、與右衛門」

襤褸を纏った與右衛門は大きな地図を広げた。家来どもが寄り固まり、地図を見下ろす。そこには、甲斐国と武蔵国を走っている大小の街道が描き込まれていた。

その地図の上を指し示しつつ、與右衛門はいう。

「われらに課されたるものは、いかにして武蔵国まで往きつくかということじゃが、見てのとおり、ふたとおりの往き方がある。塩山から笹子峠を越えてゆく信濃往還、大菩薩峠を越えて青梅へ抜ける北回り。されど、信濃往還はとうに織田家の手中にある。笹子峠や岩殿山には関所が設けられ、出入りを厳しく監視し、蟻も通さぬように目を光らせておろう。となれば、われらの採れる道は、ひとつしかない。大菩薩峠を越えてゆく道じゃ」

――清十郎。

と、與右衛門は、声をかけた。

「青梅までの道は、案内できるか？」

「もちろんにございます」

「峠には雪が残り、道は道と見えぬような真白き野になっておろう。それでもできるか」

清十郎は、自信たっぷりに莞爾と微笑んだ。

そもそも清十郎は岩殿山ちかくを発祥とする土豪の出で、甲斐の東北部すなわち塩山から大菩薩嶺、田野から上野原あたりの地理にかけては誰よりも詳しい。昼であろうと夜であろうと、めざすところへ往きつける。吹き寄せる風が居場所を教えてくれるなどと嘯くが、あながち法螺とも取れないほど、甲斐国の四季おりおりの風光をよく知っていた。

「雪の大菩薩峠、この猿橋清十郎がご案内つかまつりまする」

二

「ちなみに、清十郎」

松姫はこう問いかけた。

「大菩薩峠へ向かう途中、御旗をお預けできる寺院に心あたりはないか」

楯無の鎧はもともと向嶽寺の南東にある菅田天神社にあったもので、本来ならば社へ返納するのが望ましい。だが、織田勢が塩山のあらかたを占領しつつある今、菅田天神社まで向かうのはあまりにも危険だ。

「それ故、楯無は当山へ残すしかない。されど、当山とていつなんどき織田方の制圧するところにならぬともかぎらぬ。ならば、御旗は持って出るべきじゃ。おのおのが抱え、織田方の詮議に遭わぬような場所へ奉納するべきじゃ。清十郎、善きところは知らぬか」

「雲峰寺は、如何でしょう」

大菩薩峠をめざして青梅街道をのぼっていった先にある。

行基が開山したという古刹で、信玄も祈禱を行なってきた。祈願のひとつが、幼き日の松姫だった。熱病に冒され、生死の境を彷徨ったおり、信玄は斎戒沐浴して祈禱に臨み、一心不乱に娘の快癒を祈り続けた。そうしたことからいえば、松姫とその寺は因縁浅からぬものがある。

「絶妙じゃ。清十郎の申すとおり、雲峰寺を恃もう」

松姫はそう決め、家来どもを見回した。ふと、金丸定光の顔に眼を留めた。

定光は、上段の間の下手に座している香具姫と平間助左衛門をじっと見つめている。

――大菩薩峠越えに、小山田信茂の子まで連れてゆくのか。

とでもいいたげな表情だった。

松姫は、いったん言葉を切ったあと、こうつけたした。

「武蔵国へは、皆、連れてまいる。それは、幼な子とておなじことじゃ。貞姫さまのみならず、信基どの、督姫どの、そして香具姫どの。皆、連れてまいる。当山に残し置いては、かならずや織田方の手によって連れ去られよう。そこでどのような仕打ちに遭うやら考えすらおよばぬ。されど、子は等しく無垢じゃ。無垢なる子に、なんの罪や咎があろう」

松姫は、定光を見つめた。

その瞳は、あきらかにこう告げている。

――そもそも、人の命はかけがえなきもの。いかなる者であろうとも、身の置き所のない者ならば、わらわは連れてまいる。ましてや、子は親を選べぬ。親が裏切ったからというて、その子をぞんざいに扱うてはならぬ。もしも、そのような者があるとすれば、それは人ではない。武田の家来でもない。

むろん、口には出していないが、定光は聡い。両手を前につき、ふかぶかと点頭した。

そのときだ。

——ひとつだけ、お訊ねしたき儀がございまする。

家来どもの端から、香車伝右衛門こと初鹿野信昌が進み出た。

三

「そもそも、われら上野原衆は、勝頼公をお援け申し上げんと打ち出でてきたものにございまする。そして、まんがいちにも武田家が織田・徳川の連合軍に敗れるような事態に到らば、すかさず信勝君ともども上野原城へお入り戴く所存にございました。むろん、案内役は不肖信昌がつかまつる覚悟にございました。されど、勝頼公も天目山よりお戻りにはなられず、われらが状況は最悪の一途を辿っております。松姫さまが、北の方さまのご書状を恃みに北条領へ向かわれるのは善きお考えと存じまする。しかしながら、大菩薩峠を越えて武蔵国へ入られた後、どうなされるおつもりにございますか」

「どう、とは?」

信昌に訊ね返したのは、與右衛門だ。

「北の方さまの遺されたご書状のお宛て名は、北条氏政どの。さりながら、氏政どのは武蔵国におわさず、相模国は小田原においでと存ずる。また、甲斐国と接しておるは武蔵国檜原村にて、氏政どのにご書状をお渡しするには、かの地より小田原までまいられねばならぬ。とうに織田・徳川の連合軍に与した北条家の領内を突破してゆくには、われらはあまりに寡勢。與右衛門どのは、如何にして小田原まで赴かれるご所存か」

信昌のいうことには一理ある。

檜原から小田原までは、相当に距離がある。

小仏峠やヤビツ峠などを利用する山越えならば、陣馬、黍殻、丹沢、足柄などの山々を越えてゆかねばならず、およそ二十五里。山を迂回して野を往くのなら、檜原から滝山へ出、相模川沿いに南下して相模湾に到らねばならず、およそ二十里。どちらも、危険と隣り合わせだ。

山を往く道のりは、北条勢との遭遇はないかわりに大自然に打ち勝たねばならないし、野を往く道のりは、当然、北条勢の盈ち溢れる真っ只中を突破してゆかねばならない。

「大菩薩峠を越えるだけでも姫さまのお身体が案じられるというに、さらに敵中突破など、至難の業とはおもわれぬか。いや、くわえて、武蔵国の門口たる滝山城には、氏政どのの弟君氏照どのが配されておる。われらが国境を越えて運よく檜原に達したところで、もしも、氏照どのが姫さまの存在を知れば、即座に兵を差し向けて捕縛せんとするは必定」

氏照は、織田家との同盟関係を構築するべきだとする急先鋒で、松姫が北条領に紛れ込んできたことを奇貨として、捕縛するための兵を繰り出してくるにちがいない。織田家に対する貢ぎ物として松姫ほど恰好のものはないからだ。さらに、松姫たちが小田原へ辿り着き、氏政の庇護を受けようものなら、まずい。まかりまちがえば、織田家との軋轢が生じかねない。捕縛が無理ならば、命を奪おうとするにちがいない。

「北条氏照どのは、それほど情に厳しく、利に聡いのか」

「氏照どのとわれら上野原衆は、甲斐・武蔵の国境において牽制し合う仲にござれば、その人となりはようわかっておる。ひと言で申せば、剛腕。戦さの駆け引きも、領地の治め方も、腕のちからでもってぐいぐいと引っ張ってゆくような男じゃ」

「それは困りものじゃが、しかし、かというて武蔵国をめざさぬわけにはゆかぬ。のう、信昌どの。大菩薩峠を越えて檜原の地に辿り着いた後、如何にすれば、姫さまをお守りしながら小田原へ達することができるのじゃ？」

信昌は、苦虫を嚙み潰したような表情のまま、押し黙って腕を組んでいたが、

――兄を頼るほかありませぬな。

上野原城主、加藤景忠のことである。

信昌は松姫に向き直り、恭しくこう述べた。

「兄はいまだに上野原城に籠もっておりましょう。上野原から檜原までは六里。甲斐国と相模・武蔵両国の境に沿って北上すればようございます。されば、上野原勢を檜原へ向かわせ、われらと合流することが得策かと。ただ、ここは塩山、上野原は織田軍の封鎖せし笹子峠の彼方にございます。上野原城の兄のもとまで如何にして急を報せればよいのか」

「手立てが、ないのか」

「いえ。あるとすれば、ただひとつ」

そういって信昌は、すぐ後ろに控えている甥の信景に顔を向けた。

「おまえが往くのだ」

四

「拙者がっ？」

信景は、おもわず大声を上げた。

「十五里、山中の獣道を踏破せよ。塩山から山へ分け入り、竜門峡、滝子山と杣道を伝ってゆけば、岩殿山の北裏手に出られよう。岩殿山は、もはや織田方の占領するところとなっておろう。されば、警邏の眼をうまく掻い潜り、さらに長駈せよ。さすれば、上野原城へと到ることができる。信景よ。かの地で生まれ育ったおまえじゃ。岩殿山まで辿り着ければ、そこから先の上野原までは目を瞑っても走り通せよう」

「しかし、叔父上」

声を震わせ、信景は信昌を見返した。たしかに岩殿山のあたりは幼い頃からの遊び場だった。誰よりもその辺の地理には詳しい。かといって、松姫の生死を左右するような役目など、自分には重すぎる。

だが、信昌は、きつくいいつけた。

「汚名を返上するのだ。わしは、姫さまをお守りしつつ大菩薩峠を越え、檜原をめざす。おまえは上野原へ急を報せ、檜原村へ援けを出していただけるように兄を説得せよ。落ち合う場所は、村内の兜屋敷。そういえば、わかる」

「檜原村の、兜屋敷……」

「そうじゃ」

「畏まりました」

信景はごくりと生唾を呑んで承知し、ひとり旅立つ決意を固めた。しかし、ひとりでは心許ない。だいいち、途中でまんがいちのことでもあれば、まずい。すると、猿橋清十郎が、竜芳の遺臣を役に立ててくれといった。萩原彦次郎、中村勘六、原勝八の三名である。信景は「拙者ひとりで充分にござる」と意地を張ったが、そうはいかない。信景にまんいちのことがあった場合、上野原城からの援軍はいっさい期待できなくなってしまう。

「ありがたや」

信昌は清十郎に掌を合わせ、松姫を拝した。

「姫さま、よろしゅうございまするか」

「よい」

松姫はこくりとうなずき、

——では。

と、にわかに脇差を手にした。

五郎左から取り上げた信忠拝領の脇差である。

なにをするのかと家来衆が見やれば、やにわに髪をつかむや刃をあてがい、さっと閃かせた。一同、あっと叫ぶ閑もない。小気味よいほどに断ち切られた翠の黒髪は、束になったまま松姫の左手に握られている。

「ひ、姫さまっ。なにをなされますっ」

與右衛門の仰天した悲鳴が轟き、つれて他の家来どもも愕然と腰を浮かした。

「騒ぐでない」

松姫は、一喝した。

「長い髪は無用じゃ。そなたらも見たであろう。古府中から栗原へ到る道程で、長い髪の女子衆がどれだけ惨めな目に遭うてきたか。髪が長いというだけで女子はめだつ。めだてば、野伏せりや心ない雑兵どもの餌食となる。われらは、生きねばならぬ。命の心配をせねばならぬときに、髪の心配などしてどうなるか」

いうや、松姫はさらに髪を切り、その場にさっと投げ棄てた。

「五郎左どの」

いきなり声をかけられ、五郎左は身を竦ませた。

なにかとおもえば、松姫は、手にした脇差を鞘におさめ、すうっと差し出してくる。

「これは、そなたが岐阜中将より下賜されたもの。いま、あらためて返上しましょう」

五郎左は当惑したまま、松姫の前まで出、膝をつき、恭しく脇差を受けた。

松姫は、あらためて家来衆を見渡し、侍女らに顔を向けた。

「そちらも、切り落とすのじゃ。髪を切り、野良着に着替え、脚絆や手甲を帯びよ。ひと目では男子とも女子とも判らぬ出で立ちとせよ。鎖帷子の下には晒布を巻け。胴にも脚にも腕にもしっかりと巻くがよい。まんがいちのときには、晒布が刃を防いでくれよう」

五

侍女らはひと息茫然としながらも、おのおの懐刀を取り出し、髪を切りはじめた。

が、切り始める側から涙が溢れて仕方がない。無理もないことで、女がみずからの髪を切り落とすなど、魂の半分を棄て去るに等しい。とくに多感な年頃の小糸は、そうだった。髪をつかんで刀の刃をあてたものの、どうしても切れない。手が震え、涙が零れてくる。

「小糸は、よい」

松姫は、おもわず告げた。

「手拭でしっかり髪を包み、その上に頬かむりし、決して女子と悟られてはならぬぞ」

「申し訳ありませぬ。胆に銘じまする」

松姫は、床に額を擦りつかせる小糸から視線をはずし、男衆に目を向けた。

「その方らも、手早く着替え、身支度を整え――」

といいかけたとき、割れるような跫音が響き、ひとりの武士が堂内に転げ込んで
きた。

――山本忠房ではないか。

鞆之進が、慌てて駈け寄る。

「おぬし、なにゆえ、ここに。いや、その傷は如何した」

家来衆が見やれば、具足のそこかしこに刀傷が見られ、血も滲んでいる。

「それがし、恵林寺に難を逃れておりましたが……」

恵林寺は、向嶽寺の北方半里にある。

武田家最大の菩提寺で、住職は快川紹喜という。

織田方の侵攻が始められるや、逃げ散っていた武田家の家臣らも収容し、傷の手
当をし、食を与え、匿い続けていた。この忠房もそうした残党のひとりで、出家し
ていた弟良天を頼って逃げ込んでいたものらしい。

「すでに、織田方の兵馬は恵林寺を包囲、わが父土佐は単騎躍り出て討死いたしま

した」

「恵林寺が？」

方丈に集っていた者すべてが、いっせいに目を剝いた。

「姫さま」

忠房は、苦悶の表情で叫んだ。

「快川紹喜さまは、武田家の者はひとりとして織田方へなど引き渡さぬと交渉を撥ねつけておられまするが、むろん、ただでは済みますまい。遠からぬ内にまちがいなく焼き討ちされましょう。恵林寺が火炎に包まれれば、返す刀で織田家がこちらの向嶽寺まで兵を向けるは必定にございます。いちはやく、当山をお出になられませ」

「そなた、それを報せに……。いや、そなたの父までも犠牲にして……」

「姫さま。兵は生き死にを問うなかれと申しまする」

「いや、されど。父御ではないか」

松姫は、息を呑んだ。

又右衛門が起ち上がって「ばかな」と叫んだのは、ほぼ同時だった。

「仏に火をかけるなど、あるまじき蛮行ではないか。神仏をないがしろにしてなんになる。織田軍の増長、ここに極まれり。許せぬ。勘弁ならぬ。わしが、まいる。恵林寺へ向かう」

「又右衛門」

與右衛門が止める。

「落ち着け。犬死するだけのことぞ」

「武田家のひとりとして、見捨ててはおけませぬ」

「姫さまを見捨ててもか」

與右衛門の一喝に又右衛門ははっと身を硬くし、その場にどすんと尻餅をついた。

六

「のう、又右衛門。誰もが、気持ちは同じじゃ。しかし、恵林寺はもはや救えぬ。姫さまも仰せになったではないか。われらは、われらなりの戦いを披露するまでのこと。北条領へと駈け抜け、織田家の鼻を明かしてやるのじゃ。――姫さま」

與右衛門は、松姫に向き直り、両手をついた。

「もはや、時がございませぬ。いますぐにでも出立されるべきかと存じまする」

「承知した」

松姫は覚悟を決め、おもむろに起ち上がり、こう宣した。

「これより、向嶽寺を出でる。出陣じゃ」

一同、急な展開にごくりと唾を呑んだ。松姫はそんな家来どもに向かって、にわかに微笑みかけ、上段の間から降りるやくるりと踵を返し、鎮座している楯無の鎧と六旒の御旗を仰ぎ見、静かに腰を下ろした。

「いまでも、おもいだす。父信玄は、出陣の直前、戦勝を祈願して、この重代の御旗と鎧に誓いを立てておられた。われらも、それに従う。誓いを立てて後、鎧は庭先の大杉の根方に埋め、御旗は腰に巻いて運び出す。靹之進、又右衛門、佐左衛門、彦右衛門、源之丞、清十郎。その方らが腰に巻け。そして、その手でかならず雲峰寺へ納めるのじゃ」

名を呼ばれた者どもは、いっせいに畏まった。

「ならば、唱和しようぞ」

松姫はすうっと胸一杯に息を吸い込み、全身全霊をもって唱えた。

「御旗、楯無、ご照覧あれ」

家来衆もまた、それに続く。

「御旗、楯無、ご照覧あれ……っ」

五郎左は、全身に鳥肌が立つのをおぼえた。

初めて見る武田家の出陣の儀式だったが、総毛立ったのは珍しさ故ではなかった。これまで最初に宣誓するのは信玄であり、信玄亡き後は勝頼だったはずだ。女人の音頭で唱和したことは一度もなかったろうし、なにより、切羽詰まった悲壮さはありえなかったろう。

（しかし同時に、これほど身の震える鯨波はなかったにちがいない）

そうした衝撃に包まれているのは、実は五郎左だけではなかった。

「のう、新兵衛」

與右衛門が、そっと話しかけた。

「武田家は、決して、滅びておらぬぞ」

「まったく。まだまだ、これからじゃ。われらが家は、見事に健在ぞ」

かくして唱和は延々と続いたが、その中で「おお」と詠嘆する者があった。

長閑斎だった。

両眼に大粒の涙を湛え、幻覚を見るように訥々とつぶやいてゆく。

「おお……。信玄公が、姫さまの背におわされる。いや、そうではない。生きうつしじゃ。あの気丈さ、頼もしさ、ご慈愛ぶかさ、なにもかもが生きうつしじゃ。信玄公が、姫さまの中に生きておられる。じきじきに、そこにおわす。御旗の前で、楯無の鎧を見上げ、誓うておられる。お館さまが……。お若き日の如く、威風堂々と、宣誓してござる……」

ふと、それからまもなくして、長閑斎のつぶやきが途切れた。満足した顔をゆっくりと伏せ、目から溢れた涙が、傷ついた膝に伝い落ちるとともに、この老将の命も落ちた。

しかし、その場にいた誰もが、しばらくそれに気づかなかった。

「御旗、楯無、ご照覧あれっ」

唱和はいよいよちからづよく、堂内に木霊している。

七

三月二十二日。

朝まだき頃——。

野良着をまとった松姫らは、向嶽寺の山門を出、北を指した。

しかし、その中で数人、正確にいえば、四名の者が別な方角に向かった。ひとまず裂石をめざしてゆく松姫一行を見送るや、一路、東へと道を取っていった加藤信景、萩原彦次郎、中村勘六、原勝八の面々である。

すでに、塩山のそこかしこには織田方の兵馬が充満しており、松姫らと同じく、信景たちも繁みから小川へ小川から繁みへと道を取り、やがて地元の者も知らないような杣道へと進み、獣道へも果断に分け入り、東をめざした。

「織田方に気づかれるな」

そう、声を掛け合い、ひたすら歩んだ。

地名でいえば、勝沼、木賊、真木、金山、畑倉となるが、山と谷のほかにはなにもない。その深々とした雪の残る山や谷を越えていった先に岩殿山があり、そのまた先の葛野、鳥沢、野田尻、桑久保などを抜けてゆけば、ようやく加藤家の上野原城に到る。

むろん、岩殿山から上野原に到る行程も、山また山、谷また谷であることに変わりはない。春は徐々に訪れつつあるものの、雪に足を取られればそのまま谷底まで滑落し、どれだけ足掻いても登ってこられない。そんな道なき道を、信景たちはものに憑かれたように歩み続けた。

ことに信景は、

「汚名返上じゃ」

そのひと言だけをひたすら唱えている。

「汚名返上、汚名返上、汚名返上じゃっ」

もっとも——。

そうした状況は、松姫たちもほとんど変わらない。

向嶽寺を出てまもなく、左手に、織田方の旗指物や吹き流しが無数に並んでいるのが望まれた。恵林寺を包囲しているのだろうが、それに対してはなんの手も打てない。與右衛門が又右衛門を押し止めたとおり、真正面から戦えばどうなってしまうのか、結果は見えている。気づかれぬように塩山を後にするしか、松姫たちにできることはなかった。

かれらは、おのおの、小さな荷あるいは幼な子を背負いながら、北東の彼方にある大菩薩峠をめざした。この大菩薩峠越えの道は、後の江戸期には甲州道中の裏街道とされた。甲斐国塩山と武蔵国青梅を結んでいることから青梅街道とも呼ばれ、迂回路ができても尚、おなじ名前で呼ばれた。

「しばらく行けば、裂石にございます」

清十郎は、道すがら、家来衆に説いていった。

「名のとおり、温泉が石を裂いて湧き出してくる地にございますが、まずはかの地をめざしましょう。裂石の手前に着きましたれば、そこを東へと折れ、砥山をめざして峠道を上りまする。ほどなく見えてまいりますのが、雲峰寺へ上る石段にございます」

松姫は、雲峰寺で一夜の宿を頼むつもりだった。

六旒の御旗を奉納せねばならないからだ。

八

霧が、深い。

笛吹川から湧き出したものか、塩山から周辺の山々をすべて包み込むように、乳色の霧が果てもなく広がっている。その中、消え残った雪を踏み締める跫音がいくつも続いている。松姫の一行だった。霧が一行の影を押し隠してくれたことで、松姫らは街道を急ぐことができた。

(このまま、難なく行けるのだろうか)

不安におもっているのは、一行の殿にある五郎左だった。

(霧ほど、注意せねばならぬものはない)

案の定、草摺の擦れるじゃりじゃりという音色が響いたかとおもった矢先、

――止まれ。

霧の向こうから声が伝わり、いきなり、五騎の騎馬が現れた。

――どこへまいる。

何者じゃと誰何された。

背に立てられた旗指物は、白地に織田木瓜。信忠の手の者であるのは明白だ。

「百姓風情と見受けるが、なにゆえ、いまだ残雪に覆われた奥山へ分け入らんとするか。山を越え、武蔵国にでも逃げ込まんとするものか。ここ甲斐国はとうにわれら織田家の占領するところになりたれば、勝手に山を越えることは許されぬ。仔細あってのことならば、縷々、その事情を述べよ」

「お許し下されませ」

襤褸をまとった與右衛門が這い蹲る。

「わしら、村を焼け出され、田畑を失くし、行くあてもなく流離っております者どもにござります。このまま甲斐国におりましても、食うに食えず、生きるに生きられませぬ。幼き子もあれば、ごらんのとおり、髪に霜の降り積もった老い耄れもおりまする。山を越え、あらたな土地を探しにまいろうと、村を挙げての旅立ちにござりますれば、どうか、お見逃し下されたく、お願い申し上げまする」

「ならぬ」

騎馬武者は、咆えた。

「このたび、岐阜中将じきじきのお触れにて、われら、武田方の残党を狩らんとするものである。御布令によれば、いまだに、武田信玄が息女松姫、ならびに勝頼が遺児貞姫、仁科盛信が遺児信基、おなじく督姫、さらには小山田信茂が息女香具姫、ともどもに行方が知れぬ。見つければすみやかに捕縛、抗えばただちに打ち首にせよとのお達しじゃ。見れば、その方ら、うら若き女人にくわえ、頑是なき数人の子も連れ、百姓ともおもえぬほどに整然たる隊列を組み、粛々と歩み続けておる容子。いかにも、訝しい」

五郎左は身がまえつつ、騎馬武者どもを観察した。

（おかしい。こやつら、知り過ぎている。松姫さまのお姿が、信濃にも甲斐にもないのはわかる。信忠さまが探せとお命じになられたのもわかる。だが、あまりにも仔細を知っているのは、なぜだ。仁科家や小山田家のお子らについてまで、その名を知っているというのは、ちと、妙ではないか）

そこまで考えたとき、五郎左ははっとして一行の顔を見回した。

（間者か。いまだに、この中に間者がいるのか……？）

ありえない話だとおもった。

同行の者たちは皆一様に騎馬武者から視線をはずし、霧雨に濡れ、肩を落としてうつむき、戦禍に打ちひしがれた民草の哀れさを漂わせている。見せかけといえば見せかけにちがいないが、武田家の現状をおもえば村を焼かれて追い出された百姓たちよりも惨めなおもいを嚙み締めているにちがいない。でなければ、これだけの哀れさは醸し出せないだろう。

が、そうした中、もしも、織田家の間者が入り込んでいるとすれば、その者は見せかけの上に見せかけを重ねていることになる。しかし、ほんとうにそんな者がいるのか。どう考えても、ありえない。

松姫に同道している者は皆、譜代の家臣だ。

たとえば、侍女の見習いのような立場にある小糸にしても、丸山家という先々代よりも前から武田家に仕えてきた家の娘だ。れっきとした譜代の家柄なのである。

皆が皆、信玄による武田家の隆盛を支えてきた者の血を受け継いでいるはずだ。

（では、いったい誰が、われわれの行動を密告したというのだ）

五郎左は首をひねったまま、與右衛門と騎馬武者どもの遣り取りに顔を向けた。

「何度も申し上げておりますとおり、われらは、往くあてもなき百姓にございまする」

「黙れ。この道を往けば、大菩薩峠となる。雪解けもままならぬこの時期に、難所で知られる大菩薩峠を越え往かんとするなど、ますますもって怪しい。ひとまず、われらに従い、塩山の陣へとまいれ。疑いが晴れれば、すぐさま解き放ってくれる。そこであらためて山に入ればよかろう。さあ、ぐずぐずするな。まいれ」

そう告げたとき、霧が晴れ出し、騎馬武者のひとりが目を細めた。

視線の先にあったのは、小糸。

「おなご」

武者は喝声を飛ばした。

「そこな、おなご」

小糸はぎゅっと身を硬くし、両手を胸の前で合わせた。

しかし、武者の鑓が一閃し、その鋭い穂先が小糸の頬かむりへ延びるや、さっと切り上げた。寄り固まっていた侍女らが悲鳴をあげたときには、もう遅い。小糸の髪を包んでいた木綿の手拭が宙に舞い、その下から艶やかな黒髪がさあっと広がったのである。小糸は、絶句したまま立ち尽くした。

「その髪。手入れの行き届いた、その黒髪。とてものこと、百姓のものではなかろう」

騎馬どもは戛々と蹄を進め、一行を包囲した。

「松姫か」

問うや、小糸の鼻先に切っ先を突きつけた。

「松姫に相違ないな」

しかし、そのとき、

――松は、わらわじゃ。

與右衛門の後方にいた人影が凜々しく声を発し、進み出た。

九

「この者は、わらわの下働きをする娘」

野良着姿の松姫が、まなじりを吊り上げて断言した。

「それも、婢女として雇うたばかり。縁もゆかりもない」

「なるほど。じゃが、仔細は後ほど。ともあれ、同行せい」

「そうは、まいらぬ」

「ならば、致し方ない。御免っ」

虚空を貫くように鑓が突き出された。

が、その鑓を、竹で弾いた者がいる。

五郎左だった。

「きさま。刃向かうかっ」

怒号を発したのと同時に、騎馬武者はぐっと呻いて鞍から転げ落ちた。

又右衛門の放った脇差が咽喉を貫いている。

「やっ」

叫んだのは、ほかの四騎だ。

「おぬしら、塩山の陣に報せよっ」

三騎に命じた長とおぼしき武者が、無腰の又右衛門に斬りかかった。うおっと叫んだのは周囲の者たちで、いきなり騎馬にむらがりかかるや、馬上の影をひきずりおろさんと、数人がかりで摑みかかった。

「離せっ、離せっ、離さんか」

喚き散らして抵抗する長の背後から、三騎が駈け出した。五郎左は焦った。目を血走らせてあたりを見回せば、あるじを失った駒がいる。咄嗟に手綱をたぐりよせ、飛び乗った。

「五郎左っ」

又右衛門が叫び、死体が握り締めていた馬上鑓をひっつかみ、投げ寄こした。それをはっしと受け止めるや、五郎左はひょうとばかりに鐙を蹴った。駒は機敏に反応し、疾走が始まった。一町ほど先には、一目散に駈けてゆく三頭の騎馬。

「いや――っ」

五郎左は馬手に手綱、弓手に鑓を構え、風を切った。

怒濤の追い上げだ。

駒が、強烈に蹄を立てる。

(駈けよっ)

信忠配下の黒母衣衆として戦場を駈け巡った五郎左だ。手綱さばきにかけては、そこらの騎馬武者の比ではない。しかも、逃げゆく武者は重苦しい甲冑に身を固め、こちらは腹に晒布を巻いているだけの軽装だ。見る間に追いつくや、掛け声もろとも、渾身の鑓を突き出した。

手前の騎馬武者が悲鳴すらあげられずに馬上から弾き飛ばされ、もんどり打って落馬する。ざあっと砂塵があがったが、その瞬間には、五郎左は次なる獲物をめがけて突進していた。

射し始めた木洩れ陽がいましがたまで霧に包まれていた森を煌めかせる中、血に染まった鑓の尖峯がきらきらと輝き、凄まじい勢いで繰り出される。襲いかかられた騎馬武者も必死だ。恐怖にひきつった顔で鑓をぶんまわし、五郎左の繰り出す鑓を防ぎ、反撃に転ずる。

五郎左は巧みにそれを弾き飛ばし、二頭ならんだ駒の間に躍り込み、左右に敵を相手どって驚異的な鑓さばきを見せつけた。

いや、実際、二頭の外側でなく狭間に飛び込んだのが、五郎左の腕前がいかに優れているのかを証明していた。左の騎馬が鑓を突き出した矢先、それを勢いよく撥ね飛ばすや、閃光の尾を引かせて鑓を繰り出し、横殴りに叩きつける。相手は奇妙に呻き、次の瞬間には喉笛を突かれ、鞍から浮かび上がり、疾駆する駒の背後へ落下していった。

（残るは、一騎っ）

五郎左は、まなじりを裂いて右の騎馬をにらみつけた。

敵は多少なりとも腕に覚えがあるのか、馬上、鑓を小さく手挟み、急所を狙って突き出してくる。五郎左は裂帛の気合いをこめて敵の切っ先をかわし、長柄の真ん中を握って横に構えた。

信じられないような早業が始まった。鑓の穂先と鐓が交互に敵へ襲いかかるのだ。五郎左のみにできる馬上の妙技だった。両者、腰は鞍から離れ、手綱は口にしっかと噛まれ、目にも留まらぬ勢いで数十合の火花が散った。

左右の森はものすごい勢いで後方に流れてゆく。樹林も巌も区別がつかない。彩られた川が両者の両側を流れ去ってゆくに近い。馬蹄が大地を蹴り上げ、尋常でない地響きが奏でられる。無数の葉洩れ陽が射し込む中に、砂塵があがる。

五郎左と相手は、無言だ。気合いを入れる暇すらなく、つぎつぎに唸りをあげて鑓が迫り、それを弾き、また迫り、突き出され、突き出し、突き放つ。

勝負は、相手の駒が鎧の重さに耐え切れず、苦しげに鼻を鳴らして首をふった瞬間に決まった。手綱がぴんと張り詰め、相手の姿勢が崩れた。

五郎左は、見逃さない。

乾坤一擲の鑓を突き出した。刀身が風を裂き、陽光を煌っと照り返した刹那、その鋭い穂先が敵の胸板を貫く。くぐもった唸り声が洩れ、血潮が鮮やかに飛沫をあげる。陽に輝く鮮血が後方に飛び散る。

敵武者の巨体は、その真紅の糸を追うように、鞍壺から虚空へ落下していった。

一〇

翌日――。

加藤信景は、萩原彦次郎、中村勘六、原勝八の三名と共に上野原城に到着していた。

父景忠の居する上野原城は、織田方の攻撃を受けながらも死にものぐるいで抵抗し、門扉を閉ざし続けていた。たしかに長駈してきた織田勢は選りすぐりの精鋭というわけではなかったが、それでも数千からの兵馬による猛攻は昼夜を分かたず続けられ、城中の兵どもは疲弊し尽くし、もはや風前の灯火といえた。

そのような中の信景の帰還だった。

「よう、戻った」

景忠は、傷と泥に塗れた息子たちをねぎらいつつ、古府中から塩山に辿り着くまでの話を聞いて唸り、また松姫の覚悟にも打たれたが、しかし、大菩薩峠を越えて檜原をめざしたという段に到ったとき、おもわず腰を浮かして驚きの声をあげた。

「まことに、姫さまは、お子らを連れて大菩薩峠をめざされたのか」

信景はこくりと頷いた。

「ばかな。信昌までついておりながら、なぜ、そのような大それた真似を……」

「しかしながら、父上。すでに塩山は敵方の手に陥ち、あのまま向嶽寺に身を潜めたところで、残党狩りの手が延びてくるは必定にございます。ならば、峠道を踏破して檜原へ向かうのが最善の策ではありませぬか」

「おぬしらは、北条方の動きを知らぬのか。北条は、織田と徳川に呼応し、相模国から駿河国へ侵攻するや、われらが版図を切り取った。この甲斐に対しても、国境を閉ざしておる。上野原より東には、もはや、誰もゆけぬ」

「存じております」

信景は、すがるように言う。

「されど、北条氏政さまを頼るよりほかに、松姫さまご一行をお救い申し上げる手立てはございませぬ」

景忠は苦々しそうに唸り、腕を組んだ。

北条方としては、たとえ輿入れさせた娘の書状があろうと、表向きは松姫の亡命を断わらなければならない。

「されど」

　信景は食い下がった。

「繰り返し申し上げますが、ご一行は、松姫さまだけではございませぬ。勝頼公の忘れ形見となられた貞姫さまも同道なさっておられます。貞姫さまは氏政さまや氏照さまにとっては姪御にあたられ、氏直さまには従妹と相成られまする。貞姫さまが北条領に難を逃れ、庇護を訴えておられるとの報せが小田原に届けばどうなりましょう。それを拒むのは人情として難しいかと存じまする。おそらく松姫さまともども織田家には誰ひとり渡さぬという大方針を固められ、救護せんと動かれるのではありますまいか」

「うまくすればだ。いや、さような動きを氏照どのが想い描くようなことになれば……」

　景忠は、こういうのだ。

　氏照は小田原の兄や甥にはなにも話さず、松姫も貞姫も闇に葬りたいと考えるはずだ。国境を固く閉ざし、決して入れぬようにするだろう。余分なものは入れないに越したことはない。檜原などへ入ってくれば、そこで足止めし、亡きものにしてしまうのがいいと判断するだろう。そうすれば、織田方との軋轢は起こらない。たとえ討てずとも、松姫らを捕らえて織田方へ差し出せば、これまた織田家との同盟も容易なものになる。氏照は、そこまで考えるにちがいない。いずれにせよ、松姫が危険であることはまちがいない。

「どうしたものか」

景忠は、組んだ腕にちからをこめた。

信景は、父親に向かって、両手をついた。

「叔父上は、父上ならば檜原の兜屋敷まで駈けつけてくださると信じておられます」

「兜屋敷じゃと?」

「左様で」

景忠は深く呼吸し、むうと唸ったまま押し黙った。

「……父上。……兜屋敷とは、いったい、どのような屋敷にございますか」

「檜原村にある大ぶりな屋敷でな。名代名主を務める中村数馬の屋敷じゃ」

「叔父上は、なにゆえ、その者の屋敷を示されたのでしょう」

「兜屋敷をして、われらは乱波屋敷とも呼んでおる」

「乱波屋敷……」

「甲斐国には塩がない。塩は、人間にとって欠かすことのできぬ物じゃ。それ故、交易品の筆頭として購われる。檜原村の産業は養蚕だが、名代名主のもとへは塩も集積される。わが武田家の購う分よ。まあ、そうしたことから、わが加藤家と中村家は昵懇の仲となったのだが、繭や塩ばかりが甲斐国へもたらされるわけではない。北条家のさまざまなことどももまた報せられる。むろん、北条側は気づいておらぬ」

「なるほど。それで、乱波屋敷と……」

「そういうことじゃが……」

景忠の憂悶は、深い。

「今、敵方の囲みを破って駈けつけよと申すのであれば、信景、なにゆえ、おまえたちは姫さまを大菩薩峠へ向かわせた。なぜ、お留めせなんだ。吹雪の時期もさることながら、雪解けの今、大菩薩嶺は危険きわまりない。ひとたび風雪でも起これば、嶺は白き地獄と化す。どれだけの者が死ぬとおもう。どれだけの者が生きて峠を越せるとおもうか」

「それよりほかに道がありませぬ。そう、再三、申し上げておるではありませぬか」

景忠は腕を組んだまま、瞳を閉じた。

「いや、それに父上。春はもうすぐそこまで近づいております。風雪はもう……」

「ばかもの。春は、嵐の後に訪れるのだ。この時期の大菩薩峠は、春の嵐が……」

そう呻きつつ、景忠は、攻城戦の叫喚が轟き上る空を見上げた。

たしかに景忠のいうとおり、北の空には黒雲が蟠り、春雷の閃光が望まれる。

大菩薩嶺がどのような状態に置かれているかは、一目瞭然だった。

しかし、このときすでに、雲峰寺に六旒の御旗の奉納を終えた松姫たちは、春の嵐の吹き荒ぶ大菩薩嶺に突入していた。

第七章　大菩薩、吹雪く

一

天正十年三月二十四日といえば、西暦では一五八二年四月二十六日にあたる。暦からすればとうに春が萌えているはずだが、この年は寒気が厳しく、そこかしこに雪が残り、旅人の往来は難儀をきわめた。それほど、春の到来は遅かった。

大菩薩峠も、そうだ。

甲斐国と武蔵国とを繫ぐ峠道とはいえ、あらかたは整えられていない。土留めがされたりしている箇所はわずかで、蟒のような根がのたうっていたり、大仏のような石が露出していたり、ともかく峠へ向かう道という道は、あらけずりの自然の一部といってよかった。断崖の端が雪に隠されているところへ足を踏み入れたりしようものなら、もう、命はない。

そんな残雪の山中に入り込むなど、無謀以外のなにものでもなかった。

しかし、松姫たちは臆することなく、いまだ冬景色に包まれた道を進んだ。

雲峰寺のある裂石から上日川峠へ出、唐松尾根を登ってゆけば、大菩薩嶺にほどちかい雷岩に達する。雷岩から嶺づたいにやや下れば、大菩薩峠へと到る。もっとも、ここでいう大菩薩峠は、こんにち多くの登山者が立つ大菩薩峠ではない。いまでいう「賽の河原」が、当時の大菩薩峠である。

松姫らがめざしたのは、そちら、賽の河原だ。

現代の度量衡では、ほぼ二千メートル。これだけ標高が高くなれば、登山道の整備などほとんど為されていなかった当時では、もはや道とは呼べないようなありさまとなっている。どこもかしこも白い雪と黒い土の斑模様に包まれ、ときおり新緑が芽吹いてはいるものの、あらかたの樹木はいまだに立ち枯れたような心寂しさだ。

ことに、木々の梢を殴りつけるように吹き過ぎてゆく山颪の凄さは、尋常ではない。

——ごっ。

という音が天の涯で鳴ったかとおもった次の瞬間、

——ばらばらばらっ。

という轟音が響き渡り、枯れ枝や落ち葉が束になり、凄まじい勢いで叩きつけてくる。顔などとても上げられるものではなく、一歩踏み出そうにも立っているのが精一杯という状況に追い込まれる。

松姫たちはそうした春の嵐の真っ只中を、ただ、進んでいる。

「ぎゃあっ」

という悲鳴が聞こえたかとおもえば、雪の崩れる音色とともに、ひとつ、いや、ふたつ、人の影が凍った白い斜面を滑落してゆく。谷へ落ちたが最後、呼べど叫べど、答えてはくれない。返ってくるのはもはや木霊だけで、白い谷底の黒い一点の滲みになってしまった者からの返事など、あるはずがない。小者、中間、侍女など、いったい幾人が犠牲になったろうか。土橋彦右衛門の母も、そのひとりだった。

「土橋――っ」

松姫は叫び、彦右衛門は母を追って谷底へ飛び込もうとした。

だが、左右から止められ、谷底を見下ろして哭泣した。まわりの皆は「彦右衛門、見るな。見てはならぬっ」と励まし、彦右衛門もまた気丈に応じつつも、母の最期をしかと見つめた。が、悲しみにくれている閑はない。ほどなく涙を拭うや、くちびるを嚙み締めたまま、松姫に従っていった。

そのような光景は、一度や二度ではなかった。向嶽寺を出、雲峰寺に詣で、大菩薩峠に挑んだのはおよそ二百人だったが、すでに数十人の者が谷底に呑まれていった。早春の大菩薩峠は、踏破しようとする者をかたく拒み、嘲笑うかのように風を狂わせ、春雷と霙まじりの雨を見舞う。

「離れてはならぬ。離れてはならぬっ」

與右衛門が叫び、新兵衛が隊伍を纏め、信昌と又右衛門が前後に気を配る。侍女はひとり残らず松姫の周りにつき、傅役たちは用人に背負われた幼い子の身をかばいつつ、一歩また一歩と、霞と風の中を進んでいった。

（これが、大菩薩峠か）

二

それにしても、と、五郎左は松姫の背を見つめた。

（わずか数日で、なんと、頼もしくなられたことか）

五郎左の脳裏に、長坂長閑斎の感慨が甦った。

男だの女だのといったつまらぬ垣根を越えた当主に成りつつあるのだ。それが証に、この魔界のような雪と雨と風の世界で、松姫は家来衆をいたわり、幼な子を気遣い、侍女らを励ましている。声を出し、足を踏み出し、まっすぐに前を見つめている。十年という歳月を、ただひたすら信忠との書簡の往復のみに費やしてきた姫君とはおもえぬ頼もしさとちから強さだった。

（武田の血か）

五郎左はくちびるを引き結び、松姫の後ろに従った。

やがて、先頭の猿橋清十郎が声をふりしぼって叫んだ。

「峠ですっ」

大菩薩峠の頂きである。

「彼方の景色はどうじゃ」

又右衛門が問う。

「武蔵国は、見えるか」

「見えますっ。雨と風の向こうに、見えておりますっ」

おおおおっという歓声があがり、皆が泥濘んだ坂を蹴り上げて峠へ急いだ。

そして、

——見えるっ、見えるっ、武蔵国が見えるぞっ。

と、口々に喜んだ。

やがて、谷川ら侍女たちに護られながら、松姫もまた峠に立った。

「どこじゃ。どのあたりが武蔵国じゃ」

「このまま峠を東へ下れば、雄滝、白糸の滝のある棚倉沢。沢を出たところが小菅村。小菅を発してまもなくすれば川野村。川野はすでに武蔵国にございます。川野を越えれば河内、原、倉掛の村々が続き、さらに進めば風張峠。峠の向こうが秋川の流れる南郷村。南郷の渓谷を抜けた先が檜原村となりまする」

「檜原っ」

一同が一斉に声をあげた。

「初鹿野どののいうておられた檜原か」

おお、おお……と、その場に立った者がすべて涙を浮かべた。安堵の涙か、満足の涙かは、判断がつかない。だが、どうにもしようがないまま、涙が溢れた。松姫はそうした家来どもから視線をはずし、ふわりと来し方をふりかえった。

甲府盆地が見える。

生まれ育った懐かしい盆地だ。

ふと、ところどころに淡く、かつ紅く染まった斑模様が見えた。

「桃か……」

おもわず、声が洩れた。

その呟きに、家来どももまた瞳を馳せる。

「おお。桃……」

「気づかなんだ」

「もう、そのような季節だったのか」

おのおの、感慨を口にした。

無理もない。おもえば、一月の下旬に木曾義昌が織田方に内通し、鳥居峠で一大合戦におよんで目も当てられぬような惨敗を喫し、それからというもの信濃と甲斐は織田軍の蹂躙する修羅場と成り果てた。普段ならば、民百姓が朗らかに声を掛け合って桃の花を愛で、春の訪れを満喫している頃だ。それが、開花の時期すらも忘れてしまうほど心身ともに痛めつけられることになろうとは、誰ひとり夢にもおもわなかった。

「皆の者」

松姫は、家臣らに告げた。

「これが見納めとはいわぬ。じゃが、とくと見ておくがよい。甲斐の桃を。甲斐の春を。そして、またふたたび、われらの故郷へ戻ってゆけるよう、祈れ。いつかかならず、あの桃の下に立てる日が来ることを、祈るがよい」

家来どもは、涙を湛えたまま、甲府盆地を遠望した。

——見納めにはすまいぞ。

と、たがいに声を掛け合いながら、じっと見つめた。

やがて、

――しかと見たか。

松姫は問いかけ、家臣たちは唇を噛み締めて頷いた。

「されば、まいろうぞ。武蔵国へ」

三

一行の脚は、大菩薩峠に達するとともに、俄然、速まった。

とはいえ、坂を下ったのではなく、大菩薩峠からは牛の寝と呼ばれる古道を伝った。

小菅村へは下りなかった。谷へ下りる危険性だけではなく、国境となる川野村に北条方が関所を設けて、難民の流入を防いでいるのではないかという懸念もあったからだ。武田家が滅んだも同然の今となっては、なおさら、用心に用心を重ねねばならない。

――尾根道をゆかれるべきです。

と、初鹿野信昌が奨めたのは、いわば当然のことであったろう。

しかし、この時期の牛の寝は、春の嵐の通り道でもある。手を繋ぎ、団子のようになって進まねば、颪に飛ばされ、天へ攫われてしまう。息もできないほどの凄まじさだ。

それほど苛酷な尾根道を、松姫一行はひと足ひと足進んでいった。

鶴寝山を過ぎた頃には早くも陽は西へ傾き、見る間に山の端へ隠れつつあった。

一行は、山肌をやや下ったところにある窪地を野営場に決めた。幸い小さな洞穴が見つかり、松姫や幼な子はそこを寝所とすることができた。

夜もとっぷりと更けたときのこと。

五郎左のもとへ跫音を忍ばせるように小糸がやってきた。

——姫さまがお召しにございます。

自分だけをかと質せば「そうだ」と頷く。

五郎左ひとりと物語がしたいのだと、松姫がいっているらしい。

ふしぎなこともあるものだと、五郎左は小首を傾げた。

高遠城の牢獄に放り込まれていたとき、松姫は小糸を連れてやってきた。かのおりは、話どころか痛罵された。十年間のおもいを踏み躙ったと、憎しみを叩きつけられた。まさか、まだなにか、自分に対して意見するところがあるのだろうか。

五郎左はかすかな不安を抱きつつ、小糸に従って、松姫が寝床にしている洞窟の近くへ向かった。

松姫は、その洞穴を出たところにいた。

急峻な崖の手前にある狭い平地だったが、風は防がれていた。また、山上から落ちてきたものか、そこかしこに大小の石が転がっている。その中でも大ぶりな石に、松姫は腰掛けていた。野良着を纏ってはいたが、全身から醸し出される気品ばかりは消し去りようがない。黙って腰を下ろしていても、格式ある武家の息女であることは狂おしいほどによくわかった。

「よう来てくれました」

松姫は、静かに声をかけた。

「礼を申さねばならぬとおもうて、小糸を使いに遣ったのです」

「はて。お礼などと……」

「いいえ」

松姫は五郎左の言葉をさえぎった。

「五郎左どの。そなたがおらねば、われらは高遠を出てすぐに立ち往生しておりましたろう。法華道だけではない。韮崎を出でてよりも、そうじゃ。笛吹川で往く手を阻まれたか、あるいは向嶽寺を出て間もなく追捕の騎馬武者に縄を打たれ、信忠卿の眼の前へ引き摺り出されておりましたろう。いや、その前に首を刎ねられていたやもしれぬ。さすれば、今宵、この崖で、そなたと語らう松はおらぬでしょない。

仰せあるなと五郎左はいいかけたが、どうにも上擦ってしまい、上手に口が開か

「滅相もないことを」

う」

四

「あとひとつ」

松姫は、五郎左の瞳を見つめた。

「高遠の岩牢にて、そなたを罵りました。許してたもれ」

「松姫さま。それがし、罵られたとはおもうておりませぬ」

五郎左は、自身でも驚くほどに言の葉がすらすらと出始めた。

「それがしは、この十年間、姫さまの御許へお手紙をお届けしてまいりました。されど、常に姫さまは物静かにあそばされ、それが、あのように激昂なさることがおありとは、おもいもよりませなんだ」

「驚きましたか」

「驚きが、半分」

「あとの半分は」

「嬉しゅうございました」

「嘘を申されるものではない」

「いいえ。まことにございまする」

「では、なにゆえ、嬉しくおもわれた」

「姫さまのお心をわずかながらも拝見することが叶うたからにございます」

「わらわがただの小娘だということがわかってしもうたということですね」

「とんでもない」

五郎左はおもわず顔をあげ、松姫を見た。ちょうど二十三夜の月が東の空に上ったばかりで、それまで蠟燭の炎に照らされていただけの松姫の容貌に、ふしぎな陰影が浮かび始めている。

「のう、五郎左どの」

「はい」

「海が、見たいのです」

「海に、ございますか」

五郎左の問い返しに、松姫は絹のような微笑みを浮かべ、彼方の空を仰いだ。

「以前に、そなたの話してくれた海じゃ」

信忠の手紙を届ける際、松姫はときおり気が向くと、尾張の風物について聞きたがった。五郎左は問われるままに答えたものだが、そのときは、ほんとうに松姫が興味を持って尋ねてくれているのかどうか、なんとも見当がつかなかった。が、今、ようやく確信できた。松姫は心の底から、自分の語った海を見たがっている。

おもわず、動悸が速まった。

「いつか、連れていってたもれ」

「かならずや」

五郎左は、くちびるを引き結んで誓いを立てた。

ほかになにか口にすべきだったのだろうが、それだけで精一杯だった。

月は徐々にその高さを上げていたが、五郎左はほどなく松姫のもとから退いた。見送りに出てきた小糸に「気遣いはいらぬ」と告げ、ひとり、岩場へと足を向けた。

五

ふと、途中、

〝五郎左〟

闇の中から、声が寄せた。

不気味にくぐもった声。まちがいない。高遠の牢で響き寄せてきた声だ。五郎左は、鼻腔を広げた。かすかだが、伽羅が香っている。同じ香りだ。しかし、どれだけ瞳を凝らして辺りを見回しても、相手の姿は見えない。

〝わしを探しても無駄じゃ。五郎左、よくぞ、松姫の信頼を得た。明日の夜、決行せよ〟

「なにをだ」

五郎左は、闇に問いかけた。

〝捕らえるのよ。最前の調子で誘い出せば、松姫は一行より離れよう。藪の中、沢の畔、岩の陰、どこでもよい。誘い出し、攫え。あらがえば、失神させて担ぎ出せ。すでに織田軍は大菩薩峠に向かうておる。数日を経ずして、峠まで到れよう。大菩薩峠まで松姫を連れて戻れ。これは、信忠さまのお指図じゃ。ゆめゆめ、心得ちがいをするでないぞ〟

「なぜじゃ。なぜ、わしにそのような真似をさせる。なぜ、おまえがやらぬ」

〝ほかの者では、松姫の信頼を得られぬ。たったふたりで語らおうとは、せぬ。おぬしは、松姫の信頼を得た。それが理由じゃ。明日は、三頭山に到達する。三頭山は、甲斐国の東の端。三頭山を下れば、武蔵国。われらにとっては幸いじゃ。最後の機会を、得られた。かならず、成し遂げよ。おぬしが失敗するようなら、松姫の寿命は明日かぎりとなろう〟

「なんじゃとっ」

動悸が、早鐘を打つように速まった。

〝われらに下されたお指図は、甲斐国にて松姫を捕らえるか、殺すか。それだけのことじゃ。松姫が武蔵国へ入ってからのことは、想定しておらぬ。おぬしがしくじれば、わしが松姫を殺す。それまでよ。よいな。明日じゃ。決して、しくじるでないぞ〟

声は、失せた。

「待て。待てっ」

しかし、誰も答えない。

闇ばかりが溜まっている。

六

奈良倉山から鶴峠、笹畑ノ峰、神楽入ノ峰、三頭山へと列なる尾根を進みながら、五郎左はひとり悩んでいる。三頭山のすぐ南の尾根続きにムシカリ峠がある。

おそらく今夜はそこに露営することになるだろう。

うまくすれば武蔵国に入り、峠をやや下ったところにある三頭大滝あたりまで往けるかもしれないが、一行の脚はお世辞にも速くない。それどころか、信州高遠からの旅に次ぐ旅によって心身ともに困憊していた。急げという方が無理な話だったろう。

が、五郎左にとっての問題は、旅程などではない。

（闇の声の主は、この一行の内の誰かだ。わしを常に見張り、悪くすれば松姫さまを殺めようとしている。いや、わしが手を下さずば、まちがいなく暗殺を仕掛けるだろう）

しかし、尾根をゆく者たちを見渡してみても、誰ひとり怪しい素振りはない。

誰もが、あと一歩で武蔵国だという期待と緊張に包まれながら、連嶺のか細く際どい道に足を踏み出している。織田家の間者となって武田家に潜入している者がいるようにはおもえない。

五郎左は、眉間に皺を寄せた。

（どうすればよいのだ。姫さまをお救いするには、この一行から連れ出すしかない。だが、そのような真似をすれば、與右衛門どのらはまちがいなくわしを織田方の間者であったとおもうだろう。わしが嘘偽りを申して一行に参加したのだと受

け取るにちがいない）

むろん、おのれがどのようにおもわれようとかまわない。だが、庇い続けてくれた與右衛門の気持ちを踏み躙ることになりかねないのが、辛かった。せめて與右衛門にだけは真実を打ち明けておけばよかったのかもしれないが、悔やんだところで仕方がない。

（いまさら打ち明けたところで信じては下さるまいし）

五郎左は、天を仰いだ。

（いったい、誰なのだ。闇の声は、わしが姫さまのご信頼を得られたというた。ただひとりで姫さまおひとりに拝謁できるようになったともいうた。それはつまり、声の主は、姫さまがみずからお声がけをし、召し寄せるような立場にはないということなのか。中間、小者、足軽。そのあたりの者だということなのか）

いや、と五郎左は首をふった。

（足軽どもでは、姫さまの日常のすべてを観察することはできぬ）

たしかな答えが引き出せないまま、あたりが徐々に黄昏始めた頃、一行はようやく三頭山の頂きに到着した。奈良倉山からさほどの距離があるわけではなかったが、やはり闇の声が予想したとおり、国境を眼の前にして日が暮れてしまった。

（あやつ、なにもかも見越しておる）

七

下弦の月は、早くには出ない。

夜がとっぷりと更け、人も獣もあらかた寝静まってから、ゆっくりと顔を出す。

三頭山から俯瞰される武蔵国の村々の火影が次第に消え、寝ずの番となった数名の足軽がところどころに設えられた篝火のあたりに屯ろする頃合いになってようやく月が顔を出した。

——五郎左どの。

眼が異常なほど冴え冴えとして眠れずにいたとき、三名の足軽がやってきた。

どきりとして顔をあげ、

——なにか。

と質せば、手前にいた大柄な足軽が「ご案内つかまつる」とだけ答えた。

(こいつらが、間者か)

五郎左は、信忠拝領の脇差を手に腰をあげ、足軽どもに従った。

奈良倉山と鶴寝山の間に露営したときと同じく、松姫は峠をやや下った浅い岩穴に身を置いている。そこへ案内するというのだろう。往く手の闇の中に、のしかかってくるような大木の影が沈んでいる。水楢（みずなら）だったが、得体（えたい）の知れない大きな獣が蹲（うずくま）っているようだ。その根方に小さな蠟燭（ろうそく）の穂灯（ほあ）かりがちろちろと蠢（うごめ）いているだけで、闃（げき）として物音は絶えている。おそらく、侍女らもほとんどが疲れ果て、深い眠りに落ちているのだろう。

（しかし、ふしぎだ）

　五郎左は、小鼻をひくつかせた。

（伽羅が、香らぬ）

　闇の中ではわざとらしいほど濃厚に香っていたというのに、なぜか、この足軽どもからは伽羅が感じられない。水楢のすぐ手前に到ったとき、五郎左は、足軽どもが脇差の鯉口（こいぐち）を切るのを察した。殺気がじわじわと立ち込め始めている。

（やる気だ）

　まちがいない、こやつらは織田家の間者だ。

　五郎左は、いきなり立ち止まった。

「どうなされた」

「わしが、信忠さまのお指図どおりにせぬとしたら、どうする」

　いきなり、三名の顔に緊張が走った。ひときわ大柄な足軽が、残りのふたりを差配（さはい）しているのだろう。頬髭（ほおひげ）の濃い太めの者と、鼠（ねずみ）のように小柄な者を左右に従えつつ、咄嗟に飛び退さり、五郎左に向かって脇差を突き出してきた。

「答えが、それか」

「五郎左どの。裏切られるか」

鼠が切っ先を震わせながら、鳴いた。

「たわけたことを申すな。わが家は数代にわたり織田家の禄を食んでおる。いまさら、裏切るも裏切らぬもなかろう。じゃが、すでに武田家は甲斐のあるじではない。領主の座から逐われた家のご息女を、さらなる絶望の淵に突き落とすような真似をするのは、人の道に外れる。わしが信忠さまのお指図に従わぬのは、そのような外道の真似事をお諫めするためじゃ。諫言は、忠義の証ぞ」

「屁理屈を申される」

「忠心を屁理屈というなら、それもかまわぬ。されど、憶えておけ。人道は、忠道の上にある。人の道をまっとうできぬようなお指図は、この中山五郎左衛門、決して受けつけぬ。わしは命を懸けて松姫さまをお守り申し上げる。わしの覚悟をお認めにならず、織田家より勘当なさるというなれば、それも結構」

「それをして裏切りと申すのだ」

「おぬしらに、怨みはない。この場は見逃してくれる故、早々に剣を収めて立ち去れ。そして、信忠さまにお報せせよ。新舘御寮人は、中山五郎左衛門が武蔵国へお退かせ申し上げたと」

「そうはゆかぬ」

大柄な足軽が、眼を見開いて咆える。

「きさまの首と松姫の首とを、両方とも信忠さまに献じてくれるわ」

三名は身構え、裂帛の気合いもろとも切っ先を繰り出した。

こうなれば、応戦せざるを得ない。五郎左は脇差をすばやく抜き放ち、腰を落とした。間合いは、近い。だが、所詮は間者の類いだ。五郎左のように大小の戦さ場で先陣を切ってきた者とは、格が違う。勝負は、一瞬にして決まった。五郎左の小太刀が二十四夜の月影に閃き、最初の太刀先を弾き返すや、髭面の喉笛を貫き、鼠の額を割り、最後に残った大兵者を心臓もろとも袈裟がけに斬り捨てていた。五郎左は鮮血に塗れた脇差を手にしたまま、肩で息をついた。

ところが、その矢先――。

闇を切り裂くような悲鳴が上がった。

――誰か、誰か、来てたもれっ。

侍女筆頭の谷川のものだ。

悲鳴が届いたのか、そこかしこの藪や枝葉を掻き分けて、ばらばらと家来衆が駈けつけてきた。侍女や小者も懐刀を片手に次々に現れ、斃れている足軽どもを眼にするや、また悲鳴を上げた。

同時に、伽羅が香った。

(まさか、侍女の中に……)

五郎左が、そう察したとき、

──夜更けに、なにごとじゃっ。

野太い声が轟き、又右衛門が鞆之進や金丸兄弟とともに駈けつけてきた。かれらもまた、足軽らの亡骸を見て仰天し、五郎左の手に握られている血の滴った脇差を見てさらに驚いた。驚きの声は広がり、息せき切って遅れてきた與右衛門や新兵衛にも届いた。

「五郎左どの。これはいったい、なんとしたことじゃ」

「與右衛門どの」

釈明しようとしたが、

──姫さまのお命を狙うたのです。

谷川の絶叫に、さえぎられた。

「わたくしは一部始終を見ておりました。五郎左、いえ、そこな尾張者が、姫さまより信頼が得られたのを好いことに、闇を伝って姫さまのご寝所へ忍び寄り、それを見咎めたこの者たちが引き止め、問い質し、詰め寄ったのです。ところが、それも束の間、この尾張者は答えるどころか、いきなり抜刀し、目にも留まらぬ勢いで……」

「かような惨劇におよんだというのか」

まなじりを怒らせて、又右衛門が五郎左を睨みつける。

「恐ろしい、恐ろしいことにございます」

谷川はその場にへなへなと尻餅をつき、両掌で顔をおおった。

八

縄目が、皮膚に食い込んでいる。

これだけ、手首を固められてしまっては、たとえ縄抜けの達人であろうとも抜けられないだろう。五郎左は、水楢の大木にきつく縛りつけられたまま、ぼんやりと暗い森を見つめている。

（まさか、かような事態に追い込まれるとは、おもいもよらなんだ。いいや、なにか考えたところで、事ここに到ってしまっては、どうしようもない。事の次第を説いたところで、死を怖れた者の弁明にしか聞こえまい）

五郎左は、全身のちからを抜いた。

（おそらく、わしは首を刎ねられよう。夜明けとともに一同の前へ引き摺り出され、松姫さまのお命を狙うた間者として濡れ衣を着せられ、間髪容れず斬首されるにちがいない）

――なんとかならんのか。

おもわず怒気が口を衝いたとき、鼻腔が疼いた。

伽羅が、香っている。

五郎左は、眼を見開いて顔をあげた。

「谷川か」

闇は、答えない。

「いまさら姿を隠してどうなる。おぬしの香りは、とうにわしの鼻まで届いておる。姿を現せ。そして、なにゆえ、織田方の間者となっているのか、話せ」

「いつまでも威勢のよいことじゃな」

月影の下へ、谷川が現れた。

「織田家を裏切ったおまえに、なにを話せというのじゃ。偽りを申したことか」

「そのようなことは聞かずともよい。わしを間者に仕立て上げれば、すべて済む。そなたは、誰に見咎められることもなく、松姫さまのお命を狙える。わしは、愚かだった。声のぬしは、男子か女子かもわからずにいた。伽羅が香っているのも、わしを戸惑わす手と勝手におもいこんでおった。なんのことはない。そなたは、匂いを消さずにいただけのことだ」

「裏の裏をかいたのよ」

「わしは、訝しくおもうていた。なにゆえ、わしが姫さまを攫わねばならぬのか。姫さまを担ぎ上げることなど、わしでなくとも容易いこととおもうておった。しかし、なるほど、そなたの体軀では、姫さまを担いで山野の踏破はできぬ。訝しくおもうたとき、なぜ、闇の声が侍女のひとりではないのかと疑わなんだか、悔やまれてならぬ」

　歯軋りする五郎左に、谷川は冷え切った嗤いを向けた。

「それだけ、おぬしが女人に甘いということじゃ。されど、五郎左。それだけのことを承知しておるなら、もはや、わらわに問い質すことなど、なにもなかろうが」

「いや、ある」

　五郎左は、谷川を見据えた。

「なにゆえ、主家を裏切った」

「主家？」

　谷川の顔がひきつる。

「武田は、主家にあらず。谷川なる苗字は、夫のもの。わが実家は、武田家に滅ぼされた平賀玄信ゆかりの家。信濃源氏小笠原氏の庶流にして信濃国は佐久郡平賀庄の出じゃ。武田信玄の父信虎と相争い、今より五十年近く前の天文五年、武田家による海ノ口城攻めの際、当時初陣を迎えた武田晴信こと信玄の奇策によって落城の憂き目に遭い、一族郎党もろともに討死して果てた。わが父も、わが母も、無念の涙を呑んで死んだ。わらわは、そのおりの生き残りじゃ」

「平賀玄信だと……？」

五郎左は驚き、双眸を見開いた。

九

「その名は、聞き及んでおる。類い稀な戦さ上手であったと聞く。いや、信玄公はその玄信の武勇を惜しみ、みずから塚を築かれ、魂魄を安んじたとも」

「ぬかせっ」

谷川は、絶叫した。

「攻め滅ぼした張本人の憐れみなど要らぬ。塚を築こうが、菩提を弔おうが、父母は生き返らぬ。一族の幸せは戻って来ぬ。生き残ったわらわの苦渋が、わらわを見舞った辛酸が、信玄ごときにわかってたまろうか。生きるために武田家の将に拾われ、慰み者とされ、まるで犬猫のようにその家来へ譲られた。そうした折々の口惜しさは、誰にもわかるまい」

五郎左は、おもわず眼を伏せた。

「その夫となった家来の苗字が、谷川だったのか……」

「五郎左、わらわの怨みがわからぬか。骨髄まで達した怨みは、霊魂となっても尚、消えぬもの。怨みのため、仇を討つため、わらわは織田に内通した。されど、五郎左、おぬしが裏切りを責められるのか。主家たる織田家を裏切り、松姫に付き従うておるおぬしが」

五郎左は、毅っと顔をあげた。

「われらだけではない。おぬし、武田家がわずかひと月足らずで甲斐国を失陥したはなにゆえか、わかっておるか。木曾義昌が内通したというだけではない。信濃や駿河に置かれていた城という城が、ことごとく門扉を開いて織田や徳川の軍馬を出迎え、みずから道案内を買って出たからじゃ。武田家を滅ぼしたは、誰でもない、家中の者どもじゃ。主家が滅びんとするのをまるで他人事のように眺める連中に、忠義の心などあろうはずもない」

谷川は、激情にかられるまま、口調を荒らげた。

「皆、同じよ。わらわのように、武田など滅んでしまえとおもうておるのだ」

「ちがう」

五郎左は、反駁した。

「それは、ちがう。谷川、そなたも見てきたではないか。高遠以来、松姫さまをお守りして、皆が皆、歯を食いしばって山野を踏み破ってきたではないか。それを忠義といわずして、なんという」

「聞く耳、持たぬっ」

谷川は、夜叉のような形相で懐刀を抜き放った。

「五郎左、ぬしは織田を裏切った。その償いは、してもらわねばならぬ」

「わしを刺し殺すつもりか」

「殺す。信忠卿の命に背き、わが正体も知った今、おぬしを生かしておいて、なんの得があろう。ぬしの咽喉を掻き切った刃で、松姫の首もまた掻き裂いてくれるわ。覚悟せい」

刀身の光に、五郎左はおもわず瞳を閉じた。雁字搦めとなったこの身では、もはや、どうすることもできない。眼を瞑り、覚悟を決めた。ところが、次の瞬間、おもいもよらぬことが起こった。

くぐもった呻き声とともに、人の倒れる物音が立ち上ったのだ。

咄嗟に瞳を開ければ、眼の前に谷川が血糊にまみれて倒れている。

しかも、そのすぐ後ろには、血刀(ちがたな)をひっさげた黒い影。

「又右衛門っ」

月影に照らされた顔に、五郎左は目を瞠(みは)った。

「もう、これで、間者はひとりも残っておるまい」

又右衛門は、五郎左のもとまで歩み寄り、血刀で縄を断ち切った。

「ちょうど、夜が明けるわい」

そういえば、あたりが徐々に明るくなり始めている。東雲(しののめ)の空がゆるやかに赤く染まり出し、彼方(かなた)の山々がその輪郭(りんかく)を現し始めている。五郎左は凝(こ)り固まっていた膝を延ばしながら、立ち上がろうとしたが、うまく立てない。

「ほれ」

又右衛門が手を貸し、かたわらに立たせた。

「一歩、踏み出すだけで、武蔵国ぞ」

一〇

武蔵国へ入るや、松姫一行はおもわぬ出迎えを受けた。

爛漫(らんまん)の春、である。

いた。

松姫も、侍女たちも、いや、主従のすべてが春景色に包まれながら山を下って
九十九折れの坂を辿り、やがて谷間の聚落に到った。皆、疲れ果ててはいたものの、ようやく人家が眼についたことで安堵したのか、硬くなっていた容貌がやや綻んだ。そのせいか、常に與右衛門のかたわらで苦み走った顔をしていた新兵衛まで「小糸。その荷は、いささか大きすぎたのではないか」と柔らかながらも、からかい半分に声をかけた。

たしかに、そうかもしれない。

小糸の行李は、一行の中でいちばん大きい。

「よくぞ、捨てずにまいったな」

「これは、女子にとってはたいせつな物にございまする。殿方にはわかりませぬ」

「なんじゃ、それは」

新兵衛のうしろから、源之丞がさらに声をかけた。

「申せませぬ」

小糸の睨みにびくりと立ち止まった源之丞に、侍女の柴田が「これ」と息子を嗜めた。

「余計な口を叩くものではない」

おもわず、一行中に笑いが爆ぜた。向嶽寺を出てから初めての爆笑だった。

南の笹尾根と北の浅間尾根から、ゆるやかな勾配が谷底へ落ちている。谷底には街道が走っている。聚落の民家はその街道沿いに連なっている。勾配を削り、均したところに屋敷と庭が築かれている。野面積みの石垣で補強されたその家々はどれも大きく、なにやら小さな砦がおちこちに並んでいるように見えなくもない。

――数馬。

という名の小字らしい。

「兜屋敷は、すぐそこに見えておりまする」

清十郎の指し示しに、一同はあらためて里を見渡した。

なるほど、そこかしこに見えている民家は、特徴的な屋根を持っている。まるで鎧武者の兜のような印象を持たせていることだ。そうした中でも、ひときわ眼を引く巨大な石垣と屋根を構えているのが、清十郎の案内した兜屋敷だった。

「それにしても巨大な屋根だな」

「はい、與右衛門さま。この屋根裏は、養蚕をするために三層となっておりまする」

「養蚕……。かいこか？」

「左様」

と、うなずいたのは初鹿野信昌だった。

「もともと、この里に養蚕を伝えたのは、われら、甲斐の国人にござる」

産業の乏しい数馬の里は、武蔵国と甲斐国が交易する際の要地として機能していたが、その中でも蚕と塩は筆頭の産物だった。とはいえ、甲斐国の中でも絹織物の産地はさほど多くなく、大月や上野原あたりで営まれるくらいなもので、それが徐々に国境を越え、檜原まで伝えられたものだという。

——甲斐から養蚕が伝えられ、かような屋敷を構えるようになりましたは、まだつい最近のことにございます。

そう、松姫らに話すのは、兜屋敷のあるじ、中村静馬である。

二百年ほど前に戦乱から逃れて土着した中村数馬なる落人の末裔らしい。民家と同じく川沿いに建立されている九頭龍神社の神主が、その本家筋を受け継いできたのだともいう。そうした背景により、この字は数馬と呼ばれているらしい。

(なるほど)

一行の端で話に耳を傾けていた五郎左は、しきりに感心している。

このような山間の聚落にも語るべき歴史がある。おそらくこののちは、養蚕という新たな歴史が加えられてゆくのだろうが、自分たちは、そうした風土の中に生きてゆく人々と違い、戦乱のみに明け暮れてきた。他者に対して誇れるものがあるのかどうかわからないが、わが身をふりかえれば、織田家の忠臣であったはずが、いまや、何者とも立場の知れぬ身になりつつある。

二

(わしは、この先、どうなってゆくのだろう)

そんなことをおもいながら、五郎左は、ちらりと松姫を眺めた。

松姫は、なにを考えているのか、久方ぶりに濁り酒を味わっている家来衆の安堵した姿を、慈愛深げな表情で、ただ見つめている。ともあれ、ひと息つけたというところだろうか。

五郎左は、脳裏に地図を想い描いた。

ここは、すでに武蔵国。いかに織田家とはいえ、おいそれと国境を侵して北条領まで追いかけては来られまい。あとは、相模国へ入るだけだ。小田原で北条氏政どのに謁し、勝頼夫人のお手紙を差し出せば、旅は終わる。

(そのとき、わしにとってなにか結着がつくのだろうか)

――五郎左どのよ。

気づけば、與右衛門が眼の前に腰を下ろし、酒をすすめてくる。

「御身には、いたく世話になった。なんの恩返しもできぬことが口惜しい」

「なにを他人行儀な」

五郎左は嗤った。

「そういうてくれるのが、なによりの慰め。じゃが、道はまだなかば。いや、実のところ、信昌どのの兄上、加藤景忠どのもいまだ到着なさらぬ。地理をよく知る信景のこと、よもや、まちがいなどはあるまいと存ずるが、いささか案じられる」

おそらく上野原城へも織田勢の先鋒は攻め込んでいるにちがいない。たとえ、加藤信景が上野原まで辿り着いていても、かの城から全軍をひきいて抜け出すのは並大抵の苦労ではないだろう。相当な犠牲を強いられるのは、想像に難くない。

與右衛門の心配は、無理もない。

上野原衆と合流できねば、相模国小田原まで駈け抜けることは、およそ不可能といっていい。織田軍との遭遇こそないものの、北条家もまた織田・徳川に呼応して駿河国へ攻め込み、武田家の版図を蚕食している。

「北条家が武田家との盟約を破っておらねば、なんの杞憂もありませぬのにな」

「そのとおりじゃ。いや、正直、この数馬の地とて不安は拭い去れぬ。すぐ東の檜原城のあるじは平山氏重というて、弟の綱景ともども氏照の股肱じゃ。氏照が織田家との絆を得たいと望んでおる以上、われらにとっては厄介きわまりない兄弟といえよう」

（平山氏重……）

酒が、にわかに苦くなった。

「懸念であればよいのですが……」

しかし、與右衛門の不安は的中した。

一二

翌日、朝風が梢を騒がせ始めたとき、

――姫さま、姫さまっ。

兜屋敷のあるじ中村静馬が泡を食って囲炉裏端へ飛び込んできた。

「軍勢が――」

屋敷を取り囲んでいるという。

上野原衆が到着したのではないのかという又右衛門に、静馬はかぶりを振り、

「旗指物は鷹の羽。まぎれもなく檜原城の平山氏重さまのお手勢にございます」

「なんじゃと」

又右衛門の反応に、家来衆は腰を浮かして色めき立った。おのおのが脇差を手に

二層の大窓から外をうかがえば、なるほど、静馬のいうとおり、鷹の羽の家紋をあしらった旗指物が、石垣の下を走る街道に満ちている。街道だけではない。沢のほとりにも鉄砲足軽どもが盈ちあふれ、屋敷の門から石段をおりたところにある馬場にもやはり指物が春風に揺れている。

五郎左は、はっと気づいた。

（谷川だ。谷川は常に織田方へ使いを遣り、姫さま一行の動きを報せてきた。おそらく、いや、まちがいなく、おのれがしくじったときの手当てとして、北条方へも使いを立てていたにちがいない）

細かなところまでは推察できないが、たぶん、北条氏照に密書を遣わし、

――貴殿が当織田家との末永き紐帯を望まるるなら、大菩薩峠を越え来る一行にご注意なさるがよろしかろう。その一行は、ほぼ疑いなく新舘御寮人と武田家の遺児である故、即刻、捕縛の上、織田方の本陣まで連行いただければ幸甚に御座候。

という旨を告げたに相違ない。

（そのような密書を立てつづけに送られた北条氏照もまた、おのれの企図するところを叶えんものと、虎視眈々、国境に気を配っていたのだろう。谷川は、二重三重の手を打っていたのだ）

五郎左の想像は、まちがっていなかった。

いきなり、ばらばらという跫音が木霊するや、甲高い断きが梢を渡り、一頭の駒が屋敷の門前へ進み出、声高に恫喝してきたのである。

「兜屋敷の家人どもに物申す。その方らが甲斐国との交易により養蚕を伝えんとする心根と功績は実に大である。また、そうした結び付きにより武田家の残党を迎え入れねばならぬ立場にあることも、この平山氏重、重々よく承知しておる。さりながら、わが北条家はこのたび駿河国へ攻め入り、武田家との間に釁端を開いた。武田家はすでに敵である。さすれば、遺臣残党はことごとく蕩尽せねばならぬ。早々に武田家の者どもを引き渡すがよい。この勧告に従わず、あくまでも武田家の面々を匿おうとするならば、領主に対する叛逆と見なし、一族郎党ひとり残さず首を刎ねる。すみやかに、武田家の残党ともども屋敷を出で、投降れ。さもなくば、皆もろともに討ち捨てんっ」

しかし、屋敷内にある者たちは、誰ひとりとして従おうとしない。

それどころか、土間の奥にある納屋へ飛び込み、あれこれ物色するや、古錆びた鑓やら刀やらを持ち出し、外をうかがいつつ身がまえ出した。静馬とその家族や下僕もまた覚悟を決めたものか、土間の上がり框に腰を下ろして事のなりゆきを見守り始めている。

が、そんな静馬に対し、

――あるじ。

「かような事態に立ち到り、まことに相済まぬ」

松姫は、告げた。

「とんでもない」

静馬は震える声で答えた。

「わたくしどもが、みずから望んだことにございますれば」

「いいや」

松姫は、首を振った。

一三

「われらは、昨晩、この里へ押し込んでまいったのじゃ。にわかな出来事に当惑し、かつ狼狽するそなたらに無理強いし、ひと晩の宿とさせ、今朝もまた我が儘をいうて羹を煮させた。しかし、ようやく檜原城から救いの手が訪れた。事の次第は、そういうことじゃ。さすれば、いますぐに屋敷を出でよ。そして氏重どのに対し、わらわが今いうたとおり、申し述べるがよい」

「ひ、姫さま。それでは……」

「聞かぬぞ」

松姫は、凛（りん）としていいはなった。

「早（は）よう、ゆけ」

「姫さま」

「ゆかぬかっ」

松姫の一喝（いっかつ）に、土橋彦右衛門と柴田源之丞が弾（はじ）かれるように動いた。あくまでも留まろうとする静馬や家人を引っ立てて、迷惑を詫びるものか甲州金がずっしりと入った麻袋を手渡し、屋敷の外へ追い出したのである。

静馬らは閉じられた蔀戸（しとみど）をがむしゃらに叩き、松姫の名を呼んだが、松姫はいっさい応じなかった。自宅から放り出された静馬らは、槍衾（やりぶすま）を布（し）いている平山勢に留（とど）められ、後方へと下げられた。

その容子（ようす）を源之丞らに見守らせていた松姫は、

――あとは、われらの身の上じゃ。

と、静かにつぶやいた。

石垣の下からは、ふたたび、氏重の喝声（かっせい）が響いてくる。

「新舘御寮人に申し述べる。ここな数馬の里は、われらが領地。無断で国境を越え、民家へ押し入るは言語道断。家来ともども早々に縛につかれるがよい。申し開きは、そののちとせん。この口上を聞かぬとあらば、もはや止む方なし。ただちに屋敷に火をかけ、御寮人ともども全員、斬って捨てるまでのこと。さあ、出ませいっ」

この勧告に反応したのは、内藤靭之進だった。

丸腰となって屋敷を飛び出し、

――平山氏重どのに申し上げるっ。

谷全体に響き渡るような大声で喚ばわった。

「われらは、たしかに新舘御寮人に付き従い、甲斐国より落ち延びたる者どもにござる。されど、われらは、北条氏政さまの御妹君にして、かつ、氏直さまの御叔母君にあらせられる武田勝頼夫人によって認められし書状を携えており申す。北条家に庇護を求めんとする書状にござる。乞う、お味方を退かれ、小田原への道を開けられたし」

「方便は聞かぬ。いや、そもそも、この氏重は、北条氏照さまのお指図にて罷り越したるもの。氏政公は北条家の棟梁なれど、武蔵国はあくまでも氏照さまの領国。相模国ならば、いざ知らず。ここ檜原にあっては、まず氏照さまのお指図が優先される。さらにまた、余分な斟酌もいっさいせぬ。それがしは投降れと申し述べた。それだけのことじゃ」

氏重は、頑として受け入れる容子はない。

だからといって、鞆之進もまた引き下がるわけにはいかない。

「聞かれよっ。新館御寮人と共におわすは、北条氏康公の血脈を引かれた外孫貞姫さまにあらせられる。氏照さまは紛れもなき伯父御にあたられる。かような姫御前に対しても、貴殿らは弓を引かれると申されるか。それが、人の道かっ」

「問答無用っ」

答えるが早いか、ひょうっと一矢が放たれ、石垣の突端に立つ鞆之進の首を貫いた。

鞆之進は、悲鳴すら上げられずに、その場に斃れた。

「ああっ、鞆之進っ」

松姫は絶叫し、おもわず屋敷から飛び出そうとした。

が、それを與右衛門と新兵衛が左右から押し留める。

「離せっ。離しやれっ。鞆之進がっ。鞆之進がっ」

三人が揉み合う中、だっと飛び出したのは、跡部勝資と金丸定光だった。ふたりは鞆之進のもとまで駈け寄り、大声で呼びかけ揺さぶったが、すでに事切れている身から答えが戻ってくるはずもない。ふたりはおのおのが鞆之進の足を取り、砂塵を上げながら屋敷まで引き摺り込もうとした。が、そこへ、氏重はいっせいに鏑矢を射込ませた。

一四

豪雨のような矢唸りと共に数百本の鏑矢が襲ってきた。

勝資は胸を、定光は首を貫かれ、ぐっという悲鳴もろとも膝をついた。

「兄上っ」

金丸正直が悲鳴を上げ、足軽どもをひきつれて屋敷を突出、石垣の端に陣取り、矢で応酬した。しかし、多勢に無勢。すぐさま足軽どもは針鼠のように射込まれ、つぎつぎに斃されてゆく。

「戻れっ。正直、戻れっ」

又右衛門の呼び声に、正直ははっと我に返って屋敷へ戻るや、兄定光のもとへ駈け寄り、掻き抱いて揺さぶった。だが、すでに定光は虫の息で、口を開いてはいるものの、なにを告げようとしているのかもわからない。

「兄上っ。兄上っ」

正直が慟哭する中、定光は、勝資と肩を並べて死んだ。

屋内から、あいついで絶叫が上がる。しかし、そうした中も、氏重勢の矢は容赦(ようしゃ)なく見舞われ続ける。前庭ばかりか、藁葺(わらぶき)屋根にまで襲いかかった。

「火矢(ひや)だっ」

初鹿野信昌(はじかののぶまさ)が叫んだとおり、百本を超える火矢が屋根に突き刺さり、たちまち藁に火がついた。炎が大屋根のそこかしこでめらめらと立ち始める。ばちばちという轟音(ごうおん)が屋根裏に響いた。建物が三層建てと巨大な分、なかなか炎は下りては来ないが、煙はちがう。あれよと見る間に屋根裏から階下へと下り、室内に充満(じゅうまん)し出した。

「姫さま。もはや、ここにはおられませぬ」

「しかし、與右衛門。どうしろと」

「かくなる上は――」

信昌が叫び、刀を抜き放った。

そして「正直、忠房、命、預かる」と呼び掛け、松姫にむきなおった。

「われら、門前にて平山勢を迎え撃ちますれば、その隙(すき)に裏の山をお登りあれ。裏の笹尾根へ出て東へ向かえば、臼杵山(うすきやま)の頂きに出られましょう。臼杵山からは、さらに尾根を伝われよ。さすれば、北条氏照の本領たる滝山領。その端は、高尾山(たかおさん)より流れ出(い)ずる浅川(あさかわ)にございます。浅川をひと跨(また)ぎすれば、そこは相模国。お子たちと共に、小田原へ急がれませ」

「できぬ。そのようなことはできぬ」

しかし、松姫の言葉は天を衝くような掛け声に掻き消された。

小沢伝八、河野藤蔵、石坂幸吉などの鑓持が、納屋から鑓を持ち出して諸声を上げたのである。五郎左や又右衛門の姿も、そこにあった。やはり納屋に仕舞いこまれていた古めかしい鑓や太刀を手に、蔀戸を開いている。

「姫さま、信昌どのの言をお聞き入れあれっ」

又右衛門は不敵に嗤うや、

「然らば、御免っ」

先頭切って飛び出した。

すでに藁葺屋根は巨大な松明と化して燃え上がろうとしている。

梁は落ち、天板は捲れ、松姫のまわりにも次々に塊となった火の粉が落ちてくる。

「姫さまっ。急がれませっ」

與右衛門と新兵衛が叫び、侍女どもと裏手の杉戸を蹴り破り、外気を入れた。炎がさあっと風に流され、裏庭への道が開かれる。松姫は、傅役たちの掻き抱いた幼な子らと共に、屋敷から飛び出した。

途端に、嵐のような銃声が谷中に響き渡った。

「なんじゃっ」

五郎左と又右衛門は、燃え盛る屋敷を背に顔を見合わせた。

一五

面食らったのは、五郎左たちだけではない。

屋敷の表と裏から飛び出した一同すべてが、身を硬くして当惑した。

いや、松姫一行よりもさらに狼狽えた者たちがいる。平山氏重ひきいる手勢だった。かれらはいまにも兜屋敷の門を叩き壊さんと殺到していたのだが、その矢先、大恐慌を引き起こしていた。暴風雨のような銃撃は、明らかに平山勢へ向けて放たれたものだったからだ。

——すわっ。

とばかりに平山勢は悲鳴を上げた。

（いったい、なにが、起こったのだ）

五郎左と又右衛門は流れ弾に注意しながら石垣に拠り、街道を見下ろした。すると、百騎をはるかに超える騎馬勢が街道を驀進し、平山勢の横っ腹に吶喊し、散々に翻弄(ほんろう)し、駆逐(くちく)し始めているのが見えた。

（これは、いったい……）

騎馬の背には、旗指物が翻(ひるがえ)っている。

そこに染め抜かれているのは、上(あが)り藤(ふじ)に三(み)つ目(め)結(ゆい)の家紋。

「兄者(あにじゃ)っ」

五郎左のかたわらで、初鹿野信昌が叫んだ。

「おう、信昌」

騎馬を指揮している白髪混じりの大将が、石垣を見上げる。

「しかし、挨拶(あいさつ)は後じゃ。ものども、まずは敵を追い散らせっ」

諸声が上がり、加藤景忠(かとうかげただ)ひきいる騎馬勢は、さらに勢いづいた。

火縄銃を抱えた足軽勢も、息せき切って駈けてきたにもかかわらず、その照準(しょうじゅん)の見事さは驚くほどで、兜屋敷に殺到してきた平山勢を次々に射ち倒してゆく。氏重ひきいる雑兵(ぞうひょう)どもは横合いから襲いかかってきた連中が、何処(いずこ)の誰とも見当がつかぬまま散々に討たれ、叩かれた。

「今ぞっ」

喝声を飛ばしたのは、又右衛門。

「姫さま、今じゃ、今じゃっ」

屋敷の裏手へ回っていた松姫らを呼び止め、正面へ引き戻すや、先陣切って鑓をふりかざし、石段を駈け下りた。

「門を開けっ」

足軽に命じ、なかば突き崩されていた門扉を開けさせるや、があっと咆えて飛び出した。

「続けや、五郎左っ」

どうやら又右衛門にとって五郎左は、もはや得体の知れない他国者ではなく、誰よりも恃みとする朋輩となっているらしい。五郎左もその期待に応え、錆びついた古鑓を旋回させながら躍り出た。五郎左だけではない。松姫を守って山河を越えてきた者どもも、次々に門前へ跳ね出るや、平山勢を追い払い始めている。

平山勢は、ひるんだ。

「姫さま」

父景忠に続いた信景が頰を紅潮させて叫ぶ。

「遅参、申し訳ありませぬ」

「信景」

石垣の上から松姫が答える。

「信じておったぞ」

しかし、今もって、言葉を交わしていられるような閑はない。

「姫さま、姫さまっ」

景忠が声を嗄らす。

「敵が退いてございまする。この隙に、急ぎ、駒へ。われらが背へお乗りあれ」

叫びながら松姫らをうながし、石段を駈け下りるや、侍女や小者らと共に門をくぐった。

上野原衆と平山勢との乱戦は、徐々に門前から離れつつある。馳せ参じてきた駒の背に打ち乗れるのは、今をおいてほかにない。松姫らは無我夢中で駒に縋りつき、馬上の武者の差し出す手を取った。

松姫の手を握ったのは、景忠だ。

景忠は、渾身のちからをふりしぼって松姫を掬い上げた。ひらっと松姫の身体が宙に浮かび、次の瞬間には景忠のうしろに飛び乗っていた。侍女らもそれに従う。

信景が小糸に手を差し出し、信景とともに上野原へ急いだ萩原彦次郎が信基を、中村勘六が督姫を、原勝八が貞姫を、おのおの気合いを入れて抱き上げる。

しかし、香具姫を抱き上げようとした騎馬武者の胸を平山方の放った一矢が貫いた。武者は、どおっと砂塵を立てて転落した。

すぐ近くで戦っていた五郎左が、血相を変えて駈け出した。放れ駒の手綱を握るや、ひょうと鞍に飛び乗り、平間助左衛門が抱きかかえていた香具姫の手を引き上げ、ふところに据える。眼にも留まらぬ早業だ。

「急げ、急げ。皆の衆、急げや」

騎馬の背に打ち跨った與右衛門が声をあげる。

門前に飛び出た一行は、舞い上がる砂塵の中、次々に騎馬の背へ引き上げられた。一行は中間や小者まで含めれば、ほぼ百名。その半数が馬上に到ったと見るや、景忠は白髯を逆立てて鯨鞭をふりあげた。

「駈けよ」

松姫を救い出した今、長居は禁物だった。

強襲によって一旦は敵の胆を冷やしたものの、数において上野原衆と平山勢はほぼ互角。ここへ檜原城から後詰めの兵が繰り出されれば、明らかに上野原衆は劣勢となる。すこしでも早く、この地を離れなければならない。

それが、上野原衆と松姫一行にとってただひとつの生きる道だ。

一六

「東をめざすのだ」

檜原街道は、この数馬の地では、西の三頭沢から流れ出た南秋川に沿って走っている。景忠は、蛇ののたうつような谷間の道を東へ向かって駈け出した。疾風の勢いで駈けてゆく駒の群れに、鉄砲を抱えた雑兵どもも必死で続き、松姫に付き従ってきた足軽どももまた死にものぐるいになって続いた。平山勢は鉄砲に撃ち白まされ、騎馬の刀槍に翻弄されたため、態勢が乱れに乱れている。

今なら、修羅場を抜け出せる。

「命のかぎり、駈けよ」

景忠の剛喝に、上野原衆は松姫一行を乗せて、ひたすら駈けた。

春の森が、凄まじい勢いで後方へ流れてゆく。

いまだ新緑には間があり、木の芽が吹き出したばかりで赤みを帯びている分、過ぎ去ってゆく彩りはいくぶん赤みがかっている。その赤が、真っ青な川面に映り、奔り続ける騎馬の姿もまた映してゆく。

「駈けよ、駈けよ」

松姫は、景忠の背中にしがみつき、その掛け声を聴いている。

「遅れるな」

おうとも、と大声で返す上野原衆は、七騎の筆頭こそおのおのの家紋をあしらった四半旗を背に翻しているが、つきしたがう騎馬武者たちは、武田菱をあしらった指物を背に挿している。それらがばさばさと音を立て、馬蹄の響きと相俟って、怒濤のような轟音を奏でた。

この集団にやや遅れながら駈けているのは鉄砲を抱えた足軽どもだったが、かれらの健脚ぶりは恐ろしいほどで、上野原から檜原まで駈け抜けてきたにもかかわらず、いっこうに疲れたような気配はない。寡黙に、ひたすら、先頭をゆく景忠に従っている。

ところが、景忠が、いきなり手綱を引いた。

蛇行を繰り返している南秋川は、途中で大きく左へ折れる。なぜなら往く手の正面に山塊があるためで、川に沿っている檜原街道もまた大きく曲がってゆく。曲がった先に見えてくるのが月夜見沢を発した北秋川との合流地点で、ふたすじの川はひとすじの秋川となって東方の秋川渓谷を経て秋留野へと下ってゆく。

景忠が駒の勢いを落としたのは、その川と街道が折れ曲がる手前だった。

「如何した」

松姫の問うのとほぼ同時に、景忠は駒を止めた。

「この先、川の合流地点は檜原城の真下にございます」

すでに檜原城からは、後詰めの平山勢が出陣しているはずだ。一行が街道を急げば、当然、新たな手勢と鉢合わせすることになるだろうし、数馬の里から氏重ひきいる本軍が追いかけてくれれば、挟み撃ちになってしまう。それは、なんとしても避けなければならない。

(しかし、どうするつもりなのだ)

香具姫を後ろに乗せながら、五郎左はおもった。

與右衛門も、同じだったのだろう。

「景忠どの。どうなさる」

「手段は、ひとつしかござらぬわ」

唇をひきむすび、眼の前の山塊を睨みつけた。

「臼杵山……」

與右衛門が、戸惑いの色を浮かべた。

「まさか、この山に……」

「左様。登るのじゃ」

臼杵山は奥多摩から秩父まで連なる連嶺の一峯だが、頂きへ到るまでの傾斜ははなはだ険しく、人馬が擦れ違うこともできぬような細く曲がりくねった杣道があるだけだ。

しかし、そこを上ってゆくよりほかに生きる手立てはない。

松姫らは南秋川に架けられた吊り橋を渡り、山の麓へ急いだ。

――登れ、登れっ。

松姫を鞍に乗せた景忠は、みずから駒の轡を取って坂道に立ち、後続を促している。

が、あまりにも傾斜がきつい。駒の中には蹄を立てることすらおぼつかないものまで出る始末だ。駒だけではない。雑兵も侍女もあらかたの者がほとんど這い蹲るように、斜面を攀じ登ってゆく。わずかの高さを登るだけでも、息が切れるほどの急勾配だ。

（騎乗のままでは、無理だ）

五郎左は香具姫を鞍に残して景忠のように徒立ちとなり、轡を取った。

ただし、全員が山肌に取りつくべく、橋を渡ったわけではない。

吊り橋のたもとで、いきなり、新兵衛が声をあげたのだ。

「與右衛門どの。足軽を預かりたいが、よろしいか」

向嶽寺からこの南秋川まで到ることのできた者は、百名あまり。にわかに奮起した新兵衛はその半数を預かり、街道に居並べた。それぞれの手には、数馬の中村分家の納屋から持ち出してきた古鑓が握られている。新兵衛は呼吸を整えつつ、来し方を見据えた。すると、上野原衆に蹴散らされた平山勢が勢いを盛り返して追いつのって来るのが見えた。

「時がない。このままでは、背後を突かれよう。お急ぎあれっ」

新兵衛は、頂きへの道を急ぐ松姫の駒を振り仰ぎ、叫んだ。

「ふりかえるな。ふりかえらず、ひたすら、登れ。登れっ」

新兵衛の渾身の叫びに、一行はつぎつぎに坂に挑んだ。

「それでよい。登れ。そして姫さまをお守りするのだ」

そして、坂の手前に居残っている者どもに告げた。

「老い耄れども。いまこそ、出番ぞっ」

すなわち、傅役である。

一七

——おうとも。

白髪まじりの傅役たちは、おのおのに任されていた幼な子を土橋彦右衛門と柴田源之丞といった若い衆に託し、最後の奉公をするべく生唾を呑み込んだ。実際、老いた身では急坂を攀じ登るのはひと苦労だが、追走してくる敵の障壁となるくらいなら、まだまだ充分に役に立てる。いまこそ武田家の厚恩に酬いるときだと、老い耄れどもは覚悟を決めた。

傅役と幼な子らの訣れは手を握ることすらままならず、涙を拭う閑すらないような、ほんのひとときの間でしかなかった。だが、幼な子らにも傅役の覚悟だけは充分すぎるほどに察せられたのだろう、四人が四人とも駄々も捏ねず、ただひとりの男子である信基などは、父盛信の優しさがそのまま憑依ったかのように、慈愛深げな微笑みすら浮かべて、傅役と別れた。

「さあ、新兵衛どの」

馬場新左衛門が、貧相な鑓を片手に起ち上がった。

「爺いどもの支度は、万端整うてござるぞ」

一八

「よかろう」

新兵衛は足軽らに命じて、古木に火をつけさせた。

森の群落から離れて川のほとりで立ち枯れている山毛欅や杉だった。すでに谷間の一帯は日も陰り、薄闇に包まれつつある。そうした蒼い景色の中で、数本の古木は川面に赤い光を反射させて勢いよく燃えはじめた。燃え尽きれば、そのまま狭く傾斜のきつい川原へ倒れ込んでゆくだろう。

「篝火がわりじゃい」

新兵衛は小沢伝八をかたわらに据え、南秋川の瀬音を聴き、臼杵山を背にしながら、橋の西のたもとに仁王立った。右手、南秋川と北秋川の合流する北方からは、小さいながらも鬨の声が響き始めている。檜原城から繰り出してきた後詰めであろう。

「おぬしら、なにをぐずぐずしておるか」

新兵衛が、坂下に群れている者どもに一喝した。

「景忠さまがとうに姫さまをお連れして山を登っておるというに、かような愁嘆場を見物してなにになる。又右衛門、早よう、小者や足軽をまとめよ。彦右衛門、源之丞、お子らを背負って坂を登らぬか。ほかの者らも同様じゃ。急げ」

又右衛門らは、新兵衛の覚悟にしかと頷き、松姫の後を追って坂道に挑んだ。

「さあ、上野原衆とて同じぞ。急がれよ」

「いや」

上野原七騎は、首をふった。

「檜原城よりの後詰め、われらがお引き受けいたす」

すでにあるじの景忠は直率する五十騎あまりに松姫や侍女らを乗せて山の頂きをめざしている。ならば、自分たちは、景忠の背後を脅かさんとする敵を防ぐのが役割であろう。鉄砲勢はこの坂の中途に布陣させ、騎馬勢の後備えとする。自分たち騎馬勢が突き崩され、敵勢が橋のたもとまで押し寄せれば、即座に火を噴かせ、鉛玉を食らわせてくれよう。

「いざ、七騎の踏ん張りどころぞ」

馬蹄が高鳴り、三十数頭の騎馬がいっせいに駆け出した。

「待て」

新兵衛は大声で呼び止めたが、もはや聞く耳は持たなかった。七騎ひきいる騎馬隊は南秋川を右手に捉えつつ、疾走してゆく。うねり続ける道の彼方に、檜原方の雑兵どもが鷹の羽の家紋を押し立てながら前進してくるのが見える。

「承知」

新兵衛は、叫んだ。

駈けてゆく七騎に対して叫んだものか、それともおのれに対して叫んだものか、新兵衛自身、よくわからなかったろう。新兵衛は、七騎の背中から視線をめぐらせて山坂の中途に身構える鉄砲勢をふりかえった。

「よい眺めじゃ」

残された駒をひきよせ、それに打ち跨りざま、こう告げた。

「上野原衆の覚悟、この窪田新兵衛がしかと承った。われらは、迫り来る平山氏重勢に対して吶喊する。どれだけ敵を防ぎ続けられるかは知らぬ。されど、その先、残敵がわれらの屍を乗り越えて来るような事あらば、その方らの鉄砲にて敵の追撃を防ぎ候え」

いい置くや、新兵衛は古鐙を手挟み、馬腹を蹴る。

駒は雄々しく応え、臼杵山の桙から駈け出していった。

そうした一連の光景を、五郎左は坂の途中から見下ろしていたが、おのれの立場上、どのような声も掛けられなかった。新兵衛は、傅役たちと共に死ぬであろう。もっとも、添え役となった小沢伝八だけは、殉ずるわけにはいかない。新兵衛らの戦いぶりを見届け、また、上野原七騎の吶喊ぶりも確かめた後、松姫の後を追い、かれらのありさまを詳しく報告しなければならない。いつの時代のどのような戦いにあっても、誰かが生き残り、その悲惨きわまる様相をあるじに報せねばならない。それが家に仕える者の使命だからだ。

(だが、伝八はわれらと巡り会えるのだろうか)

第八章　香車、断ず

一

鼓膜を聾するような凄まじい音色が奥多摩の嶺々に響き渡ったのは、やや後のこと。

その轟音は、臼杵山の頂きにさしかかっていた松姫の耳朶にも、痛烈に届いていた。

あの筒音はなにかと、問うまでもない。足下の渓谷でなにが起こっているのか、およそ察しはついていた。新兵衛と與右衛門のやりとりが聞こえていたような気もする。上野原衆の立てたものか、激越な馬蹄の響きも届いていたような気もする。

松姫は、胸が押し潰されそうだった。

そのとき、

――頂きにございまする。

景忠が、告げた。

「姫さま。そこが、臼杵山の頂きにございます」

景忠は先に駒を下り、松姫に手を差し出した。

松姫は地に足を着けるや、ふらつく脚にちからを籠め、眼の前にある頂きを見つめた。一騎また一騎と松姫らを追って到着してくるのが、その蹄の音と歓喜の叫びから察せられ、おもむろにふりかえった。

彦右衛門や源之丞が轡を取った騎馬の背に、信基らの姿も見える。小さな影が四つ、駒に揺られながら灌木の茂みに囲まれた細道を抜け出してくる。

「おお、信基どの。督姫どのも、ご無事か」

松姫は足早に駈け寄るや、幼な子らを抱きかかえ、砂礫の上へと下ろした。

貞姫も香具姫も傷ひとつなく到着してきた。松姫は目尻を熱くさせ、子らをひしと抱きしめた。

だが、どうしたことか、常に共にあるはずの傅役の姿が見えない。

そのかわりに、子らのかたわらには用人たちが寄り添うように従っている。

「彦右衛門……。どうして、そなたが信基どのをお守りしておるのじゃ。新左衛門は如何した。……常之助は、いずれにある。伝八は、どこじゃ」

松姫はよろよろと歩みながら、あたりを見渡した。

「半兵衛……。助左衛門……。なぜ、おらぬ。傅役どもは、いずこじゃ」

答えるものは、誰もいない。皆一様に眼を伏せ、くちびるを噛み締めているばかりだ。

「なにゆえ、答えぬ。傅役どもは、どうなったのじゃ」

五郎左は、ちらりと山の裃へ眼をやった。

松姫は先頭に立って山頂をめざしたため、傅役たちが新兵衛と共に居残った詳細を知らない。新兵衛が與右衛門から足軽たちを預かったことまでは察していたが、あとは頂きへ顔を向け、乱戦の叫喚を口惜しさに包まれながら聞いていただけだった。

松姫は、與右衛門に問うた。

「まさか、傅役らも、新兵衛と共に平山勢を迎え撃ったというのか」

與右衛門は答えに窮したまま、顔を伏せた。

「たわけっ」

松姫は、一喝した。

二

「年寄りどもを置き去りにしたのか。子らの面倒を見ねばならぬ傅役を、犠牲にしたのか。満足な得物とてない者どもを、川のほとりに捨て置いたのか」

「姫さまや……お子らの……お命をお守り申し上げるがためにございまする」

「たわけっ」

ふたたび、松姫は怒鳴りつけた。

「なにゆえ、そこまでせねばならぬっ」

松姫は駒の手綱を取り、打ち跨ろうとした。

「ああ、姫さま。なにをなされます」

「戻る」

松姫はまなじりを決した。

「新左衛門らを連れに戻る」

「なにを申されます」

「あたり前じゃ。わが家臣ぞ。この子らの傅役ぞ。連れ戻す。わらわが連れ戻す」

「無茶にございまする」

「なにが、無茶じゃっ」

松姫は、眼を剝いた。

「傅役には傅役の、足軽には足軽の務めがあろう。若い者らが生きるために、なにゆえ、年老いた者を捨て石とする。武田家は、血も涙も失うたか」

「そうではございませぬ」

與右衛門は松姫から手綱を取り上げ、声を荒らげた。

「新兵衛は、咄嗟にすべてを判断したのです。老いた者はこの山を登りきれませぬ。また、梺に誰か残らねば、われらは揃うて討死するよりほかにありませぬ。なれば、年寄りが楯となり、姫さまがたをお守り申し上げるべきと、判断したのでございます。新兵衛と傅役どもの忠義、お褒めくだされませ」

「なにが忠義じゃっ」

松姫は、涙と声をふりしぼった。

「命に、なんの変わりがあろうぞっ」

一同は、声を失って松姫を凝視した。

「皆、死んでゆく。兄竜芳だけではない。長閑斎も、鞆之進も、勝資も、定光も、死んだ。そして今また、新兵衛が、新左衛門が、常之助が、半兵衛が、助左衛門が、そして伝八が、死のうとしておる。わらわを、わらわなどを守るために、足軽らも皆、死のうとしておる。なぜ、命を惜しまぬ。……わらわが、間違うていた。兄上が、間違うていた。武田家は、すでに滅んだのじゃ。それをいまさら、わらわばかりが生き延びてどうなる。わらわが織田家に身柄を差し出せば済むというに、それをせぬばかりに、あたら惜しい命をつぎつぎに失うた。家来どもの命を奪う羽目となった。わらわが、わらわがこの世にあるために、忠義を強いた。わらわが、重代の家来を、足軽たちを殺したのじゃっ」

「姫さま、それはちがいまする」

「ちがわぬっ」

松姫は、激しくこうべをふった。

「今からでも遅くはない。山を下る」

「下って、なんとなされます」

「平山氏重のもとへ投降する。檜原城へ、この首を差し出す。さすれば、そなたらの命を救えよう。わらわにできることは、それしかない。わらわの身柄を差し出せば、それで済むのじゃ」

松姫は慟哭しながら膝を屈し、地に諸手をついた。

誰もが、そのあまりの哀れさに眼のやり場を失い、おもわず顔を伏せた。

生まれて初めてまのあたりにする松姫の愁嘆だった。松姫は、これまで、常に美しく穏やかで、生気に満ち、光に包まれていた。野良着をまとっても、泥だらけになっても、武田信玄の娘として凛然と背筋を伸ばしていた。それが、気品も格式もなにもかもかなぐり捨てて、ただ、名もなき娘のごとく無惨に泣き崩れている。

五郎左は、泣き震える小さな肩を見つめた。

（あのように華奢な御身で、なにもかもを背負うてまいられたのだ。裸足で野に立たれたこともなき御身で、剣戟の只中に従者を鼓舞され、ひたすら奔り続けて来られたのだ。それが、次々に家来衆が討死してゆくのをまのあたりにされれば、涙を流されぬ方がおかしかろう）

そうおもったとき、五郎左は衝動に駆られた。

脇目も振らずに駆け寄り、ちからのかぎりに肩を抱いてやりたい。

そんなおもいが込み上げた。むろん、できようはずもない。譜代の家臣らが貰い泣きし、どうする術もなく立ち尽くしている今、五郎左のごとき異邦者が立ち入るような真似は許されない。

三

「姫さま」

影がひとつ、進み出た。

香車伝右衛門（きょうしゃでんえもん）こと初鹿野信昌（はじかののぶまさ）だった。

「数歩、お進みあれ。そして、山の頂きに立たれて、東の方（かた）をご覧あれ。視界すべてが武蔵国（むさしのくに）にございまする。この先、この臼杵山より高き山は、海に到（いた）るまでございませぬ。広々とした丘や野が続いておるばかりにございまする。また、振り返られれば、峨々（がが）たる山並みがご覧いただけましょう。われらは、その山々を越えてまいったのです。討死した者も、こうして生きております者も、皆が心をひとつにして、姫さまやお子らを守ってまいりましたのです。その忠義をひとときのお悲しみによって無になされてはなりませぬ。お心の昂（たかぶ）りによって、武田の血を絶えさせるようなお言葉を宣（のたま）われてはなりませぬ。われらは、武田家あってのわれら、姫さまあってのわれらにございます故（ゆえ）」

「……なぜじゃ」

松姫は、涙に濡（ぬ）れた顔をあげた。

「なにゆえ、そこまでして、わらわなどを……」

「われらの宝物にございますれば」

信昌は、いいきった。

「人には、それぞれに宝物がございまする。親には子が、若者には許嫁（いいなずけ）が、人によって差異はあれども、かならず宝物はございまする。武田家も、松姫さまも、われらにとっては大切な大切な宝物にございます」

「……わらわは、宝などではない」

「姫さまは、祇園御霊会なる都の祭礼をお聞きおよびでございましょうや。京は祇園感神院の祭礼にございます。神輿が出、露払いに山鉾という見上げるほどに大きな御車が繰り出され、練り歩きまする。その絢爛豪華さは、現世の極楽。されど、それが極楽たりえるは、町衆が丹精込めて作り、かつ伝え続けた神輿や山鉾が、未来永劫、大切に守られてゆかんとする故にございまする。御霊会だけではございませぬ。この国の津々浦々、村には村の、町には町の祭礼があり、神輿があり、山車がありまする。それらは皆、古えより大切に受け継がれた宝物にございます。村人も町衆も、もし、その山車に火がつき、あるいは鉄砲水に呑まれるような事態に到れば、身を挺しても守ろうとするでしょう。宝物とは、そうした物にございまする。おのが命を賭しても守り抜かんとするものにございまする。自分たちが死しても尚、子々孫々に受け継がれてゆく物をして、宝と呼ぶのです。ましてや、姫さまは生きておわします。新羅三郎義光公より二十代、連綿と血脈を伝えてこられた甲斐武田家のご裔孫におわされます。われらごときが、どれだけ踏ん張ったところで、二十代という血脈は得られませぬ。累代にわたって伝えられしお血筋は、尊きものにございまする。われらはその血脈をさらに残し伝えてゆかんとする栄誉を与えられておりまする。その栄誉に浸れるならば、この命のひとつやふたつ、なにほどのことがございましょう。尊きお血筋を守り伝えてゆくこと。主家を守り立て、さらなる隆盛を促すこと。それこそが、忠義の道にございまする。さすれば、姫さまもまた、その忠義にお応えいただかねばなりませぬ。武田家の血脈を伝え残してゆくために、どのようなお悲しみに遭われようとも、生きてゆかれねばなりませぬ。そのためには、われらにお命じ下されねばなりませぬ。わがために戦え、わがために死ねと。そう、お命じいただけるのが、家来としての冥利というものにございますれば」

「……できぬ」

松姫は、ぶるぶると首をふった。

「もう、できぬ。そのような我が儘は、わらわは口にできぬ」

「姫さま。それこそが、我が儘にございまするぞ」

信昌は、髪の毛を逆立てて一喝した。

四

「後の世は知らず、異国も知らず、この時代のこの国にあらば、主家のために生き、主家のために逝くことこそが、栄えある生き方にございます。武田家の御為、姫さまの御為、死をも顧みずに戦うた者どもを労うていただければ、それでよいのです」

松姫は小刻みに首をふり、躓きそうになりながらも、おもむろに歩き出した。

臼杵山の絶顛がまぢかに迫る。野良着の袖や断ち切った髪に峯風が吹き寄せる。松姫は短く切られた前髪を掻き上げつつ、頂きに立った。東に、広々とした大地が見える。

「武蔵国……」

甲斐の向嶽寺を出て以来、ひたすらめざしてきた緑野が、そこにある。

松姫は、ゆっくりと来し方をふりかえった。

ところが、その瞬間。

「與右衛門……っ」

眼を見開き、身体を痙攣させながら、おのが傅役の名を呼んだ。

そして、小刻みに震え続ける指先で、西の空を指した。

「あれは、なんじゃ……っ」

松姫の呟きに一同がふりかえれば、

——狼煙がっ。

一条、ゆらゆらと立ち昇っているのが見えた。

真紅の狼煙だった。南秋川の向こう側にある檜原城から上げられているようだ。與右衛門が「なんの報せじゃ」と周囲の者に質したが、北条方の狼煙の意味など知る者はいない。しかし、松姫らが国境を突破したことを報せるものであることは、想像に難くない。

與右衛門が、舌打ちした。

松姫らが武田領から北条領へ入ってきたことは、ほぼまちがいなく、滝山城の北条氏照のもとへも報せられているはずで、平山氏重にしてみれば、松姫を捕らえられなかったことを愧じ入りつつも、緊急の報せを行なわねばならぬはずだ。狼煙は、その報せよりほかに考えられない。

「どうなさる。與右衛門どの」

又右衛門が問うた正にそのとき、家来どもがさらに驚きの声をあげた。

「東の方にも狼煙が上がってございますっ」

それは、悲鳴に近かった。

五郎左が家来どもの見上げる空に視線を馳せれば、たしかに上がっている。氏重の上げた赤い狼煙に呼応するごとく、真っ青な狼煙がもくもくと上がっている。しかも、それは一条だけではなかった。茜(あかね)ざしつつある空に、幾条もの狼煙が立ち昇っている。

さらに、それぞれの狼煙の下から、大地をどよもすような音色もまた轟き始めている。あきらかに、松姫たちに対する包囲戦の開始を告げる攻(せ)め太鼓(だいこ)だった。

それだけではない。

臼杵山の梺からも、凄まじい射撃音が木霊(こだま)してきた。

松姫は悲鳴をあげ、咄嗟(とっさ)に耳を塞(ふさ)いだ。

「あれは、新兵衛か。それとも、上野原衆か。鉄砲勢の最後の火蓋(ひぶた)を切る音か」

答える者は、ない。

誰もが、松姫のいうとおりであるのは知っていた。

臼杵山の梺で、新兵衛らも上野原衆も共に潰(つい)え、その屍(しかばね)を乗り越えて迫り来(きた)る檜原城の後詰(ごづ)めに対して、山の中腹(ちゅうふく)に陣取った鉄砲勢が、最後の銃撃をおこなったのだと、誰もが承知していた。鉄砲方は、その銃弾が尽きるや、刀槍を取って身構え、坂を登ってくる平山勢を迎え撃ち、死にものぐるいの戦いに突入するであろう。

「姫さま」

與右衛門が、涙をぬぐった。

「新兵衛の志を無にしてはなりませぬ。生きるのです」

松姫は、涙目のまま、與右衛門をにらんだ。與右衛門もまた、涙をこらえながら、松姫をにらみかえす。そのふたりに割って入るように声をあげたのは、猿橋清十郎だった。

「尾根沿いに道を取れば、市道山の頂きに達しまする。市道山よりさらに南へ向かえば、連行峰、醍醐丸、そして和田峠。和田峠から浅川の流れる滝山城下までは、案下道をただ下るだけにございます」

途中、左手に北条氏照の居城のひとつである浄福寺城が置かれているものの、すでに氏照は領内の中心となる滝山城へ本拠を移しており、案下道を見下ろす砦はひとつも残っていない。つまり、案下道をひたすら進めば、そのまま滝山領内へ入ってはしまうものの、やがて多摩川に合流する浅川さえ越せばすべての障碍は無くなると、清十郎はいうのだ。

「姫さま、後ひと息にございます。あとひと息で、小田原はぐんと近づきまする」

しかし松姫は、くちびるを固く引き結び、與右衛門をにらんだままだ。

五

（時がない）

五郎左は、焦慮した。

（前方に北条氏照、後方に平山氏重。ここに留まっていては、山上で挟み撃ちに遭い、全滅するは必定。いや、そんなことは、この地に到った誰もが承知している。承知していながら、誰も、松姫さまを説き伏せられずにいる。どうすればよいのだ。どうすれば……）

そう、五郎左がぎりりと奥歯を軋ませたとき、加藤景忠が鑓の鐓を地に突き立てた。

「晴れの舞台じゃ」

一同の瞳が、茜陽を照り返す鑓の穂先を見つめた。

「よう聴け、上野原衆。われらは、武田の精鋭。天下にその武勇を知らしめた騎馬隊の一翼をもって任ずる者ども。われらあってこそ、これまで甲斐国は北条方の侵攻を防いでこられた。しかし、時に利あらず。いま、われらは武田家最大の危機を迎えつつある。されば、いまこそ、一世一代の戦いに出でん」

景忠は、すうっと鑓をまわし、遙か東を指し示した。

「めざすは、村山城」

狭山丘陵の突端、多摩郡村山郷にある武蔵七党のひとつ、村山党の拠点である。

　当主は村山義光といい、桓武平氏の平頼任なる武将を始祖とする。入間川の流域に勢を張り、関東管領上杉氏の家臣大石定久に従っていたが、あるじ定久が北条氏照を娘婿に迎えてより北条氏の一翼を担うようになっている。つまりは、氏照の重臣といっていい。

　村山城は、この臼杵山から尾根を下って檜原街道の中ほどへ出、秋川に沿って秋留野を突っ切り、やがて秋川を呑み込む多摩川を渉り、羽村、箱根ヶ崎を通過した先を流れる残堀川の左岸にある。

「一瀉千里の勢いで、駈けて駈けて駈け抜けよ。最後の一騎となっても、北条五万の軍勢すべてをひきつけ、村山城へ吶喊するのだ。法螺貝の支度はよいか。狼煙玉は残っておるか。されば、武蔵国に、武田騎馬隊の勇ましさを見せてくれようぞ」

　その宣言が、いかなることを意味しているのか、松姫にはよくわかった。

　景忠は、みずから直率する騎馬隊をもって氏照勢と氏重勢を陽動し、その隙に自分たちを村山郷とはまるで方角の異なる滝山領へ向かわせようとしている。

　松姫は、ぶるぶると首をふった。

　――ならぬ。

と、声をふりしぼって告げようとしたのだろう。

しかし、景忠は続けた。

「ぬしらに無理強いはせぬ。上野原に帰りたき者あらば、止めぬ。父母が待ち、妻子が待ち、許嫁が待つ者は、刀槍を捨て、駒と別れて故郷へ帰れ。そして、鍬を取って帰農するがよい。それもまた人の生くる道じゃ。されど、この……」

景忠は、一瞬、言葉に詰まった。体内から込み上げてくる激情を堪えるだけで精一杯だったのだろう。わなわなと震えるくちびるをぐっと引き結び、呼吸を整え、こう述べた。

「されど、この……不甲斐なきあるじと共に、武田家最後の戦いを披露してくれんとする者は、われに続け」

「景忠っ」

松姫は、ちからのかぎりにその名を喚んだ。

「姫さま」

景忠は、すでに落ち着きを取り戻している。

「和田峠より案下道を下った先に、恩方なる里がございます。里に一山あり、金照庵と申します。一山祖長和尚の開山による草庵と聞き及びまするが、そちらに御身を寄せられ、ほんのしばらく時を待たれませ。そして四方より北条兵の姿が失せるや、小田原をめざされませ。南へ向かって、まっしぐらにお奔りあれ」

「いいや」

松姫は、縋（すが）るような眼で告げた。

「わらわもゆく。わらわも、そちと共に村山城をめざす。北条方が狙（ねろ）うておるは、この松姫じゃ。わらわの姿を探し、わらわを見つけ、わらわを捕らえんとしよう。ならば、わらわが行かずして、どうする。景忠、そちのうしろにわらわを乗せよ」

「なりませぬっ」

「ほかに手はないっ」

六

「ひとつだけ、ございまする」

いきなり、家臣らの片隅に声が響いた。

小糸（こいと）だった。小糸は、さっと頬っかむりを取り払うや、脇目もふらずに景忠の駒まで駈け寄り、ひょいとその背へ打ち跨った。一行中の女人において、たったひとり、小糸の髪だけが長い。翠（みどり）の黒髪は光を浴びて艶々（つやつや）と輝き、峯風に靡（なび）いた。

誰もが、一瞬にして悟（さと）った。遠目からならば、景忠の背にある女人はまちがいなく松姫だと判断するにちがいない。そう、小糸は、松姫の身代わりとなって秋留野を突破してゆく覚悟なのだと。

「その言や、好し」

初鹿野信昌が、おもむろに鞍にかけた麻袋から衣を取り出した。香車の陣羽織だ。信昌は「死にゆくときはこれを羽織るつもりであったが」と呟きながら、背を伸ばして小糸の肩に羽織らせた。

黒髪が、真紅の陣羽織にさらさらと垂れる。

「これで、立派な姫御前よ」

信昌は嬉しそうに独白し、同意を求めるように景忠に顔を向けた。景忠は莞爾と嗤い、弟の信昌と息子の信景を左右にひきよせ、

――姫さま。

あらためて、松姫に向き直った。

「いまこそ、われらに誉れあるお役目を賜れませ」

高遠から臼杵山へ到る旅路において、つぎつぎに斃れていった家臣らの死を犬死と取るか、名誉ある犠牲と取るか、それは松姫の心次第だというのであろう。しかし、松姫はふたたび口を固く噤んだ。

「松姫さま」

信景が、父景忠のかたわらからひと声咆えた。

「松姫さまっ」

その呼び掛けに、他の家臣どもも声を揃えた。おのが名を呼ばれ、身を硬直させていた松姫の双眸から涙があふれ、頬を濡らし始めた。連呼は、続いた。しかし、松姫は、ぎゅうっと拳を握りしめたまま、口を開かない。自分のために死ねとは、どうしてもいえない。自分を励ます呼び掛けが身を包み込んでいたが、どうしても唇が動かない。

そのときだ。

「御旗、楯無、ご照覧あれっ」

與右衛門の後ろに控えていた又右衛門が、いきなり肚の底から声をあげた。

「御旗、楯無、ご照覧あれっ」

いつ熄むとも知れぬ唱和の中で、五郎左は、身が震えるのをおぼえた。自分は、甲斐の生まれでもなければ信濃に育ったわけでもない。だから、むろん、掛け声をあげるわけにもいかない。沈黙して見守るしかない。

しかし、このとき、五郎左はあきらかに感動していた。

向嶽寺において、松姫は、みずから出陣の掛け声をあげ、家臣らはその決意に奮起し、声を合わせた。それが、いま、まるで逆転している。恃みとする家来どもの次々の死に堪えられず、なかば我を失った松姫に対し、家臣どもは全霊をもって励ましている。

（姫さま……）

五郎左は、固唾を呑んで松姫を見つめた。

七

松姫は、眼を瞑ったまま家来どもの声を聴いていたが、やがて、静かに瞳を開いた。

「金照庵へ、まいる」

にわかに歓声が湧いた。

皆が揃って諸手をあげ、松姫の覚悟を讃えた。

（長閑斎どの……）

向嶽寺で、武田家は滅んではいないと確信して息をひきとっていった老将の横顔が、ふわりと五郎左の脳裏に甦ってきた。もし、あの老人がここまで共に辿り着いていたら、おそらく満足げな微笑みを浮かべたことだろう。

五郎左は、ふたたび、松姫に向かって瞳を凝らした。

「景忠」

松姫は、当主の表情に戻っている。

「村山城へ挑むがよい」

「ありがたき、幸せ」

「されど」

こう、たしなめた。

「死に急いではならぬ。気の済むまで戦うたなら、すみやかに兵を退かせよ。それと、小糸だけはなにがあろうと死なせてはならぬ」

「姫さま」

小糸が首をふる。

五万になんなんとする北条勢を陽動するのだ。無事でいられるはずがない。

「聞け、小糸。わらわは、金照庵にて待っておる。かならず、まいるのじゃぞ。わらわが北条氏政どのにお手紙をお渡しする際には、そなたも共に拝謁するのじゃ。それだけは、胆に銘じよ。よいな」

「お約束申し上げ候」

答えに窮した小糸の代わりに、景忠が胸を叩いた。

「されば、姫さま。いついつまでも堅固でお過ごしあそばされよ」

叫ぶや、信昌や信景ともども駒首を回し、

――御免つかまつり候。

口々、声を残して駈け出した。

松姫は数歩、あとを追うように進んだが、駈けてゆく上野原衆に対して、なにか告げることはなかった。砂塵をあげてゆく四十騎の後ろ姿を、ただ、じっと見つめた。與右衛門らも、同じだった。苦渋に満ちた厳しい表情で、ひたすら、尾根を下ってゆく武田菱の小旗の群れを見つめ続けていた。

やがて、騎馬勢の誰が吹奏したものか、法螺貝の音色が高らかに鳴り響いた。次いで、どんっどんっどんっという破裂音と共に、桃・白・緑の色をした煙が空に爆ぜた。信景が背負っていった狼煙玉によるものだろう。花火と同じように、どんっと打ち出され、しゅるしゅると上がっていった中空で、ぱんっと爆ぜ、中に籠められた色の煙が広がる仕組みだ。

「おおっ」

松姫主従が、目を瞠る。

桃と白と緑の煙は、それぞれが固まったまま、いつまでも消えない。

「大きなお餅が浮かんでいるようでございますなあ」

侍女の柴田が、ふと、こぼした。

「なるほど」

一同の表情が、おもわず、ほころぶ。

「そのとおり、餅じゃ。餅が三つ、浮かんでおる」

口々にそう騒いだ。

たしかに、空に浮かぶ狼煙は、やわらかな餅に見えた。山梔子（くちなし）の実のような桃色の餅に、清浄（せいじょう）な残雪（ざんせつ）をおもわせるような白色の餅に、そして春に萌（も）える蓬（よもぎ）の新芽のような緑色の餅に、見えた。煙は四方に伸び広がり、やがて大きな菱形（ひしがた）に変じていったが、この菱餅（ひしもち）が上げられたことで、奇蹟が起きた。

「おおっ。北条方が……」

動き出したのである。

「あれをご覧（ろう）ぜよ」

與右衛門が指さして叫ぶとおり、赤い狼煙と青い狼煙が、いくつもいくつも上がってくる。しかも、その上がる場所が、徐々に移動している。高所から俯瞰（ふかん）しているため、ありありとわかる。平山勢も北条勢も、上野原衆のあげた狼煙にあきらかに惑わされ、誘いに乗ってしまったらしい。まんまと陽動（つら）れたのは、檜原城からの後詰めばかりではなかった。数馬から追ってきていた平山本軍も臼杵山を登ることなくそのまま檜原街道に沿って東へ迂回（うかい）し、臼杵山をめざしてきた北条勢もまたその鉾先（ほこさき）を秋留野へと向けつつあるようだ。

「やった。やりおったっ」

又右衛門が、躍り上がって手を叩く。

一望される武蔵国に、色とりどりの狼煙が上がっている。

桃・白・緑がひとかたまりとなった狼煙が打ち上げられるたびにひたすら東へまっすぐ突き進んでいるのに対し、赤い狼煙が多摩連嶺（たまれんれい）の山裾（やますそ）を西から東へ大きく迂回し、おびただしい青い狼煙は南から北へ陣太鼓（じんだいこ）の音色と共に動いてゆく。陸と空とを包含（ほうがん）したとてつもない陽動作戦が展開している。

「姫さま」

すかさず、與右衛門が促（うなが）す。

「まいりましょうぞ、金照庵へ」

松姫にもう迷いはない。

こっくりと頷き、駒に乗った。

景忠は、十頭の駒を残していった。駒の持ち主はもういない。そのあるじを失（な）くした駒に、松姫や幼（おさ）な子（ご）、そして侍女（じじょ）や重臣が跨った。かれらは、遠くに陣太鼓の音色を聴きながら、粛々（しゅくしゅく）と尾根を伝った。

五郎左は、おもわず、秋留野を遠望（えんぼう）した。

（上野原衆は、いったい、どこまで行けるのだろう）

八

満開の桜の森ほど、妖しくも美しいものはない。

だが、その森が静謐に包まれていればいるほど、得体の知れない不安を覚えるものだ。しかも、枝も幹も花弁によって蔽い隠されてしまうような大木が果てしなく続いていれば、恐ろしさは倍増する。松姫一行が入り込んだ桜の森は、まさしくそうした処だった。鳥獣虫魚ことごとく、その底知れぬ怖さを感じ取っているのか、虫一匹、見られない。見渡すかぎり、苔むした桜の古木が薄紅色の花を咲かせているばかりだ。

「あと二里といったところでございましょうか」

清十郎が、與右衛門にいう。

「そうか。あと、二里か……」

二里歩くだけで、旅のあらかたは終わる。誰もが安堵のため息をついた。高遠を出てより気の休まる日などひと晩としてなかったが、ようやく、四肢を伸ばして眠りにつける。そう、皆がおもった。

無理もない。

景忠と別れてからの行程も、決して楽なものではなかった。
臼杵山から吊尾根をとおって市道山、小櫟、大櫟、醍醐丸、醍醐峠と、強風の吹き荒れる尾根道を身体を寄せ合うようにして越えに越え、南へ南へと夜を徹して歩み続けた。こんにちでいう奥高尾縦走路であるが、ようやく夜が白々と明けつつある頃、和田峠（案下峠）へと到った。昨日の明け方に数馬を出たことをおもえば、あまりにも長い一日だったろう。

が、ともかくも天正十年三月二十八日、一行は和田峠に立った。

立ったとき、

——広いのう。

そう、松姫はつぶやいた。

——かような緑野、はじめて見た。

信濃国も甲斐国も、視界のどこかにかならず山が見えている。けれど、おそらく武蔵国の海崖に立てば、山容を望むことなどないのかもしれない。そこには、自分の未だ見ぬ世界があるにちがいない。そう、松姫は感じたのだろう。

感慨は、與右衛門にもあった。

緑野のそこかしこが淡い紅色に染まっているのは桜の群落だろう。

しかし、與右衛門の感慨は、満開の桜を見下ろしたからではない。

——よくも、ここまで来られたものよ。

織田家十万、徳川家二万五千、北条家三万五千、合わせて十六万という見たことも聞いたこともなかった巨大な軍勢の真っ只中を、いじらしいほどにわずかな手勢で、しかも懐刀ひとつ手にしたことのない乙女や幼な子を守り抜いて、見事、突破し切ったことへの感慨だった。

與右衛門は、逆立った白髪を撫でつけ、埃と汗にまみれた口許をぬぐった。與右衛門だけではない。この貧相な体軀の老将のまわりにあるのは、やはり似通った風体の者ばかりだ。

不精髭は伸びに伸び、着の身着のままの野良着は血飛沫がこびりつき、そこらじゅうがほつれ、鉤裂きだらけになっている。それだけ死線を越えてきたということなのだろうが、それにしてもあまりにみすぼらしい。

——金照庵の尼御前が眼を丸くして驚かれましょうな。

そういいつつ、清十郎がくすりと微笑んだ。

この笑いに釣られたものか、まわりに群れる四十人からの旅人は、泣いているのか笑っているのかよくわからない表情ながら、ともかく真白い歯を剝き出して、表情をゆるめた。

——ともあれ、急ぎ、まいろう。

松姫は、きりりと引き締まった顔で、眼下の森を見据えた。

――畏まって候。

家来どもは声を揃えて応じ、古錆びた刀槍を握り直した。なんの事情もわからぬ者が見れば、うら若き乙女の従える山賊か野伏せりの集団にしかおもえまい。この薄汚い連中が案下道の通っている桜の森に足を踏み入れたのは、それから間もない頃のことである。

九

松姫一行を迎えた桜は、ひっそりと佇んでいる。

花弁を踏み締める音が聞こえるのではないかとすらおもえるほど、静かだ。

彼方に眼を遣れば、うっすらと靄が懸かっている。春霞であろう。徐々に広がり、森の木々を包み込みつつある。もう幾ばくもなく、一行の周辺にも棚引き始めるにちがいない。

「梢をそよがせる春風さえも、この森をよぎることはないのであろうか」

そう、松姫がつぶやいたときだった。

霞立つ向こうから、大きな物音が木霊してきた。

「あの音は、いったい、なにごとじゃ」

「おそらくは、築城のための伐採にございましょう」

與右衛門の疑問に清十郎が答えた。樹木の幹に斧が叩き込まれる際の音色のようだ。

「北条氏照さまは、この先、滝山領内の深沢山に新たな城を築きつつある由」

「深沢山?」

滝山領の西部にある山で、別な名を天王峰。

この深沢山の周りにある八つの峰を、八王峰という。それぞれの峰の頂きに祭祠が建てられている。天王峰を祇園精舎の守護神である牛頭天王に見立て、八つの峰を眷属神となる八人の王子に見立てたもので、深沢山の頂きには八王子権現を祀って社を建て、ふもとにはその神宮寺となる一山が建立されている。延喜年間より六百年におよぶ一大伽藍で、牛頭山神護寺という。

この社を中心とした字が、数年前より八王子と呼ばれている。

八王子の名称はこんにちにまで引き継がれているが、ともかく、その臍となる深沢山に、氏照は巨大な城を築きつつあった。清十郎のいうところによれば、甲斐方面からの侵攻を防ぐための山城で、深沢山一帯を城塞化するという途方もない築城であるらしい。

「このため、八王子のあたりは僻陬の地とはおもえぬような賑わいとなり、商いもたいそう振るっておるやに聞きおよびまする。おそらくは数年を経ずして、氏照方の拠点も滝山城から八王子城へと移りましょう」

「左様か」

又右衛門が、ふんっと鼻を鳴らした。

「これより後は、織田家や徳川家による侵攻を妨げるために使われるわけじゃな」

「つまらぬことを申すな」

與右衛門はたしなめ、霞の只中へ物見を放った。

萩原彦次郎、中村勘六、原勝八の三名で、やや後、かれらが報告するところによれば、桜の森の端に、案下道を封鎖するように作事場が設けられているらしい。伐り出された原木の枝を打って丸太にし、長さと太さを揃えて山形に積み上げ、巨大な台車に乗せて搬出させるための作事場で、あまたの工人が雇われているようだ。

「途方もない関所のようにございまする」

「この期におよんで、とんだ関門じゃな」

彦次郎の復命に、與右衛門は苦々しそうに唸りつつ腕を組んだ。

しかし、作事場が関所化していようといまいと、自分たちの進むべき道はひと筋しかない。作事場の門を突き破り、邪魔する者あらばすべてを斬り捨ててでも抜けてゆくよりほかにない。

「ともあれ、詳細を聞かせよ」

案下道は山肌を切り開いたものであるため、かぎりなく狭い。

それ故、作事場も平かな場所を選んで設けられてはいるものの、大量に伐り出された木材の置き場にはたいそう困っている容子で、すぐ横手の山肌に丸太を積み上げ、乾燥させているらしい。ただ、傾斜のきつい山腹に丸太を積み上げるのは至難の業で、板敷の台を設けてそこに置いてゆくのだが、かなり不安定で、太い荒縄で括ってはあるものの、ぎしぎしと音を立て、いつなんどき崩れるともつかない状態だという。

「それだ」

又右衛門が、目を剝いた。

一〇

「されば、われらの取るべき策はひとつしかあるまい」

一同の視線が、又右衛門に注がれる。

又右衛門は不敵に嗤い、松姫一行を三組に分けた。

ひと組は又右衛門、金丸正直、山本忠房。もうひと組は猿橋清十郎と足軽三名。そして最後のひと組は松姫、下嶋與右衛門、仁科盛信の嫡子信基と土橋彦右衛門、おなじく息女督姫と柴田源之丞、武田勝頼の息女貞姫と河野藤蔵、小山田信茂の息女香具姫と石坂幸吉、侍女の柴田ほか中間や小者などとした。

さらに又右衛門は、枯れ枝を手に取り、砂地に絵図を描いた。このあたり、つまり恩方一帯の地図で、いま、一行のある桜の森、案下道、道の北にうずくまる要倉山、南の堂所山、そして北条方の作事場が簡単に記されている。

「おのおの、しかと聞かれよ」

まず、又右衛門らの組三名が、徒立ちで半里先の作事場に迫り、声をあげて北条方の者どもをおびき出す。物見の報告によれば、北条方は作事奉行とその配下ほぼ五十名。作事に駆り出されている工人はほぼ二百名だという。工人は斧や鋸はあるものの満足な得物などあるはずもなく、武田家に対する敵意もほとんどない。問題は奉行をはじめとする武士どもで、これらをすべて作事場から誘い出す。

「敵が作事場を飛び出してくれれば、しめたもの」

すかさず、森の中より十頭の騎馬が駈け出す。駒には、與右衛門の直率するひと組が乗っている。騎馬勢は一気に敵勢を蹴散らし、又右衛門ら三名を掬い上げ、作事場を突破する。

「そのときこそ、清十郎、おぬしらの出番だ」

あらかじめ山腹に分け入っておき、丸太が積み重ねられた台の近くに身をひそませ、十頭の騎馬が作事場を抜け出すや、丸太を束ね支える縄を切る。丸太はいきおいよく転がり落ち、作事場を破壊し、案下道を塞いでしまうだろう。

「作事場から金照庵までは一里あまり。ひと鞭あてれば辿り着けよう。幸い、春霞もいよいよ深まり、四半里の彼方はまるで見えぬ。北条方が丸太を乗り越えたときには、われらはとうに金照庵に迫っておろう。金照庵に到れば、そのまま駒は突き放す。どこへなりと駈けてゆかせればよい。もっとも清十郎、おぬしらは徒立ちで辿り着いてもらわねばならぬ。藪を掻き分け、敵に悟られぬよう息を殺し、忍び足で庵に到れ。できるか」

「お任せ下されませ」

清十郎は、胸を叩いた。

「それと、中山五郎左衛門」

又右衛門は、おもむろに五郎左を見つめた。

「おぬしに、松姫さまを頼みたい」

「なんじゃと」

「おぬしの手綱とる駒にお乗せし、ひた駈けに駈け、金照庵へお連れしてくれ」

「なぜ、わしなのだ」

「おぬしは、織田家の黒母衣衆。母衣を預かる者が騎馬に巧みであることは、天下の知るところ。くわえて、おぬしは信忠卿の恃みとする使い番にして歴戦のつわもの。おぬしのほか、いったい誰に、松姫さまを託せようか」

一同、もっともだとばかりに頷いた。

「あいや」

五郎左は、慌てた。

「それは、おかしい。わしは、いまとなっては織田家中とも武田家中ともつかぬ異邦の身。そのような者が、たいせつな松姫さまをお預かりすることなど、道理に合わぬ」

「五郎左どの」

與右衛門が、のそりと手をのばし、五郎左の肩に添えた。

「ここにある者は、ひとり残らず、お手前の腕前と心映えを存じておる。お手前は、織田家でも屈指の手綱取り。その手さばきは、誰にも真似ができぬ。また、お手前の心根の優しさは、この旅路にあって、皆が皆、よく知り得た。織田家だの武田家だの、左様なことは問うておらぬ。われらのお宝が危機に瀕しておる今、それをきっと守り抜いてくれるにちがいなき者が天下にただひとりとあらば、誰であろうと託す。その漢こそを恃みとする。それこそ、人の道理ではないか」

一一

手綱を執る手が、小刻みに震えている。

（武者震いか。そうでは、あるまい）

鼻腔に香っているのは、伽羅。向嶽寺を出でてよりこの方、香を焚く閑などなかったはずが、肌に残っていたものか、かすかに香り立っている。

いや、香りだけではない。

手綱を取ったおのが背に、松姫その人がしがみ付いている。

五郎左の腰に細い腕を回し、臍の上でぎゅっと指を組んでいる。その肌のつきたての餅のような柔らかさが、野良着を通して伝わってくる。ちらりと背後に眼をやれば、短く切られた髪の端が視界に入り、その黒髪のひと筋ひと筋が絹糸のような光沢に包まれているのがわかる。

どのような黄金も玉も、この美しさには敵うまい。

（震えぬはずがなかろう）

桜の木蔭で息を殺し、じっと身を隠している分、なおさら、ふたりの身体は密着し、心の臓を鼓つ動きまでもが手に取るようにわかる。もしかしたら、武田家にとって最後の戦いになるかもしれないこの重大な時に到って、五郎左は形容しがたい感激に包まれている。

(なんという不埒さだ)

おのれの無様さに呆れるおもいだったが、これればかりはどうしようもない。駈け出す機会をうかがう間は、どれだけ身をよじったところで密着し続けねばならない。五郎左はこうべをめぐらし、松姫の横顔を垣間見た。

松姫は、自分と身を接していることになんの感慨もないのか、ただ一心に彼方の作事場を見つめている。作事場はいよいよ立ち込め始めた春霞に包まれ、その全容が見えぬほどになりつつある。あたりの山々から大木を伐り倒す音色が響き寄せてくるばかりだ。

(まだか、又右衛門)

じりじりと時が過ぎる。

(この霞が消え去らぬ内にすべてを決せねば、われらは終いぞ)

待機しているすべての騎馬が、そう、祈るようにおもっていただろう。

「……五郎左どの」

松姫の指先にちからが籠もり、かぼそい声音が耳元に揺れた。

「……どうか、お頼み申しまする」

名状しがたい感激が、五郎左の身をつらぬいた。

(松姫さまが、いま、このわしだけを恃みにしておられる)

これほどの感激がほかにあろうかと、五郎左は情熱をたぎらせた。

「しかと掴まっておられませ。五郎左、命に代えてもお守り申し上げまする」

そのときだ。

視界の彼方に、又右衛門らの姿が見え、貧相な鑓を威勢良く掲げながら、なにやら喚いているのが見てとれた。叫んでいる言の葉は聞こえないが、その身を震わせる仕草からして、全身全霊をもって怒鳴りつけているようだ。

(門よ、開けっ)

五郎左は、心中に叫んだ。

すると、どうだろう。

祈りの叫びが届いたわけではないだろうが、あきらかに作事場の門扉が開き、中から数十名からの雑兵が溢れ出た。先頭に数人、武者らしき姿があり、中心に立つ武将の護衛をするように鑓を構えている。

(作事奉行か)

　そうおもった矢先、又右衛門らが鑓を一閃させるや、喚き上げて斬りかかった。狭苦しい案下道に、剣戟の音色が立ちのぼる。砂塵が舞い上がり、春霞がそれをさらに包み込む。わあわあという雑兵どもの掛け声が小さく木霊し始めた。

「與右衛門どの」

五郎左は、小さいながらも鋭くうながした。

侍女の柴田を背にした與右衛門が「うむ」とばかりにうなずき、太刀をふりあげる。

「いまじゃ、駈け出せいっ」

第九章　ふたり、誓う

一

奔駈が、始まった。

五郎左は松姫を背に、必死に駈けた。

往く手に、驚きの声があがる。

むろん、北条方にしても、このとき、いったいどのような集団が襲いかかってきたのかはわかっていた。甲斐国から少なくない数の武田家中の者が落ちてきたという報せは入っていたし、また、それがために領主たる北条氏照みずからが出馬して、檜原城の平山氏重と挟み撃ちをかけていることも承知していた。

だが、まさか、氏照の本拠に通ずる案下道を疾走してくるとは夢にもおもっていなかったのだろう。動顚した作事奉行が「迎え撃てっ」と叫んだものか、又右衛門らを相手どっていた足軽たちは、鑓の穂先を騎馬勢に向けてきた。

しかし、どのような槍衾が布かれようとも、松姫一行は突破しなければならない。

作事場の門前にある又右衛門が「急げ、急げ」と叫び、正直が「駈け抜けよ」と鐺をふり、忠房が「奔れ、奔れ」と絶叫する。すでに、三名とも滴るほどに血飛沫を浴びていたが、北条方の足軽はつぎつぎに作事場から湧いてくる。

又右衛門らの戦い続けるのを視界に収めつつ、五郎左は、馬上に咆えた。

松姫の腕に、いっそう、ちからが籠もる。

駒が泡を噴き出し、馬蹄が高鳴る。砂塵が濛々と上がり、駒どもは一騎残らず死にものぐるいで疾走した。馬上、新舘衆が「駈けよ、駈けよ」と声を嗄らす。足軽の突き出す鐺を払い、弓手に握った太刀をふりおろす。手ごたえがあったかなかったか、それすらもわからない。鞭をくれる。馬腹を蹴る。手綱をしごく。霞の切れ目から射し込む陽の光に、穂先が刀身が煌々と輝く。血飛沫が躍り、駒が鼻を鳴らし、双方の気合いが天を衝く。

もっとも、単独で駒に跨っていた萩原彦次郎、中村勘六、原勝八の三名はただ吶喊するだけではない。又右衛門、正直、忠房の身を掬い上げねばならない。彦次郎が「又右衛門どのは何処」と声をあげ、勘六が「正直どのはありや」と喚ばわり続けた。

やがて、乱戦の中、彦次郎は鑓をふりかざして暴れ続ける又右衛門を見つけた。勘六が正直に手を差し出し、勝八が忠房の身を馬上へ引き上げた。

その一方、與右衛門もまた「姫さまを護れ、姫さまを護れ」と、くりかえし、くりかえし、咽喉が裂けそうになるのもかまわずに叫び続けた。かたわらでは彦右衛門が信基をふところに掻き抱き、源之丞が督姫の頭を腕に抱き込み、藤蔵が貞姫をかばって太刀を閃かせ、幸吉が香具姫もろとも作事場を駈け抜けてゆく。

むろん、五郎左も同様だ。

いや、このときの五郎左ほど見事な駒さばきを見せつけた者はいない。むらがり寄せる敵兵に対して鑓を繰り出し、右に左に突き倒し、奔駈し続けた。手綱は握っていない。諸手に鑓の長柄をつかみ、馬上ともおもえぬ勢いで旋回させ、霞を貫いて穂先を煌めかせた。

松姫は五郎左の背にしがみつき、駒は翼が生えたかのような奔りを見せた。

「姫さま、今しばらくのご辛抱にござるぞ」

虎が咆えるように励まし、鐙をあおる。駒は昂り、歯を剝き出した。馬蹄がどかどかどかっと大地を蹴り上げ、鑓は一閃するたびに敵兵をふっ飛ばした。凄まじい突貫もあったもので、人馬一体となりながら春霞を衝いた。

「抜けたっ」

叫んだのは、五郎左であったか、それとも山腹に潜んでいた清十郎であったか。ともかく、一騎また一騎と作事場を突破し、搦め手から飛び出してゆくのが、山腹から見えた。清十郎は躍り上がるように藪を脱するや「いまぞっ」と叫んで斧をふりかぶり、丸太を束ねる荒縄めがけ、渾身のいきおいでふりおろした。びしりと縄の断ち切られる音色が鳴り響き、丸太が軋み音も高く転がり出す。共にあった足軽どもも、清十郎に続いた。

つぎつぎに縄がぶち切られ、丸太がでんぐり返る。

山も崩れんばかりの轟音が鳴り響き、丸太の雪崩れが始まった。

阿鼻叫喚が、そこらじゅうで破裂する。

工人たちがつぎつぎに作事場から逃げ出し、騎馬隊を追いかけ始めていた北条方の雑兵どもは、震え上がって立ち尽くした。丸太は地響きを立てて迫ってくる。凄まじい地響きと共に塀が崩され、館が壊れる。

それでも丸太の雪崩れは収まらない。

山が、地が、鳴動した。

そして、森が震えた。

いったい、この山にどれだけの桜が生えていたのだろう。

数百、いや、数千本からの桜が、いっせいに震え、花を散らした。何億という数の花びらが谷間狭しと降り注ぐ。山腹も作事場も新舘衆も北条方も区別はない。薄(うす)紅色(べにいろ)の花びらが、淡雪(あわゆき)のように降(ふ)り頻(しき)る。

視界のすべてが、桜吹雪に盈(み)ちた。

そこらじゅうで、驚愕(きょうがく)とも感動ともつかぬ諸声(もろごえ)があがった。

それまで騎馬と足軽が入り乱れていたが、誰もが相手に刃を向けられず、刀槍をだらりと垂れさせ、頭や肩に降り積もり始めた無数の花びらを、声を失ったまま、ただ見つめた。

二

五郎左も、そうだった。

おもわず駒を止め、頭上を振り仰いだ。

背にある松姫もまた、天に舞う桜に、一瞬、心を奪われた。

しかし、その矢先、又右衛門を喚(よ)ぶ声が虚空(こくう)を引き裂いた。

彦次郎(ひこじろう)の切羽(せっぱ)詰まった絶叫だった。

五郎左と松姫は、同時にふりかえった。そこには、数頭の騎馬が残っていた。騎馬のすぐ後ろには、山腹から転がり落ちた丸太が乱れたまま、山を築いている。瞳を凝らせば、騎馬は三つ。しかし、二頭の騎馬には、それぞれ、勘六と正直、勝八と忠房が跨っていたものの、彦次郎の背には誰も乗っていない。

（又右衛門……？）

五郎左の心臓が早鐘を打った。

（まさか、しくじったのか）

五郎左は、咄嗟に駒首を返した。ほんの一瞬だったが、松姫を守らねばならぬ身であることを忘れた。駒を急がせ、彦次郎に向かって「又右衛門はどうした」と咆えるように質した。

彦次郎は焦りきった面持ちで、ぶるぶると首をふった。

たしかに彦次郎は手を差し出した、という。ところが、そのとき、又右衛門はみずからさっと身をひいたのだ。おもいもよらないなりゆきに、彦次郎は狼狽した。

しかし、つぎの瞬間、又右衛門の摑んだ鑓の長柄が、駒の尻を叩いた。

駒はわずかに足踏みしていたが、それによってふたたび疾走を開始した。彦次郎がどれだけ手綱を引いても、止まらなかった。丸太の襲いかかってくる作事場から飛び出し、彦次郎がはっとふりかえったときには、凄まじい勢いで丸太が作事場を破壊し、桜吹雪が舞っていたという。

「又右衛門――っ」

松姫が、身をよじらせて叫ぶ。

五郎左もまた、どうだ。又右衛門の名を喚んだ。

すると、眼の前、山積みとなって道を塞いだ丸太の上に、人影がひとつ、攀じ登ってくる。よろめくような足取りながら、それはまさしく又右衛門だった。松姫が喜びの声をあげ、五郎左もまたそれに和し、今、迎えに戻ると叫んだ。

ところが、又右衛門は首をふった。

「五郎左、なにをしておる。姫さまと共に早よう、往かぬかっ」

「莫迦を申すな。こちらへ下りよ。敵が登ってくる」

「承知の上じゃい」

又右衛門は莞爾と嗤い、鑓を手にして踵を返した。敵の雑兵が数名、鑓を片手に丸太を攀じ登ってくる。又右衛門は鑓を振り回し、熊のように咆哮するや、たちどころに突き伏せた。

「姫さま。五郎左と共に、奔られよ」

「又右衛門っ」

松姫は身をよじって絶叫したが、そのとき、五郎左はなにもかも呑み込んで駒を急かした。松姫が「又右衛門、又右衛門っ」と叫ぶ中、五郎左は駒を奔らせた。勘六と勝八の騎馬も、それに続く。

又右衛門は血糊に塗れながら、その後ろ姿を見つめていたが、まもなく桜吹雪をついて矢唸りが聞こえた。数え切れぬ鏑矢がその身に襲いかかってきたものだったが、しかし、又右衛門は斃れず、口許から鮮血をあふれさせながらも、鑓を握り締めたまま両足を踏ん張り、丸太の山を乗り越えようとする北条勢に対して諸手を広げた。

「ひとりたりとも、通さぬ」

その後、又右衛門がどうなったのか、五郎左らは知らない。

五郎左と松姫は、必死に駒を奔らせた。

桜吹雪はいっこうに熄まない。地面に乱れた花びらが馬蹄によって掻き上げられ、宙空で渦を巻いた。

春霞で白一色だった視界すべてが、桜色に染まる。

あたりの風光はまるで眼に留まらず、駒がまちがいなく前方に向かって駈けていることだけを祈り、その蹄に頼った。松姫はいっそう指先にちからをこめ、五郎左の背に顔をうずめている。五郎左は、弓手に鑓を、馬手に手綱を握りしめながら、ひたすら、駒を奔らせてゆく。

三

雨。

女人の髪のように細い春雨が、菜の花畑を濡らしている。

武蔵国は西多摩郡箱根ヶ崎にほどちかい広野原である。彼方に光っているのは残堀川の流れだろうか、その先にこんもりと盛り上がった台地が見える。村山義光の居する村山城にちがいない。

「皆、無事か」

菜の花の海を掻き分けながら、加藤景忠は後ろをふりかえった。

すでに、駒は捨てた。家来の幾人かもとうに逝った。あるいは、はぐれてしまった。今、景忠に付き従っているのは、弟の初鹿野信昌、息子の信景、そして小糸のほか、二十名足らずだ。

しかし、これでも上出来というべきだろう。

檜原街道をひた奔り、追いつのる平山氏重勢をふりはらい、迎え撃ってきた北条氏照勢もまたかわしつつ、ついに秋留野を突破したのである。一千倍の敵に対して、その鼻を明かしてみせたのだから、上出来といっても過言ではない。

「愉しゅうござったな」

信昌が、不敵に嗤う。

「館谷の関所で乱戦となったおりには、さすがになかば諦めかけたものの、いや、ひさかたぶりにおもしろき戦さを味わえた。あとは、あれなる村山城へ一矢射込めれば、悔いはござらぬ」

たしかに、そうかもしれない。

秋留野の館谷郷に設けられていた北条方の関所に対し、上野原衆は強弓から放たれた矢のごとき勢いで突入し、大暴れに暴れてみせた。とはいえ、そこで留まるわけにはいかない。景忠らの使命は、すこしでも遠くへ奔り、すこしでも長く北条方をひきつけておくことだからだ。

上野原衆は一丸となって斬り込み、関所に陣取っていた平山氏重の手勢を蹴散らし、一路、羽村をめざした。そして、ひた奔りに奔り抜けた。やがて羽村を通り抜け、今、街道の要衝となっている箱根ヶ崎に到り、翠巒の彼方に村山城を望んでいる。

「もう、ひと暴れじゃ」

景忠は生き残っている家臣を集め、深く呼吸をととのえた。

「これより、箱根ヶ崎を襲撃して村山城をめざす。しかし、もはや、無理は強いぬ。戦えるだけ戦い、まんがいち、村山城への道が閉ざされたと判断すれば、あとは落ちよ」

家来どもは、わずかにざわめいた。

「あたら若い命を無駄にすることはない。武蔵の野に潜んで他日を期すもよし、刀槍を捨てて百姓になるもよし、南へ向かわれた松姫さまを慕（しと）うて、その膝下（しっか）へ参ずるもよし。めいめい欲するがままに生き延びよ」

「されど、兄者（あにじゃ）」

「信昌」

景忠は、恃（たの）みとする弟の肩をぽんと叩いた。

「姫さまは、かように仰せになられた。……死に急いではならぬ。気の済むまで戦（たたこ）うたなら、すみやかに兵を退かせよ、とな。お指図（さしず）は、あくまでもお指図じゃ。されど、こうも仰せられた。村山城へ挑むがよい、ともな。わしは、挑む」

「兄者……」

景忠は傷だらけになった上野原衆をゆっくりと見渡し、刃毀（はこぼ）れした太刀をふりあげた。

「おもうぞんぶん、暴れてくれるわ」

土地のいいつたえによれば、景忠が討死（うちじに）したのは天正十年四月十一日だったという。

いったい、誰が、景忠らの亡骸を弔ったのかはわからないが、おそらくは箱根ヶ崎の村人だったのだろう。その悲壮な死を憐れみ、家来どもと抱き合うようにして斃れ伏していた景忠を鄭重に葬り、塚を築いた。塚には二基の五輪塔を建て、手前に小さな祠を祀ったらしい。

時下って寛政の頃、後裔にあたる者が上野原から訪れた。加藤最次郎なる者で、あらたな石塔を建てて祖先の霊を慰めた。また別な子孫もこの地を訪ない、馬上丹後守像をちかくの円福寺に納め、香華を手向けた。

こうしたことから、この地では加藤景忠への崇敬が残り、明治三十五年、加藤塚は加藤神社と称されるようになった。こんにちも尚、東京都西多摩郡瑞穂町の町旧跡となり、箱根ヶ崎駅近くの塚も整備され、桜の季節には往時を物語るごとく花弁が舞い落ちている。

四

薫風そよぐ皐月の空に、脇差が堂々と掲げられている。

相模国は小田原城の大手門へと続く街道には、北条家の郎党どもが鈴生りとなって押し出し、二頭の騎馬に殺到している。脇差が掲げられているのは前をゆく駒で、観る者が観れば宝物のようなその小刀が世にも稀な南北朝中期の銘物であることはすぐに判ろう。背には漆黒の母衣が風を孕んでいる。絹織の母衣で、これまた興味のある者が観れば、甲斐の地から齎された絹であることがひと目で知れただろう。

さらに、北条方の目が注がれているのは、これにあしらわれている刺繍で、枝ぶりも見事な黒松だった。さぞかし名のある職工の織り上げたものにちがいないと口々に囁き交わした。従者の背に立てられている旗指物もこれまた絹で、織田木瓜が三つ、刺繍されている。

もっとも、通常、従者の指物に刺繍を施すことなどありえない。使い捨てされるような指物は、草木染めというのが定番だ。それだけでも奇異なのに、北条方の雑兵たちは、世にも稀な脇差をまのあたりにしたこともあってか、なんの疑念も持たずに通した。

武者は、大手門に到るや、堂々と言上した。

「それがし、岐阜中将が馬廻役にして尾張国は知多郡岩滑城主中山勝時が子、五郎左衛門光勝に御座候。これなる脇差はわが身の証にて、岐阜中将より下賜されたる大左文字安吉に候。光勝、従者猿橋清十郎ともども、信濃国より甲斐国を経、遥々参上つかまつり候えども、中途、北条相模守さまが御妹君にして武田大膳大夫さまが御夫人より御書状を預かり申し候。願わくば、相模守さまならびに左京大夫さまに謁見を賜り、御書状を進上申し上げたく存じおり候。乞う、速やかにご開門の上、わが素姓をお確かめられたく存じ上げ候」

一気に述べ立てたものの、実をいえば、五郎左の心中は穏やかではない。母衣は金照庵で松姫みずからが織り上げて刺繍した代物で、むろん、指物もそうだ。

上野原と檜原との交易による品である絹糸が金照庵にあっただけのことで、尼たちが機織をするために設えられた織機に向かったものだった。ひと月あまり、懸かった。松姫はひたむきに機織機に向かい、侍女らと共に刺繍針を手にしたものだ。

それもこれも、五郎左の出向が、最後の頼みの綱であったからだ。

和田峠から案下道を駈け下り、なんとか金照庵へ到着した一行ではあったが、追われ続ける身であることは変わらない。松姫が金照庵から出ることは叶わず、小田原への道は最後の最後に到って完全に閉ざされてしまったかにおもわれた。

そのとき、声をあげたのが、五郎左だった。

——それがし、まいりまする。

織田家と北条家は武田攻めに呼応することで盟を結んだ。ならば、戦さが終わった今、それぞれの国を使者が往き来し、あらたな国境の画定や、武田家の生き残りの収容、さらには戦利品の分配などといったさまざまな取り交わしが為されていることだろう。

そうした中、五郎左が織田家中の者として小田原へ赴くならば、ほとんど支障なく大手へ到ることができるだろう。織田信忠の側近であると知らしめれば、まずまちがいなく北条氏政あるいは氏直への謁見も叶えられよう。

だが、そのためには、それなりの支度が要る。

——されば、わらわが織りましょう。

そう、松姫が腰をあげ、かくして五郎左は今、小田原に到っている。

五

もちろん、五郎左はすぐにおのが身の上が証明できるとはおもっていなかった。

が、信忠のもとへ急使が派遣されれば、なんとかなるかもしれないという仄かな期待はあった。父勝時は信忠の側近であるし、母は徳川家康の母於大の妹。おそらく、現在も尚、父は信忠の側にいるはずだ。奇跡的に事が運べば、数日を経ずして身分は保証されるにちがいない。

（このようなときだけ実家を頼るのは、いかにも浅ましいかもしれぬが……）

いまは、四の五のいっていられない。

なんとしても、氏政に謁見を賜り、勝頼夫人の手紙を差し出さねばならない。

果たして、二の丸へ案内されたとき、おもわぬことが起こった。

数日は待たされるものと覚悟していたのが、そのまま御殿へと、それも謁見の間へと通されたのである。そして待つこと半刻、眼の前の上段の間に氏政その人が現れ、鷹揚に腰を下ろしたのである。

――苦労をかけたようじゃな。

平伏したまま挨拶を済ませた五郎左に、氏政は直接、声をかけた。

そして、小姓の手から渡された手紙をそこで開くや、

――なんと、いたましいことじゃ。

ときおりそのように洩らしながら、丹念に読んでくれた。

やがて、手紙をふところに仕舞った氏政が、五郎左に声を掛けた。

「委細、承知した」

五郎左の全身から、すうっとちからが抜けた。

「新舘御寮人は、わが室、黄梅院の妹御すなわち嫡男氏直の叔母御。また、信

基どのと督姫どのは、氏直の又従姉弟。さらに貞姫は、氏直の従妹というだけでなく、北条家の血脈を伝えるわが姪にほかならぬ。かような幼な子らが、いまだに艱難辛苦の途上にあるは、この氏政、不憫でならぬ。急ぎ、使者を遣わし、いや、予みずから、何処へなりと罷り越して目通りし、この小田原へ招きたくおもうがどうか。存念を申せ」

「ありがたきお言葉。されば、不肖光勝、およばずながら先導に立ち、相模守さまをご案内いたしたく存じ上げ奉りまする」

「よかろう」

氏政は莞爾と微笑んだ。

「ただ、いまひとり、同道を願う御仁がおられる。よいか」

(同道?)

五郎左は妙な胸騒ぎをおぼえ、

——入られよ。

という、氏政の控えの間への声掛けに、咄嗟に畏まった。

頭をふかぶかと下げたままの五郎左の耳に、氏政の紹介が届く。

「織田家が甲斐や信濃を版図とした今、武田家に代わるあるじを立てねばならぬ。あるじがおらねば、国は成り立たぬ故。あらたな領主として信長公の遣わされた御仁じゃが、そこもとにとってはおもいがけぬ御方やもしれぬな」

「五郎左、久方ぶりじゃの」

忘れようにも忘れられない物声に、五郎左は愕然として顔をあげた。

六

金照庵は、梅雨の晴れ間にあって、柔らかな陽射しを浴びている。

しかし、庵の門だけは固く閉ざされ、境内は森閑とし、いいしれない緊張感が漂い続けていた。ときおり、築地の物陰から外をうかがう瞳が見られたが、むろん、案下道を往来する村の衆も、たまに回ってくる巡検の北条兵も、その瞳には気づかずにいた。

瞳は日ごとに替わったが、その日のぬしは、萩原彦次郎だった。彦次郎が外の容子をうかがい続けているのは、いうまでもなく五郎左の帰還を待ち焦がれてのものだ。五郎左と清十郎が、一行の期待を一身に背負い、松姫の織り上げた母衣をひるがえして金照庵を発してより、来る日も来る日も祈るように外を眺め続けてきた。

それほど、五郎左の帰りが待ち遠しかった。

そのような彦次郎の瞳が、この日、街道の彼方に人馬の影を見つけた。

「人馬じゃと？」

與右衛門らはすみやかに刀槍を手挟み、身構えた。彦次郎は門の屋根へ登り、瞳を凝らした。北条方が自分たちのことを嗅ぎつけたとすれば、大変な事態になる。松姫を守るためには、寡兵といえども鑓を取らねばならない。彦次郎の凝視は続き、やがてこう報せた。

「駒、一頭。先導、一名。轡取り、一名。後ろに鑓持、一名っ」

「たったそれだけか？」

「先導の武者が、竹を翳しております。長い竹にて、その先に、なにやら翻ってございます。……おおっ、おおっ」

いきなり、彦次郎が感激の声をあげた。

「翻るは、羅紗の陣羽織。背には、香車とございまするっ」

「香車じゃとっ」

境内に、歓声が沸いた。

香車伝右衛門こと初鹿野信昌が、おのれの陣羽織を指物がわりにひるがえして、金照庵に向かっている。門が開かれ、與右衛門らが飛び出した。轡を取っているのは、加藤信景。後ろに従っているのは、途中で巡り会ったらしい小沢伝八。そして、駒に揺られているのは侍女の小糸だった。

「小糸っ」

堂宇から、松姫が駈け出した。

七

どうやら信昌は、小糸を松姫のもとへ返さねばならぬと固く誓い、こうして山野を越えてきたものらしい。ただ、兄景忠の消息については、信景ともども涙を流すばかりで、いっさい要領を得なかった。もっとも、それだけで松姫らには、上野原衆がどのような最期を遂げたのか、よくわかった。

「ともあれ、旅塵を落とされよ」

與右衛門はそうねぎらったが、信昌は「そうもまいりませぬ」と首をふった。

「すこしばかり、気になるものが」

「なんでござろう」

「案下川を下った先の辺名あたりに一群がございました。少なからぬ人馬が群れ、三つ鱗の旗幟をひるがえしつつ、こちらへ向かっておるように見受けられましたが」

「なんとっ」

三つ鱗はまぎれもなく北条氏の家紋だ。

境内はふたたび騒然とし始めた。小者や中間だけでなく、侍女も小糸も皆うちそろって得物を手に身構えた。松姫も同様だったが、このような少人数で、北条方の精鋭を防ぎ切れるわけがない。

――五郎左どの。

松姫はおもわず五郎左の名を洩らした。

ところが、ほどもなく、切羽詰まった緊張感は、別な恐慌に打って変わった。

案下道を上ってくる人馬の先頭にひるがえるのが、松姫らの織り上げた織田木瓜の旗指物であり、そのすぐ後ろに駒を進める者の背で風を孕んでいるのは、あきらかに黒松をあしらった黒母衣だったからだ。

「五郎左どのじゃ。五郎左どのが帰ってこられたっ」

またもや、緊張と歓喜が入れ替わった。

五郎左が三つ鱗の旗を林立させた集団を案内して、今ようやく帰って来つつあるのだ。それも、ただの北条勢ではない。人馬のまんなかでひるがえっているのは、巨大な指物だった。遠目からでも『鑊湯無冷所』と書かれた大文字が瞭かに見える。世に知られた北条氏政の馬印で、氏政みずから罷り越した証だった。境内の衆はいよいよ色めき立ち、歓声をあげた。

が、それに反して、侍女たちの表情は曇った。

「姫さまのご装束が……」

野良着こそ着込んではいなかったが、今も纏っている小袖は庵主の古着で、とても人前に出られるような代物ではない。実家を滅ぼされ、流浪の身となってはいるものの、一国の姫君が、その義理の兄を出迎えるにはあまりに恥ずかしい。

「恥ずかしいどころか、あなどられようぞ」

「かというて、今更どうすればよいのじゃ」

侍女らは互いの顔を見合わせ、狼狽した。

そのとき、小糸が声をあげた。

「わたくしの行李は、どうなさいました」

「姫さまが、そなたが戻るまでは開けてはならぬと仰せになり、そのまま本堂へ」

小糸は脱兎のごとく本堂へ駈け込み、身にあまる大きさの行李を担ぎ出した。

「ここにっ。ここに、ございますっ」

紐で厳重に縛られた行李から取り出されたのは、目にも綾な帷子と腰巻だった。甲斐絹の中でもきわめて上質な糸で織られた帷子の刺繍は、古府中の春を言祝ぐように咲き競う桃の花々で、松姫の可憐な美しさに見事なほど調和している。腰巻の柄は群雄を戦慄させた武田菱で、それが金の縫箔によって華麗にあしらわれている。まんがいちの際にと、小糸が命を懸けて背負ってきた物の正体が、それだった。

松姫は、その美麗な装束をまとい、義兄氏政を出迎えた。

八

本堂内、本尊の薬師如来を背に、

氏政は、右手に腰をおろした松姫に対し、神妙に頭を下げた。

「ゆるせ」

関東一円を統べる大々名とはおもえぬような殊勝な態度だった。松姫はおもわず驚き、かつ当惑した。が、氏政は、目に涙すら浮かべて、松姫のかたわらに居並ぶ貞姫、信基、督姫、香具姫の幼な子らに対しても「この至らぬ伯父をゆるせ」と告げた。

幼な子らの背後には、土橋彦右衛門ら新たに傅役となった者どもが控えていたが、ほかの従者たちは皆、下座にあって静かに見守っている。また、北条方の主だった面々は、氏政の左手に控えて松姫と対面し、足軽など三百名ほどの雑兵は本堂前の境内に待機していた。ちなみに、五郎左は、氏政の重臣らに混じり、その片隅に身を置いている。

　氏政は、いう。

「お松どのは、わが正室であった亡き黄梅院の妹御。予にとっても大切な義妹にほかならぬ。また、そこな子らは、血の繋がりこそないものの、わが姪、わが甥など。いかに戦さ相手の子らとはいえ、艱難辛苦を味わわせ、さらに満足な出迎えすらできなんだ。ゆるせ」

　松姫は、視線を伏せたまま、畏まっている。

　なんといって答えたものやら見当がつかないようだったが、そこへ氏政はこう被せた。

「おもえば、武田家とはさまざまなことがあった。信玄公の駿河侵攻に際し、予は黄梅院を甲斐へ送り返した。憎しみに駆られたのではない。黄梅院が病に没して後、予は分骨を願い出、早雲寺に院号どおりの塔頭を建立し、奥の霊を弔うた。勝頼公のもとへ輿入れしたわが妹とて、同じじゃ。この最後の手紙を身代わりとして、手厚く弔おう。されど、お松どのよ。人の世は、ままならぬ。いまや、織田家は強大。こののちも国境を侵し合うことなく、絆を保ってゆかねばならぬ。このたびも、織田家の姫君とわが息子氏直との婚約を進め、その挨拶代わりにと、尾州へ雉五百疋を進呈するよう段取りし、三嶋大社に赴いて婚姻祈願を捧げてまいった。織田家は、それほどに隆盛しておる。わが弟氏照が、そなたを追い込んだのも、それ故のこと。どうか、この氏政に免じてゆるされよ」

松姫はなにひとつ応える風もなく、ただ静かに頭を下げた。

「あいすまぬ」

氏政は、感情の量が人一倍で、このときも双眸に涙を溢れさせた。

「その代わりというてはなんじゃが、そなたらの身の上については、この氏政が受け合おう。子らと共に、当山に留まるもよし。他の寺を拠り所とするもよし。案下道をもうすこし下った先に心源院なる古刹があり、氏照の仏門における師ともいうべき随翁舜悦禅師がおわす。かの一山は多摩においては有数の巨刹ゆえ、そちらへ移るもよし。むろん、わが小田原も歓迎しよう。また、子らが成長するにつれ、その身の置き所も案じられてこようが、これについても予でかまわねば、按配しよう。ただ、ひとつだけ。お松どの」

松姫は、顔を上げた。

「御身に、聞いてほしいことがある」

松姫は、ちらりと五郎左の顔をうかがった。

北条家の随員に混じって控えている五郎左は、じっと身を硬くしたまま、萎れたように両肩を落としながら俯いている。いや、松姫の瞳を見つめ返すのが辛そうというよりも、おのれの不甲斐なさに愧じ入っているといった方が近いかもしれない。

松姫は、五郎左から氏政へ視線を戻した。

「ああ、いや、その前に……」

氏政は、このたびの武田攻めに絡んださまざまな情報を得ていたが、ふたりの内応者についても消息を知っていた。ひとりは天目山で勝頼を死地へ追い込んだ小山田信茂であり、もうひとりは松姫のもとまで妻子を迎えに来た穴山梅雪である。それぞれ、織田家と徳川家に投降して庇護を仰いだことまでは松姫も旅すがら知り得ていたが、その後についてはなにも知らない。

「梅雪どのは、駿河の家康公のもとまで向かい、謁を賜り、赦しを乞われた。家康公は、梅雪どのの寝返りを容れられた。信玄公を尊敬し、武田家の残党はできるかぎり取り込もうと欲されたからにほかならぬ。ことに梅雪どのは、一門衆の筆頭。かの御仁を容れれば、武田家中の者どもをおのが翼下に組み込むのは造作もないこと故な」

「姉上は、どうなったのでございましょう」

松姫は、生き別れになったままの次姉を案じた。

――駿河江尻にて、ご息災じゃ。

と告げられ、松姫は胸を撫でおろした。

九

「もともと梅雪どのは、諏訪氏の血を引く勝頼公よりも、ご正室すなわち御身のお姉上の産み落とされた勝千代どのの方が武田家の当主にふさわしいと主張なされてきたそうな。そうしたこともあって、梅雪どのは、このたびの武田攻めの後、家康公を仲立ちにして信長公に擦り寄り、お子を当主にして武田家を復興せんと画策されたに相違ない。それ故、家康公の案内役をみずから引き受け、甲斐の領内へ軍馬を招き入れた。勝頼公の滅亡は、おのれの隆盛。いやはや、凄まじい執念というほかない」

　実際、勝頼が天目山で滅んだ三月十一日、梅雪は家康に伴われ、甲府の甲斐善光寺を本陣としていた織田信忠に面会し、赦しを乞うている。もっとも、信忠は梅雪を赦し、甲斐の南部にある本領を安堵したが、これは家康の顔を立てたということにほかならない。

「それにしても、信忠卿は、いささかご性根がお強い」

　氏政は、松姫が許嫁だったことを知ってか知らずか、やんわりと批難した。

「なるほど。信長公より、武田家の者は一族郎党ことごとく鏖殺しにすべしと厳しく命じられていたとはいえ、いささか、酷い。小山田信茂どののことじゃ。天目山に勝頼公を追い込まれて数日後、信茂どのは一家眷属をひきつれて信忠卿がもとへ投降られた。信茂どのにしてみれば、それなりの褒賞は得られるものとおもわれていたであろう。ところが、その場で捕縛された。主家を裏切った者に情けは無用と、信忠卿が判断されたからじゃ。即座に、切腹。そればかりか、七十の齢をかぞえる母から妻、さらには八歳の嫡男と三歳の娘までにも死を賜った。残されたのは、そなたの助けた香具姫どののだけじゃ。酷すぎよう」

松姫は、黙したまま瞳を伏せた。

「さて、いましがた申した梅雪どのじゃが、いま、京の都へ向かわれておる由」

「京へ？」

「家康公が、梅雪どのをして信長公へご挨拶されるよう、段取られたのじゃ」

「……梅雪どのは、武田家の名跡を継がれるおつもりなのでございましょうや？」

「おそらくは、そうなろう。まあ、そこで、いましがた申した頼み事じゃが」

氏政は、呼吸を整えながら満座を見渡した後、ひとりの武将を紹介した。

「河尻秀隆どのじゃ」

堂内が、一挙にざわめいた。

河尻秀隆といえば、信長から家督を譲られた信忠の輔佐として、武田攻めにおいて軍監の任に就いていた豪の者だ。くわえて、松姫一行には忘れ難い情景がある。高遠の城を抜け出さんとしたおり、法幢院曲輪の門前で出くわした際の情景だった。おもえば、松姫の奔駈は、かのときより始まった。

「一瞥以来にございますな、松姫さま」

あるじ信忠の許嫁だった松姫に対して、慇懃に頭を下げつつも、ゆっくりと立ち上がり、氏政のかたわらまで進んで着座するや、武張った眼つきで一同を睨め回し、このように告げた。

「肥前守、秀隆に御座候。このほど、信長公より甲斐二十二万石ならびに信濃諏訪郡をお預かりし、甲斐国主の座を賜ってござる」

堂内のざわめきは、一気に沸騰した。

だが、秀隆はいっこうに気にする風でもなく、続けた。

「松姫さま。いましがた、氏政公の仰せられたお頼み事とは、ほかでもござらぬ。姫さまは、京の都は祇園の御霊会をご存じでござろうや」

「御霊会……？」

松姫は、視線をわずかに逸らせ、初鹿野信昌を見やった。

信昌は、双眸を見開いて身を硬くしている。

「京の町衆の宝とも申すべき祭礼と聞きおよんでおりまする」

「左様」

秀隆は、莞爾と嗤った。

「来る六月七日、その御霊会の露はらいとなる山鉾巡行が催されまする。そこで、信長公におかせられては、このたび、毛利攻めに入られまするが、その中途、都においてそのお支度を整えられまする。すでに羽柴筑前守秀吉が先駈けて毛利方と相対しており、その援軍として惟任日向守光秀が遣わされることと相成り、門出の馬揃えを信長公にご覧いただく手筈となっておりまする。期日は、六月三日。ちょうど、御霊会の宵々山の前日となりまする。信長公は、四条坊門小路の本能寺を御宿と定められ、かつまた岐阜中将信忠卿は二条衣棚の妙覚寺をご宿泊先と定められてございます。さすれば、松姫さまにはぜひともご上洛の上、もろともに御霊会をお愉しみいただき、在りし日の信玄公のことなど物語りされたしとの信長公たっての思し召しにございまする」

一〇

「わたくしに、上洛して信長公と信忠卿にご挨拶せよとの仰せですか」

松姫の言葉に秀隆がうなずくより先に、甲斐方が熱り立った。

中でも、信昌の激昂ぶりは相当なもので、左右から與右衛門と信景がちからをこめて制止しているのがありありと見て取れた。しかし、信昌は我慢ならず、凄まじい形相で秀隆を睨み据え、大声をはりあげた。

「お伺い申し上げる。松姫さまのご上洛をお決めなされたは、いずれの御方にございましょうや。信長公にあらせられるか、岐阜中将にあらせられるか、それとも河尻さま、御身にございまするか。あるいは——」

信昌は、五郎左を毅っと睨んだ。

「中山五郎左衛門、そこもとか?」

甲斐勢の視線が、五郎左に注がれた。

「信昌、控えよ」

松姫が静かに、しかしきつくたしなめた。

信昌は、五郎左から眼を離さない。その信昌に、秀隆が訊ねた。

「お手前、名はなんと申される」

「初鹿野信昌」

「なるほど。さすが、音に聞こえし香車伝右衛門よ。されど、中山五郎左の名誉にかけて申し述べる。五郎左は、わしが黒母衣衆の筆頭を務めし頃より、手塩にかけて育てた者。黒母衣衆はつまらぬ小細工など一切せぬ。こたびも、松姫さまご一同のお命を救わんと身命を賭して小田原まで到った。すべて、五郎左の誠心より出でし行動にほかならぬ」

五郎左は、かすかに顔をあげた。

松姫の視線に気づいたからだった。

が、秀隆は、そんなふたりの目配せなどまるで気づかず、さらに口を開いた。

「松姫さま。とうの昔に、織田家と武田家の縁組は解消されておりますれば、信忠卿と松姫さまとのご関係は、すでに赤の他人。くわえて、これより後、松姫さまは、勝頼公のご息女方と共に、北条家の庇護なされることと相成られた御身の上。わが織田家があれこれ口出しできようお立場にはおられませぬ。信長公は、それらのご事情を重々斟酌しておいでです。つまり、松姫さまは、北条家と織田家とを繫がれる大切な御方と申せましょう。また、京は、今や、信長公の統べられし都。さらに、武蔵国から京へ到る道中はすべて北条家、徳川家、織田家の版図にございますれば、御旅をなされるにあたり、憂うることはなにひとつとしてございませぬ」

そう、秀隆はいうのだが、堂内にある者はひとりとして信じてはいない。

なににも増して、危険きわまりない人物が、京で待ち構えている。

戦国の習いとして、攻め滅ぼされた国の息女は、おのが国を攻め滅ぼした国のあるじの側室となる。命は奪われずとも、誇りは奪われる。このたび、攻め滅ぼされたのは武田家で、攻め滅ぼしたのが織田家である以上、松姫が信忠の側室として迎えられるのは、なんらおかしなことではない。

しかし、かつては許嫁であった男に、三人の兄を死に追いやられ、居城や菩提寺を焼き尽くされた身としては、その相手に身をゆだねるなど、恥辱の極みといっていい。

たしかに秀隆は、松姫に対して側室うんぬんの話題は口にしていない。だからといって、単に祇園の御霊会を見物するだけに留まるものだろうか。武田家の遺臣らが納得のゆかない眼つきで秀隆を睨み据えているのは、まったく無理もないことだった。

「ちなみに」

秀隆は、こう告げた。

「それがしは、これより躑躅ヶ崎へ戻らねばならぬ。信濃も甲斐もいまだ戦禍が収まらず、民百姓の暮らしも元に戻ってはおらぬ故、領内の平穏を一日も早く取り戻し、新たな領国の経営に入らねばならぬ。そのため、松姫さまをはるばる京の都までご案内することはままならぬ。そこで、五郎左」

　五郎左は、はっと視線をあげた。

「おぬしに、松姫さまのご案内を任せたい」

「まさか、そのような……」

「仔細におよばず」

　つべこべいうなと、秀隆は一喝した。

「六月六日の宵山までには、かならず、松姫さまを洛中本能寺までご案内せよ」

　否も応もなかった。

　ここで五郎左が拒めば、信忠の命令に反して松姫を助けた罪一切を問われ、たちどころに首を刎ねられるだろう。だが、それでも、五郎左は諾せず、覚悟を決めるように唾を呑み込み、立ち上がりかけた。

　しかし、それを松姫が止めた。

「五郎左どの」

　そして、花弁がほころぶような微笑みを投げかけた。

「これもまた、運命じゃ」

一

天正十年六月四日。

波を見つめるふたつの影がある。

処は三河、吉良の浜。松姫と五郎左の影である。

松姫は、かつて大波によって打ち上げられたものか、砂浜に置き去りにされた大きな流木に腰を下ろし、五郎左はそのかたわらに跪いている。吉良の浜を通りかかった際、しばしの休憩をと松姫が口を開き、五郎左をともなって波打ち際まで下りたものだった。随行する猿橋清十郎や小沢伝八、侍女の柴田や小糸などは、浜に面した海道で松蔭を吹き過ぎる海風に涼を取っている。

「のう、五郎左どの」

松姫は、波濤の照り返しに、いかにも眩しげに眼を細めた。

「波の向こうに山影が見えまするが、あれは五郎左どのの故郷ですか」

「左様にて。知多の山並みにございまする」

「……皮肉なものですね」

松姫は白砂を手に取り、さらさらと零した。

「わたくしは、そなたに海を見せてくださいとお頼みしました。その願いはこうして叶えられましたが、よもや、かような旅にあってのこととは夢にもおもいませなんだ」

　五郎左は、海風に鬢をなぶらせながら黙って聞いている。いや、なにか答えようとしたものの、なんと答えたものかわからなかった。たしかに五郎左にしても、まさか、憧れに憧れた松姫を、信忠に供するがごとき旅に出ねばならない羽目になるなど、まったく想いの外だった。

「小舟で漕ぎ出せば、そなたの故郷まで着けまするか」

「半日も懸からずして、着けましょう」

「五郎左どのは、櫓漕ぎが巧みか」

「不得手にございます」

「まあ。それでは、波に攫われてしまうではありませぬか」

「たしかに。どこぞの異国へ漂い着いてしまうやもしれませぬな」

「異国ですか……」

　ふと、そのとき、付近の漁村の者であろうか、ひと組の若い男女が木の葉のように小さな舟を波打ち際へ押し出してゆくのが眼に留まった。なにを急いでいるのか、ふたりとも切羽詰まった顔つきで、波間に小舟を浮かべるや、先に娘が転げ込むようにして乗り込んだ。赤銅色に陽灼けした若者は、ちからいっぱいに舟を押し、ようやく舳先が波に乗るや、娘の手前へ飛び乗り、櫂をつかんだ。そして、ぎらぎらと陽の光を反射させている波間へ向けて、小舟を滑らせてゆく。娘はどんなおもいを抱えているのか、徐々に離れてゆく陸に向かって掌を合わせ、祈るような表情でじっと見つめた。

「……駈け落ち？」

「おそらくは……」

「幸せになれましょうか」

「ふたりの想いが真であれば、かならず、幸せが待っておりましょう」

五郎左はにわかに襟を正し、松姫に向かって恭しく一礼した。

「姫さま。まんがいち、京都において姫さまにご災難が迫るようなことあらば、この中山五郎左、命に代えましてもお護り申し上げまする故、ご安心めされませ」

「もとより、誰よりも頼りにしておりまする」

「それと、いまひとつ、お願いがございます」

五郎左は、砂地に諸手をついた。

「京の妙覚寺では、わが父中山勝時が、信忠卿のお供をしておりましょう。それがし、姫さまをご案内申し上げたれば、信忠卿においとまを請い、また父にも中山家を出ずる許しを得る覚悟を決めましてございます。さすれば、どうか、その後は、姫さまのお側にお仕えすることをお許しくだされませ。金照庵の寺男でも、心源院の衛士でも、なんであろうとかまいませぬ。どうか、生涯、姫さまを護らせて戴けまするよう、お許しくだされませ。五郎左、一心の願いにございまする」

「五郎左どの……」

感極まった松姫はなにか告げようとしたが、まさにそのとき、

——五郎左っ。

怒鳴りつけるような声音が響いた。

二

五郎左と松姫が弾かれるように振り返れば、甲冑を着込んだひとりの武者が血相を変え、清十郎に案内されながら、白砂を蹴って駈けてくるのが見えた。

「兄上……？」

五郎左は、意外そうな顔をして言葉を洩らした。

まぎれもなく、兄源右衛門盛信だった。

父勝時に付き従って京都へ入っているはずなのに、どうして、このような三河の

海辺に罷り越したのだろう。それもあきらかに焦り切った面持ちで、息を喘がせ、肩を弾ませながら、眼の前に現れている。

「如何なされたのです」

五郎左が問いかけるかたわら、松姫は眉を曇らせながら源右衛門の容子を見つめた。

名状しがたい不安が、おのが身を包み込んでいる。

源右衛門は、渇き切った口を開いた。

「河尻さまよりの早馬で、おぬしが松姫さまを妙覚寺までお連れ申し上げると聞きおよんでおったが、もはや、無用と相成った」

「兄上。松姫さまの御前にございますぞ」

源右衛門ははたと口を閉じ、恭しく跪くや、このように言上した。

「去る六月二日未明、洛中本能寺において、惟任日向守さま、ご謀叛。織田信長公は、ご生害あらせられてございまする。また岐阜中将信忠卿は妙覚寺におわされ、緊急切迫の事態につき、家臣ともども本能寺へと向かわれましたが、途中、前の京都所司代村井貞勝さまがお呼び留めになり、もはや間に合わずば二条御所に籠もられて抗戦なされませと提言されました。信忠卿はそれを容れられ、すみやかに二条御所に籠もられましたが、衆寡敵せず、炎の中にてやはりご生害なされましてございまする」

驚天動地の報せだった。

松姫は声を失い、五郎左はおもわず兄の肩をゆさぶった。

「して、兄上。父上は、父上は如何なされた」

「もろともに、お討死っ」

「まさか、まさか、そのようなことが……」

「まことじゃ」

源右衛門は、悶えるように叫んだ。

自身は、信忠が二条御所に立て籠もった際、父勝時と共に入城して刀槍を構えたが、叔父である水野忠重が窮地に陥ったためこれを援けて、京を脱した。そしてここ三河国刈谷の城をめざし、つい今朝未明、辿り着いたという。織田方の他の大名も似たようなもので、たとえば徳川家康は穴山梅雪と共に堺にあったが、現在、どこでどのような状態に追い込まれているのやら、皆目わからない。だが、次々に報せられる京洛のありさまを聞くや、すでに在京あるいは京周辺の大名どもは光秀を支持すると宣言し、安土や長浜に進軍する気配を見せつけているらしい。

「兄上は、どうされるのだ」

「知れたこと」

ふたたび上洛して父勝時の仇を討つつもりだという。

だが、その前に、京をめざしている弟たちのもとへひた走り、ともかく上洛はおもいとどまるように報せなければならないと、取るものも取りあえず、こうして馳け到ったものらしい。

「そしてついいましがた、武田菱の旗指物をそこの松原にて眼に留め、もしやとおもい声をかけたのが幸いした。おかげで、こうしておぬしと観えることができた。じゃが、それについてはよい。……松姫さま」

源右衛門は慇懃な所作で拝礼しなおすや、こう述べた。

「ともあれ、ひとまず、北条家へお戻りくださいませ。こののち、織田家がいかなる状態となるやら、予断を許しませぬ。氏政公も、それなりにお考えなされましょうが、しばらくは世の趨勢を見定められるべく関東に在留なされるべきかと存じまする。ただ、わが弟五郎左衛門につきましては、それがしと共に父勝時の弔い合戦に連れてまいりたく存じまするが、よろしゅうございましょうや」

「むろんのこと」

それが武門のならわしというものだ。

松姫は、五郎左に向き直った。

「しっかり、戦うてまいられませ」

「松姫さま」

五郎左は、兄と肩をならべて深々と頭を下げた。

「中山五郎左衛門、かならず、かならず、帰ってまいりまする」

「まことか？」

松姫は、まなじりを熱くして尋ねた。

「まことに、金照庵まで帰ってこられまするか。わらわは、松は、お待ちしていてよいのでございますか」

「きっと。きっと、帰ってまいりまする」

こっくりとうなずく五郎左の瞳を見つめ、松姫はひと筋、涙をこぼした。

「待っております。お待ちしております。あなたさまを……」

一三

照りつけるような盛夏（せいか）の陽射しが、いくぶんか和（やわ）らいだような気がする。

武蔵国恩方（おんがた）の緑もわずかに色褪（いろあ）せ、朝夕も過ごしやすくなってきた。

松姫は、金照庵へ戻ってからというもの、ほとんど誰とも話さず、静かに五郎左の帰りを待ち続けた。與右衛門らも京へ出むいた五郎左の消息が知れるまでは、余分な口を開かず、松姫の日常を見守り続けていた。そうした家臣らの心根をありがたくおもいつつ、松姫は広縁に腰をおろし、日がな一日、西の空を仰いで過ごした。

今日もどってくるのか、明日もどってくるのか、それだけを愉しみに待ち続けた。

おもってみれば、この十年はひたすら五郎左がやってくるのを待っていただけの十年だったような気もする。

たしかに待ち焦がれていたものは信忠の手紙にはちがいなかったが、そもそも松姫は信忠に会ったことはただの一度もない。高遠陥落のおり、信忠が先陣きって大手門に侵攻してきた際、その門の上に仁王立ったかどうか、それも立ち上る炎の向こうに垣間見たかどうかというくらいなもので、むろん、どのような声色なのかも知らない。

わかっていることは、かつての許嫁であり、少なくともふたりの側室を持ち、息子もふたり拵えた左近衛中将という比類なき地位に上っているというだけだ。その岐阜中将が手紙をやりとりしている相手であるという実感もなかったし、漫然と手紙を書き続けてきた。

けれど、信忠の手紙が届けられるのは、無性に待ち遠しかった。

（いや、そうではない）

もはや、松姫は確信している。

自分の待っていたものは、手紙を運んでくる当人だった。

五郎左が瑞々(みずみず)しい笑顔を見せながら古府中や高遠を訪(おと)ない、その微笑みの前で手紙を読む。そして何日後かに書き上げた手紙を與右衛門に託し、岐阜へ届けさせる。

するとまた、五郎左がやってくる。

常に現れるのは五郎左なのだ。手紙の文面から浮かんでくる顔は五郎左であり、認(したた)める際に浮かぶ顔も五郎左だった。自分は、ほかならぬ五郎左の来訪を待ち焦がれていた。

（なにゆえ、それに気づかなんだのか）

いまさらながら、松姫は、悔やんだ。

（けれど、そんな悔やみも、もう終わる）

五郎左さえ帰ってくれれば、なにもかも解消される。五郎左との新しい日々が始まる。

そうおもうだけで、松姫は心が騒いだ。

毎日のように門前へ眼をやり、空をふりあおぎ、茶を点(た)て、機(はた)を織った。五郎左に茶を点ててやりたい。自分の織り上げた絹織物を五郎左に纏ってもらいたい。そんな心情が、明けても暮れても湧いていた。

そのような中、洛外山崎において中国から大返しを敢行した羽柴秀吉と惟任光秀による大会戦がおこなわれ、秀吉が勝利したという報せが届けられた。五郎左を吉良の海辺に見送ってからほぼひと月が経った頃だった。

松姫はその報せに顔を輝かせ、五郎左が見事に父親の仇を討ち果たしたものと信じた。おそらく五郎左は、兄源右衛門につきしたがって秀吉のもとへ馳せ参じ、山崎の戦いに参列したにちがいない。そう、信じた。

たしかに、それはまちがいないことだったが、それから数日後、金照庵の門前に立ったのは、源右衛門だった。それも苦渋に盈ちた表情で、この来訪を耳にしたとき、書院を飛び出さんばかりだった松姫の顔が曇った。血が足下からすべて流れ出てしまうような気分に見舞われ、夢も希望もすべてを失くしてしまったのを察した。

本堂――。

源右衛門が差し出してきたのは、大左文字安吉の脇差と遺髪だった。

「……弟めは、事切れる寸前、この脇差を握り締め、姫さまへお届けしてほしいと」

松姫は、源右衛門の言葉をさえぎるや、

「五郎左どの……」

と、遺髪を手に取り、頬ずりするごとく胸に抱きしめ、ただ泣いた。

源右衛門は脇差と遺髪を残して金照庵を去っていったが、かれとて父親を亡くした今、寄る辺なき身となっていた。幸い、叔父の水野忠重の側近として取り立てられたことで、おおいに忠義を尽くし、やがて刈谷水野家の家老となった。子もそれを世襲し、以後四代続いている。また実家にあった元服してまもないふたりの弟は家康の旗本となり、末子は南知多の古刹である野間大坊に出家し、中興の祖となっている。

が、そのようなことは、松姫の知り得るところではない。

時代という名の風が、松姫の身辺をあらあらしく吹き過ぎてゆく。

本能寺の変よりこのかた、時代はすさまじい勢いで移り変わった。

甲斐においても一大椿事が出来している。

あるとき、金照庵から初鹿野信昌と加藤信景が出奔したのだが、それが甲斐において潜伏していた三井弥一郎なる武田家の遺臣と徒党を組み、尾張へ落ち延びようとしていた河尻秀隆を襲い、その首を挙げたのである。信昌と信景による復讐戦だったが、ふたりが松姫のもとへ戻ることはなかった。やがて、信昌は氏政と関東甲信越を二分した家康のもとへ仕官して旗本となり、信景は帰農した。

ちなみに、家康は、本能寺の変のおり、伊賀を越えて三河へ逃げ戻ったが、堺に同道していた穴山梅雪は山賊に襲われ命まで奪われた。そうしたところ家康の運の良さは尋常でなく、やがて関東すべてが家康の手に入った。秀吉の天下統一によるもので、秀吉の大軍勢によって小田原を包囲された北条氏政は切腹して果て、弟の氏照もそれに殉じた。氏照が築いた八王子城もそのおりにたった一日で陥落し、檜原城もまた陥ちて城主の平山氏重は自決している。そんな後北条氏の後釜となったのが家康で、譜代の家臣のほかに、大量に召し抱えていた武田家の遺臣も引き連れて入府した。

八王子に武田の遺臣をたばねた千人同心が置かれたのには、そうした背景がある。

もっとも、右のように武将らはさまざまに入れ替わったが、松姫はちがう。

松姫は、時代が変転してゆくのを感じつつ、恩方の春秋のみ見つめてきた。

当初は、世を儚んだ。

生きている意味など何処にもないと悲観した。

あまりにも多くの死を見てしまったし、五郎左の逝ってしまった現世に自分ばかりが生きながらえたところで仕方ないとおもったからだ。しかし、死ねなかった。

幼い子供たちがいる。傅役や侍女らとちからを合わせて、子らを育ててゆかねばならない。その使命がいまだ残されていた。

——姫さま、姫さま。

と、子らが頼ってくるかぎり、自分は死んではならない。

(生きるのだ)

小さな塚を築いて五郎左の遺髪を納め、あらたな人生を歩もうと心に決めた。

だが、脇差だけは手放せなかった。五郎左が末期の際まで握り締めていた脇差は、それを懐に抱いたとき、五郎左の温もりがまだ残っているようにも感じられた。この脇差さえあれば、自分はいつまでも五郎左と共に過ごしてゆける。むろん、そのような心情など、誰にも吐露してはいない。自分と五郎左だけの秘密だ。だから、伴侶など要らない。

松姫は、仏門に入ることを決意した。

金照庵から心源院へと移り、随翁舜悦禅師による剃髪を受け、これから先の人生はすべて仏と子らのために捧げる覚悟を固めたのである。また、落飾後の名乗りは、信松尼とみずからつけた。

信玄の娘、松という意味である。

終章　涅槃寂静

一

信松禅尼の入寂は、元和二年四月十六日。

西暦にして、一六一六年五月三十一日のことである。

金照庵から心源院に移ったのは、本能寺の変から数か月後のことで、五十六歳で死去するまでの三十四年間、尼として過ごした。もっとも、信基ら幼な子は皆、彼女のもとで養育されたが、その場は心源院ではない。八王子城からひと息離れた横山村に御所水なる在所があり、そこにみずから構えた草庵だった。

のちに信松院と呼ばれることになるこの草庵は、松姫にとっては終の棲み家となった。後北条氏が滅びた際も、徳川家康が幕府を開いてからも、つねに変わらずそこで過ごし、子らの成長を見守った。

松姫が誰よりも行く末を案じたのは、おそらく、香具姫であったろう。

(憐れな……)

つねづね、そう感じていた。

武田家からすれば決して快くおもっていない小山田信茂の娘である香具姫は、幼い頃から逆臣の娘という宿罪めいたものを背負ってきた。諸大名も信茂のしでかしたことについては眉を顰める者が多かったろう。だから、松姫としても香具姫がどのような生涯を送ってゆくのか、日々案じてやまなかった。

(どなたかに縁づくことができるのだろうか)

そのように、心配しつづけた。

実際、香具姫はどこからも縁組の話が来ず、やがて四十路を迎えた。

しかし、縁というのは妙なもので、やがて世を治めるようになった家康から直々に縁談がもたらされた。陸奥国は磐城平藩の藩主内藤忠興の側室としてで、さらに年齢も香具姫の方が十三も上だったが、不平や不満をいっていられる立場でもない。香具姫はこれを受け、こんにちでいう福島県浜通りへと輿入れした。

香具姫とは対照的というべきか、早々に婚儀が調えられたのは貞姫である。

さすがに武田勝頼の忘れ形見である貞姫は、縁談の口に事欠かず、家康の配慮もあってか、清和源氏足利氏流にして高家旗本たる宮原家の当主義久のもとへ正室として嫁ぎ、嫡男晴克を産んだ。ただし宮原の姓を名乗れるのは嫡子だけで、そのほかの子については穴山姓を名乗らされた。が、貞姫もまた充分に生き、万治二年（一六五九）に八十一歳で世を去っている。法名は龍雲院殿明窓貞光大姉、墓は足利市駒場の東陽院にある。

右のふたりに比して薄幸だったのは、督姫であろう。仁科盛信の娘であるからにはそれ相応に婚姻の申し入れもあったろうが、督姫はどこへも嫁ぐことなく、松姫のもとで成人した。病弱だったともいうが、おそらくは数えて三十歳という若さで他界していることに由来するのだろう。

督姫は、松姫にとっていちばん血のつながりの濃い姫だった。

もしかしたら性質も似ていたのか、それとも叔母への憧れが強かったのか、みずから出家を望み、剃髪を受け、生弌と号した。さらに倣って、近くに草庵を結び、そこへ移り住んだ。

もっとも仏門の修行に励んだのは法蓮寺なる時宗の一山で、歩いてもさほど遠くないところながら、ともかく松姫の元は辞した。巣立ちといっていいのだろうが、不幸なことに病を得、ほどなく没した。暮らしていた草庵は、戒名である玉田院光誉睿室貞舜尼から玉田院と名づけられ、そこに葬られた。

二

督姫の生涯は右のようによく知られているが、二つ上だった兄信基については、実をいえばよくわからない。ともかく松姫のもとで成長し、あるとき家康に謁見する機会を得たことから旗本として取り立てられたというのだが、その後、消息がにわかに途絶えている。それと前後して、家康のもとで仁科盛信の四男信久が旗本となり、江戸時代の中期まで代を重ねたともいう。ただ、この信久なる人物、旗本となる前の事蹟がいっさいわからない。あるいは、この信久が、名を変えた信基であったかもしれない。

たとえば、信基と対面した家康などが、

――名を改めて、あらたな生涯を送られよ。

などと告げ、それに従って名を変え、旗本となったのではないかと。

いまひとつ、仁科家数代の子孫がいるということに絡んで、ふしぎな話がある。

正徳五年（一七一五）、松姫の百回忌が催された。盛大な追善法要で、時の老中をはじめ、諸大名や武田家に縁ある諸大夫から数多の香典が届けられ、また多くの人々が花を手向け、焼香する中、ひとりの人物があらわれた。旗本であったのか郷士であったのかは判然としないが、ともかく「督姫の兄蟠竜軒秀基の曾孫、仁科内蔵助資真」と名乗り、目録も添えて寄進をおこない、さらに足を延ばして督姫の墓にも詣でている。

だが、当時、すでに玉田院は廃され、督姫とその侍女たちの墓も荒れ放題に荒れていた。内蔵助はその見るも無残なありさまに胸を痛めたのか、翌年ふたたび八王子を訪れ、督姫らの墓を大横町にある浄土宗の極楽寺へと遷し、手厚く菩提を弔っている。

となれば、想起されるのは、名乗りにある秀基というのが信基の最後の名であったのではないかということだ。信基は旗本となるにあたって信久と名を改め、さらに嫡男に家督を譲る際に出家して蟠竜軒秀基と号し、孫たちに向かって「松姫さまの恩を忘れてはならぬ。大叔母督姫の哀れを忘れてはならぬ」と伝え続けたにちがいない。それは信基の遺言ともなり、それによって、百回忌が催された際、現当主の内蔵助がはるばる参列しにやってきたのであろう。

ちなみに内蔵助が寄進したのは、武田菱をあしらった帆を揚げる安宅船と関船の模型だった。見るからに精密な代物で、こんにち、寄進状や寄進目録、さらに極楽寺の墓などと共に東京都指定有形文化財になっているのだが、それだけ、その仁科家が金銭を費やせる身上であったということだろう。

想像がおよばないのは、なにゆえ、内蔵助が、寄進するにあたって安宅船などを選んだかということだ。松姫について仁科家にどのように伝えられてきたのかはわからないが、もしかしたら海に関することであったのかもしれない。

ともあれ、松姫は、四人の幼な子を養育した。

「風が、吹いておりました。峠から野へ吹き颪してゆく風に春霞が舞い上がり、わたくしどもは故郷をふりかえることもなく、奔ったものにございます。傷を負い、汗を流し、埃に塗れ、血を滲ませながらも、ただ、ひたすら、奔り抜けたものにございます」

信松禅尼と名乗り、民草や千人同心たちから庵主と呼ばれるようになりながらも、松姫はときおり、奔りに奔り続けた日々をおもいおこしていたにちがいない。

いまひとつ、松姫の晩年にこんな情景がある。

元和二年、卯の花の匂う春のことである。松姫はすでに病を得、床に伏せていたのだが、そこへ、次姉の見性院が見舞いに訪れた。見性院は穴山梅雪が非業の最期を遂げてからは、やはり、徳川家に庇護されている。このとき、見性院は、ひと組の母子を連れていた。

「……して、加減はどうじゃ」

見性院の声がけに、松姫は「かような見苦しきありさまにてお許し下さいませ」

とかぼそく答えつつ、かたわらに控えている二代将軍秀忠の愛妾志津と幸松へ、かよわい光を宿した眼窩を向けた。

「おお、幸松ぎみもおいでか」

痩せ細った手を小刻みに震わせながら差し出した。おもわず支えるようにその手をとったのは、志津だった。板橋の大工の娘ながら、大奥に召し上げられていた志津は、秀忠のお手つきとなって子を妊んだのだが、側室でもない女人が将軍の子を産むわけにはいかぬため、老中らの配慮によって見性院の屋敷へ預けられ、さらに見性院の采地である武蔵国足立郡大牧村へあずけられた。その際、見性院は、妹の松姫に志津の世話を頼んだ。志津は、松姫のいたわりもあって無事に子を産み落とした。それが、この幸松である。

「お松、そなたにな、嬉しい報せがある。幸松ぎみがお生まれになって六年、このほど、ようやく養子縁組が整うことと相成った。年明けにも、正式なお沙汰をいただけよう。それも、われらとは浅からぬ縁で繋がる信濃は高遠の保科家。保科光正さまの養嗣子となられる」

「おお、それは、祝着」

血の気を失っていた松姫の頬にかすかな朱みが差した。松姫は息を喘がせながらも床の上で膝を揃えた。見性院は「横におなりなされ」と妹の身を気遣ったが、松姫は「そうはまいりませぬ」と首をふり、両の指先をつき、深々と一礼しつつ、こう言祝いだ。

「幸松ぎみ。志津どの。保科家とのご縁組、祝着至極に存じ上げまする。なにより、高遠とは、嬉しゅうございます。もう、何年、高遠の春を見ずにおりましょう。三十年、いいえ、三十五年にもなりましょうか。……ああ、おもいだされまする。この尼めも、当時は、志津どののように若うございましたぞ。もっとも、こちらへまいりました頃は……そう、和田峠から、この八王子を見はるかしたおりは……髪はざんばら、頬も削げ、唇も渇き、爪も伸び、肌の色艶などとうに失われておりましたが、ただ、わたくしとともに峠へ辿り着いた者たちは皆、瞳が輝き、花橘の新芽のように生き生きとしておりました」

とぎれとぎれに話し続ける松姫の身を気遣ってか、見性院はおもわず背をさすった。

「お松、もうそれくらいにしてはどうじゃ。身体に障ろう」

しかし、松姫は、ゆっくりと首をふった。

「ひさしく忘れておりました和田峠の風光が、ようやく蘇ってまいりましたれば、今しばらく、おもいださせて下されませ。……風が、吹いておりました。峠から野へ吹き下ろしてゆく風に、春霞が舞い上がり、万余の桜花が散りふぶき、そのまったなかを、わたくしどもは故郷をふりかえることもなく、ひたすら、奔ったものにございます。傷を負い、汗を流し、埃に塗れ、血を滲ませながらも、ただ、ひたすら奔り抜けました。この……」

枕辺に置かれているひとふりの脇差を懐に抱き締め、夢見るように呟いた。

「……この、脇差とともに、武蔵国をめざしたものにございます」

三

こんにち、松姫の墓は、御所水こと八王子市台町の信松院にある。

かつて、松姫が暮らし、幼な子らを育てた草庵が、彼女の死後、曹洞宗の寺院として建立されたものだ。この信松院には、今も尚、仁科内蔵助の寄進した安宅船や関船が伝えられ、木彫りの松姫像もまた安置されている。

墓へ詣でるには、観音堂の地下にある回廊を潜るか、脇道を廻ればいい。

墓地は、かつては小さな谷であったのか、向かって左手が緩やかな傾斜地となり、墓石が段になって立ち並んでいる。松姫の墓は、その傾斜地の突端にある。墓石は、生前に出家した者の証である卵型の仏塔で、風雨による浸食を防ぐためだろう、極楽寺の督姫の墓塔と同じように、可憐な小屋根が被せられており、遠目には祠のように見える。

卵の塔の周りには、石柱によって玉垣がめぐらされているが、これは延享五年（一七四八）に千人同心らが寄進したものだという。石柱の表を見れば、当時の同心らの名が刻まれているのがわかる。多くは、松姫に付き従って武田領から国境を越えてきた者の子孫にちがいない。

こうした忠義ぶりは、艱難辛苦を共にしてきた者どもはもとより、松姫が隠棲していると聞きつけた武田家の遺臣らもこぞって八王子へ奔り、松姫の暮らす草庵の近くにあばら家を建て、生涯を送った。

故郷を失くしたかれらにとって、松姫こそは精神的な支えであり、故郷そのものだった。松姫の暮らしを見守り、常に変わらぬ微笑みを湛えてもらえるように尽くすことが、かれらの生きがいだった。

そうしたことを想いつつ、遙か手前に立って墓地を見上げると、なにやら、松姫とその従者たちが清爽たる風情で、峠に立っているようにも見える。墓に寄り添うように生い茂った松の大きな傘の下、年月の経過によって墓は老朽化し、石柱どももかろうじて踏ん張っているありさまながら、それがなおさら、織田・徳川そして北条を合わせて十六万という一千倍の大軍勢を相手どり、見事に突破してのけた雄姿であるかのようにも感じられる。

その佇(たたず)まいは、いかにも、信玄の娘というにふさわしい。

本書は、書き下ろし作品です。

著者紹介
秋月達郎（あきづき　たつろう）
1959年愛知県生まれ。映画プロデューサーを経て、89年に作家に転身。以後、歴史を題材にした作品を数多く発表している。
主な著書に、『海の翼 エルトゥールル号の奇蹟』『家康と九人の女』『火螢の城』『世にも怪奇な物語』『天国の門』『奇蹟の村の奇蹟の響き』『マルタの碑』『刀剣幻想曲』『疫神の国』や、「竹之内春彦・殺人物語」シリーズ、「京奉行・長谷川平蔵」シリーズなどがある。

ＰＨＰ文芸文庫　奔（はし）れ、松姫
信玄の娘

2025年３月21日　第１版第１刷

著　者　秋月達郎
発行者　永田貴之
発行所　株式会社ＰＨＰ研究所
東京本部　〒135-8137　江東区豊洲5-6-52
文化事業部　☎03-3520-9620（編集）
普及部　☎03-3520-9630（販売）
京都本部　〒601-8411　京都市南区西九条北ノ内町11
PHP INTERFACE　https://www.php.co.jp/
組　版　株式会社PHPエディターズ・グループ
印刷所　TOPPANクロレ株式会社
製本所　東京美術紙工協業組合

ISBN978-4-569-90459-7

PHP文芸文庫

海の翼

エルトゥールル号の奇蹟

秋月達郎 著

明治23年のトルコ軍艦エルトゥールル号救出劇は、百年の時を超えて、奇蹟を生み出した。日本とトルコの友情を感動的に描く長編小説。

PHP文芸文庫

家康と九人の女

秋月達郎 著

祖母、母、妻……徳川家康の生涯を、彼が関わった女性たちの視点から浮き彫りにし、その新たな魅力と側面を描き出す歴史小説。